岡達英茉
Ema Okadachi
Illust.
鈴ノ助
没落寸前の
落ちぶれ令嬢、
身代わりとして
差し出されたら
冷徹王子の
溺愛が始まって
しまいました

「貴女でなくてはダメだ」
「貴方からの愛は私のものではないの——」
ジュール
南ノ国の王太子。婚約者候補として来たアマリーが噂とは違う人物で、思いがけず惹かれていき…！
アマリー
西ノ国の公爵令嬢。借金まみれの実家を救うため、瓜二つのリリアナ王女に代わって南ノ国に行くことに…！

「私の方がジュールお兄さまの事を知っているわ」
「――私を攫って自由にして」
「グエー！」
リリアナ
西ノ国の王女。
病弱で大人しく繊細だが…
ある大胆な隠し事があって…！
ピッチィ
南ノ国の子竜。
アマリーに懐いている。
名付け親はジュール。
エヴァ
中ノ国の第一王女。
ジュールの婚約者候補の一人で、
幼い頃からジュールとは
交流があり「お兄さま」と慕っている。
Character

CONTENTS

没落寸前の落ちぶれ令嬢、身代わりとして差し出されたら冷徹王子の溺愛が始まってしまいました

Ema Okadachi
岡達英茉
Illust.
鈴ノ助

プロローグ

激しい雨だった。

雨は天から地に叩《たた》きつける勢いで降っている。昼間でも暗いと言われるジェヴォールの森には、まるで墨で塗り潰したような景色が広がっていた。

木々の闇に溶けそうなその暗い森の獣道を、一頭の馬が爆走していく――ひと組の男女を背に乗せて。

この深い森の中、アマリー・ファバンクは間違いなく人生最大の危機を迎えていた。

なにしろ見知らぬ男から、疾走する馬上で熱烈な愛を告げられているのだから。

男は馬を操りながら、腕の中のアマリーにもう何度目かの告白をする。

「王女様、愛しています！」

（しつこいわよ、何回言うのよ⁉）

返事をしようにも、馬にしがみつくだけで精いっぱいだ。

降りしきる雨が、吸い込んだ空気と一緒に口の中に入り込む。

「ああ、私の王女様。私は貴女を奪いに来たのです」

（――っていうか、貴方誰⁉）

アマリーは瞬きで雨をよけながらも、困惑して男を見上げる。

そもそもアマリーは王女ではない。

アマリーを見つめる男の黒い瞳は、病的なまでに思い詰めている。いっそ身の危険すら感じるほどに。

男は馬に乗ったまま、アマリーの身体を折れそうなほど力強く抱きしめた。

反射的にアマリーは叫ぶ。

助けを呼ぶ声は、鬱蒼《うっそう》とした深い森の木々の中に吸い込まれていく。

男は激情の込められた声で、熱い胸の内を吐き出した。

「リリアナ様！　貴女のためなら、一切を捨てられます」

「離して――！」

(私はなにも捨てたくない――‼)

この国の国王が考えた、リリアナ王女の身代わり計画。

うまくいきそうもないと思っていたこの計画は案の定、出だしから頓挫の兆しを見せていた。

※　※　※

公爵令嬢であったアマリーが数奇な運命を辿《たど》ることになったのは、生家のファバンク家が借金まみれになったせいだった。

すべては、ある馬の絵から始まった。

ある日、ファバンク邸の居間に一枚の馬の絵画が飾られたのだ。

森林を荒々しく駆けていく一頭の馬。馬の筋肉が細部まで描写され、躍動感に溢《あふ》れたとても美しい絵だった。

この後、ファバンク家を襲う没落劇の火蓋が切られていたとは気付くはずもなく、『まぁ、迫力のある素敵な絵ね』とアマリーは平和に見上げていたものだ。

この絵を契機に、この西ノ国きっての名家、ファバンク公爵家は転落していった。

気が付けば馬の絵画は徐々に増えていたのだ。

ファバンク家の屋敷の壁は数カ月のうちに、馬の絵画だらけになっていったのである。

屋敷の大回廊を飾っていた公爵家の先祖たちの肖像画は、一枚、また一枚と馬の絵画に取って代わられていく。天使のように愛らしい、幾世紀にもわたるファバンク家の人々の子ども時代の貴重な一場面を切り取った絵画も、いつの間にか雄壮な野生馬にその座を奪われた。

ついにはこのファバンク家を一大名家にのし上げた偉大な先祖である、三代目ファバンク公爵の巨大な肖像画すらも壁から外され、前脚を高く上げる馬の絵画がその隙間を埋めた時、ようやくアマリーの母は異変を察知した。

公爵――つまり夫が、馬にハマったのである。

公爵は各地の競走馬を購入し、競馬に巨費を投じていた。だが彼には賭け事のセンスがなかった。

王家出身で残念なほど世間知らずなアマリーの母である公爵夫人が、財産管理人にやっと自家の財務状況を聞き出した時、ファバンク家は既に手の施しようがない債務超過に陥っていた。

この西ノ国の歴史に燦然《さんぜん》と名を刻む名家、ファバンク家は一代にしてその財の大半を失いかけていた。

アマリーが十歳になった頃の話である。

このようにしてアマリーは、華々しく社交界にデビューする機会を失った。

アマリーが十七歳になると、公爵は娘の結婚相手を躍起になって探し始めた。

食いぶちを減らそうとしたのではない。

一家は先祖代々受け継いだ絢爛《けんらん》豪華な屋敷から、もうじき立ち退かねばならなかった。せめて娘だけでも嫁がせて、路頭に迷うことがないようにしてやりたい、という親心からだった。

多分。きっと、そう。……だとアマリー本人は今も信じている。

だが公爵は肝心な時に決断力がなかった。

社交界に出ないため世間にあまり知られていないが、アマリーは美貌の令嬢だった。

肌は磁器のように白く滑らかで、少し憂いを帯びた青い瞳は、吸い込まれそうなほど澄んでいる。

腰まである長い髪は、日光に眩《まぶ》しく輝く黄金色だ。

だからだろうか。アマリーを娶《めと》りたいという奇特な貴族の男性は、二名ばかりいた。たとえ馬で沈没寸前の家の娘であっても。

アマリーをぜひ妻にと名乗り上げたのは、鼻息荒い成り上がりの男爵と、優しそうだがちょっと年寄りの子爵だった。

流石《さすが》に以前なら娘を嫁がせる先として考えもしないような相手に、公爵は狼狽《ろうばい》した。

そう、身のほど知らずにも逡巡《しゅんじゅん》してしまったのだ。

だがこの迷っていた半年間に、事態は急変していく。

とんでもない命令が国王から下されたのだ。

第一章　王女のフリをするお仕事……？

「アマリー、ちょっと来てくれ！」

台所で調理をしていたアマリーを、慌てた様子で公爵が呼ぶ。

「お前に大事な話があるのだよ」

現在ファバンク家にはほとんど使用人がいないので、今夜の夕食の準備中だったアマリーは、仕方なくオーブンからチキンを取り出した。

焼き上がったばかりのパンも放り出して、公爵についていく。公爵はなぜか急いでいるようで、短い足を懸命に前後に動かして小走りで廊下を抜けた。

客間に入ると、そこには既に公爵夫人がいた。

「座りなさい」

公爵に言われて居間の真ん中まで進み、花柄の布張りのソファに腰を下ろす。

正面のソファに公爵が座り、公爵夫人は少し離れた窓辺に立ったままだった。

公爵に視線を戻すと、彼は妙にほくほくとした控えめな笑顔を見せてから、一度軽く頷《うなず》く。

(どうしたのかしら、おふたりで改まって。なんのお話……？)

ややあってから公爵は一度咳払《せきばら》いをすると、口を開いた。

「アマリー。……お前ももう、十八になった」

こくりと頷きながらも、ああ……ついにあの話が――自分の結婚相手を父が決めたのだろうと、推察する。

そうとわかると、指先から緊張が走り、じわじわと汗が滲《にじ》み出す。

膝の上に行儀よく乗せていた手を、ギュッと握りしめた。

それにしても公爵は嬉しそうだった。持参金の減額をしてもらえたのかもしれない。

（お父様は男爵と子爵のどちらを選んだのかしら――？）

正直なところ、アマリーはどちらも気に入っていなかった。

男爵は初めて会った時から、アマリーにやたらと触りたがったし、育ちが悪いせいか視線も不躾《ぶしつけ》で、アマリーの胸元ばかり見ていたからだ。

自分の胸には密かに割と自信があったが、好きでもない異性から熱心に見られるのは、気持ちが悪かった。許可なく胸を見るな！と顔をはたいてやりたいくらいに。

成金男爵は会話をしている間中、アマリーの目よりも胸を見ていたのだ。彼は多分、アマリーの胸と結婚しようとしていた。

一方で子爵の方は年寄りすぎた。アマリーより三十も年上なのだ。知性と気品を兼ね備えた人物ではあったが、十年後も連れ添える自信がない。

できればふたりを足して二で割りたかった。

……自分にも、まだ公爵令嬢としての矜持《きょうじ》が残っているらしい、と今さら気付かされる。

公爵は続けた。

「実はさっき、国王陛下からあるお話を頂戴したのだ」

（――結婚の話ではないのかしら？）

アマリーはおやっと心の中で首を傾げる。

公爵はとっておきの秘密を打ち明けるように、目を少し見開いて前のめりになった。

「実はお前に、王宮からとても高収入の仕事が舞い込んでいるのだ……！」

「私にですか？　それはどのような……？」

王宮から仕事とはどういうことだろう。

アマリーの母はもともと王家の生まれで、現国王の妹だ。とはいえ身分低い側妃の王女だったし、現在のファバンク家はすっかり凋落《ちょうらく》して久しかったので、あまり王宮との繋がりがなかった。

国王の娘であるリリアナ王女はアマリーと同い年であったため、年の近い貴族の令嬢たちの中には、王女の侍女として働く者も多かったが、そもそもアマリーには今や王宮に着ていくようなドレスすらないので、考えたこともなかったし、縁もなかった。

アマリーはむしろ家業の手伝いで十分満足していたのだ。

公爵に競馬の才能はなかったが、多少の商才はあった。彼は妻の名を冠した『ロレーヌ商会』という革製品を中核とした貿易業を営んでおり、アマリーはその手伝いをしていた。

よその国へ運ばれていくのを待つ、倉庫に並ぶ艶々の革製品を眺めるのが、アマリーは好きだった。

もっとも、ロレーヌ商会が挙げる利益の大半は、公爵と馬たちが走って築いた借金の返済に消えていたが。

公爵はもったいぶって咳払いをした。

「これがとっても美味《おい》しい話なんだ……！」

嫌な予感がする。そもそも公爵がほくほく顔をした時は、大抵ロクなことがなかった。

美味しい話となれば、なおさらだ。

「アマリー、実はお前に南ノ国に行ってきてほしい」

「えっ……？　ごめんなさい、今なんと？」

「驚く気持ちはよくわかる。――南ノ国に行ってきてほしいんだ」

ロクでもない予感が強烈にする。

南ノ国といえば、周辺諸国の脅威に常に怯《おび》えながら存在するこの西ノ国とは違い、強大な軍事力を保持する大国ではないか。しかも竜などという巨大で不思議な動物がいる、とても特殊な国だ。

王都を出たことすらないアマリーには、遠すぎてまったく想像できない。

「我が西ノ国のリリアナ王女が、建国三百年記念祝典に参加されるために、今度南ノ国に行かれる」

「はい。そうらしいですね」

リリアナ王女は西ノ国唯一の王女だ。

とても大人しい王女で、王宮の外へほとんど出たことがないと言われていた。その王女がよその国に行くというのは結構な事件だから、巷《ちまた》では大いに話題になっていた。

だが、それと自分がどう関係するのか、わからない。

「我が国のリリアナ王女様と南ノ国のジュール王太子様のおふたりに、ご縁談があるのを知っているな？」

「ええ。実現すれば、とてもおめでたいことです」

聞きかじった話では、我が国の隣国である中ノ国も、自国の王女を南ノ国の王太子妃にと盛んに推しているらしい。

南ノ国と繋がりを得たい我が国の外務大臣が、中ノ国に負けじとリリアナ王女をゴリ押しし、どうにか縁談にこぎつけようとしていると聞いている。

「建国三百年記念祝典が、おふたりの初めての顔合わせとなるのだ。逃す手はない。絶対に成功させねばならんのだ」

「はぁ……」

「実はその祝典にお前にも行ってきてほしいのだ」

アマリーは激しく瞬きをした。

だから、なぜ私が？とアマリーは頭を捻り、父の話を自分なりに整理しようとする。

「それは……もしやロレーヌ商会の一社員としての出張ですか？」

ロレーヌ商会は最近、南ノ国への輸出に力を入れていた。だが、まだまだ南ノ国内での効率的な物流や販路を築くのが難しく、開拓途上にある。もしや大物が一堂に会するであろう祝典に合わせて現地入りし、ツテを作ってこいと言うのだろうか。

「違う違う。——商会絡みの仕事ではない。全然関係ない。……なんと、ジャジャーン!! お前が王女になるのだ!!」

「……はい？」

言われたことが理解できず、妙にテンションの高い公爵の顔を凝視する。すると、公爵は力強く頷いた。頷かれても困る。

それまで沈黙を守って窓辺に立ち尽くしていた公爵夫人は、落ち着かない様子で窓の前を行き来しだした。

現国王の腹違いの妹として生まれ、王宮で王女として育った彼女はいつも鷹揚《おうよう》としていて、夫である公爵に意見や反論をしたことはこれまで一度たりともなかった。

公爵夫人は窓の前を何往復もしている。その異様さに目が離せず、アマリーが母に声をかけようとソファから腰を上げると、公爵はそれを制止した。

「アマリー、お母様はいいから座りなさい。お母様はまだちょっと、混乱しているのだ」

アマリーも混乱していた。だが公爵はそんなアマリーにはお構いなしに、いささか興奮した面持ちのまま、盛大に爆弾を投げ落とした。

「お前はリリアナ王女として、王宮を出発して南ノ国に行くのだ」

アマリーの眉根がぐっと寄る。

公爵の意図がまるでわからなかった。それはどういう意味なのか。話の点と点が繋がらない。もしや借金で首が回らなくなり、自分の父は頭がどうかしてしまったのではないだろうか。アマリーは公爵が座るソファの後ろの壁にかけられた絵を睨《にら》んだ。一枚の白馬の絵を。

「お父様、仰っている意味がわかりません」

「実はリリアナ様は、一週間前から体調を崩されて離宮にいらっしゃるのだ」

(離宮に？　それは知らなかったわ)

アマリーは子どもの頃に一度だけ会ったリリアナ王女の姿を、思い出そうとした。

従姉妹だからか、顔の造りは自分とよく似ていた気がする。だが雰囲気は似ておらず、大層大人しく、繊細そうな少女だったと記憶している。

「快方を待っていたのだが、なんと今朝からお顔に発疹ができてしまったらしい」

「それは……一大事ですね」

「だが南ノ国の王太子様とお会いできるこの機会を、逃すわけにはいかないのだ。なにせ中ノ国の奴らも、しつこくジュール王太子様を狙っているのだから」

「そうらしいですね。それは聞き及んでいます」

中ノ国と南ノ国はもともと古くから縁戚関係にあった。今回のジュール王太子の結婚相手を決める際も、南ノ国内部からも中ノ国王女を望む声が少なくないとか……。

「おまけに中ノ国のエヴァ王女は、可憐《かれん》で見目麗しい方とも聞きかじっている。リリアナ王女を披露して中ノ国を黙らせる貴重な機会を失うわけにはいかない。これは国家の存亡を賭けた縁談だからだ」

西ノ国としては、南ノ国との血縁による結びつきをどうしても手に入れたいのだ。

「リリアナ王女が祝典に行けなくなり、中ノ国の王女などに割り込まれてはたまらない」

「……そうですね」

「祝典不参加は、あり得ないのだ」

(でも、どうしてその話の中に、私が？　仕事って、なんのことなのかしら？)

アマリーは父がなんの話をしようとしているのか、まだよくわからなかった。――というよりはむしろ、理解したくなかった。

「お前は、リリアナ王女と瓜《うり》ふたつだ」

「……ええ。よく言われましたけれど」

だから、なんなのだろう。

(私と――リリアナ王女が似ているから……？)

自分の背中を、汗が伝い落ちるのを感じた。季節は夏真っ盛りだが、暑さのせいだけではない。

「お前は今晩、深夜に王宮に入り、しかるべく準備をした後にこの国を出発して、南ノ国へ向かうのだ。リリアナ王女の代役として」

「今晩⁉」

急すぎる。いや、急かどうかはこの際問題ではない。

（それよりも――リリアナ王女として……？）

父の口から再度飛び出た言葉を、信じ難い思いで聞く。

間違いであってくれと思いながらも、念のため確認をする。

「代役、というのは……まさかそれは、私が王女のフリをして南ノ国の祝典に行ってくるということですか？」

「その通りだ。よくわかってくれた！　リリアナ様の代わりに祝典でその美しい顔を見せ、ジュール王太子様と一曲ダンスを踊りさえすれば任務完了だ！」

公爵の言うことが、アマリーの頭の中にうまく入ってこない。

随分な時間、アマリーも公爵も口を開こうとしなかった。いつの間にか乱れていた呼吸を落ち着かせてから、アマリーは公爵に尋ねた。

「お断りできますか……？」

老婆《ろうば》のような声に、自分で驚く。けれどそんな声しか出なかった。

「なにを言うのだ。そもそもこれは陛下からの命令なのだ」

「報酬は……いくら王宮からもらえるのですか？」

「一億バレンだ」

「一億っ⁉」

アマリーはソファから飛び上がった。

驚愕《きょうがく》のあまり、一億、一億⁉と復唱してしまう。それに合わせて公爵も逐一、大きく頷く。

信じられないほどの大金だ。口止め料も含まれているのだろう。

「一億も……」

「そうだ！　祝典に参加するだけで一億だぞ！　さらに、もし帰国後にジュール王太子様とリリアナ様のご結婚が決まれば、ボーナスとしてさらに一億。計二億バレンだ！」

二億バレンもあれば、どれだけ助かるだろう。ファバンク公爵家の抱える借金を返済しても、まだ有り余る金額だ。

目も眩《くら》むような額と仕事内容に、アマリーの息が、しばし止まった。


デューラシア大陸には五つの国がある。

北と南に巨大な国家である北ノ国と南ノ国があり、その両国に挟まれる格好で東ノ国と中ノ国、そして西ノ国が存在していた。

北と西は長年仲が悪く、そこにたびたび漁夫の利を得ようと首を突っ込んでくるのが中ノ国であった。北ノ国は大陸西側の海上覇権を得ようと盛んに南下政策を推し進め、大陸西端に位置する西ノ国を常に脅かしてきた。南に領土を広げようと邁進《まいしん》してやまないこの北の脅威に対抗するため、西ノ国は隣国である南ノ国と縁戚関係を結ぼうとしたのだ。

すなわち、南ノ国のジュール王太子と、リリアナ王女の結婚を模索し始めた。

これは歴史的に見ても大事件であり、外交政策の一大転換でもあった。

しかしながら完全なる政略結婚であり、当のリリアナ王女本人は、知らせを聞くなり卒倒した。乳母が彼女の身体を支えようと手を出すのがあと二秒遅ければ、床に頭を打ちつけているところだった。

公爵は言葉を失っているアマリーに言い聞かせるように言った。

「リリアナ様に穏便に嫁いでいただくためにも、今回の顔合わせを成功させてほしい。――それに我が家はこのままでは、……もう売れる領地はほとんど残っていないのだ」

リリアナ王女の縁談が失敗しようが、日々困窮していく家にいるアマリーには、他人事としか思えない。自分のことで手一杯なのだ。

（それに王女のフリだなんて、いくら似ていてもできるはずがないわ。でも。でも……）

「国の政略なんて、私には荷が重すぎるし関係ないと思ってしまうけれど。――とはいえ今の我が家をなんとかできるチャンスは、これしかないということですよね」

アマリーは歳の離れた弟のケビンのことを考えた。自分は嫁げばなんとか暮らしていけるかもしれないが、弟は継ぐ財産がなければ、困窮するしかない。

「お父様、……では、約束してくださいませ。もしも二億バレンが手に入ったら、馬と手を切ってください」

「勿論だ！　その二億バレンを馬に使うつもりはない」

公爵家の今後も不安だったが、この身代わり計画自体にアマリーは身を震わせた。

台所では侍女のカーラが、料理の続きをしてくれていた。

量の多い赤毛をきっちりと後ろでひとつにまとめ、小柄な体でテキパキと調理台の周りを機敏に動いている。

公爵との話を終えたアマリーは、台所の入り口でカーラを見つけ、驚いて足を止めた。

「カーラ。今日はもう帰ったのかと思ったわ。……勤務は五時まででしょう？」

アマリーの乳姉妹でもあるカーラは、ファバンク家が困窮しても見放さず、頻繁に残業していた。

「知っていると思うけど、……残業代は出ないのよ」

心配して念を押すアマリーに、カーラは苦笑した。

「わかっています。――ご夕食がまだじゃないですか」

「料理を中断していたのよ。ちょっと、お父様に呼ばれて……」

「アマリー様、どうされたのです？　お顔が真っ青ですよ？」

その言葉に顔を上げると窓に映った自分と目が合った。

そこには現実を受け止めきれていない、呆然《ぼうぜん》としたひとりの娘が立ち尽くしていた。

（私がリリアナ王女の身代わりを務める……？）

確かにアマリーの母は王女ではあったが、アマリー自身は王宮にも数えるほどしか行ったことがない。肝心のリリアナ王女に会ったことがあるのは、たったの一度きり。

それなのに、身代わりなどバレずに果たせるのだろうか？

「カーラ。私ね、二億バレンのために隣国の王太子様を騙《だま》してくることになったの」

「そうでしたかぁ。それは……はいっ!?　えっ？　今なんて？」

パンもチキンもアマリーの世話を待っていたが、とてもではないが料理の続きをする気になどならない。今夜の食事など、喉を通りそうもない。

（そもそも南ノ国に行くのすら怖いのに。その上リリアナ王女のフリをしなければならないなんて）

……だがやらなければ、両親やアマリーは、この屋敷を失うのだ。そうなれば弟のケビンは学院を卒業して寄宿舎を出たら、住む家がなくなってしまう。

この話自体があまりに突飛すぎて、頭の中が痺れたような感覚を覚える。

ただ、二億バレンという文字だけが脳内で異常な存在感を主張していた。

王女のフリをして祝典に参加するだけで、うまくいけば二億。

我知らずアマリーは唇を噛み、拳《こぶし》を固く握りしめていた。

その夜、アマリーは公爵夫人と抱き合ったり語らったりして、一時の別れを惜しんだ。

公爵夫人はメソメソと泣きながら、アマリーに対する謝罪の言葉を繰り返した。

「ロレーヌ、いつまで泣いているのだ。アマリーが困るだろう」

対する公爵は夫人を宥《なだ》めたが、彼女は一向に泣きやまない。

「アマリー。美しいお前ならば、隣国のジュール王太子様もひと目で夢中にさせること間違いなしだっ！」

発破をかける公爵の顔をキッと睨み上げると夫人は言った。

「誰のせいでこうなったと……!?」

珍しく大きな声を出し、夫に意見した公爵夫人にふたりは驚いた。公爵は目を瞬くと、呆《ほう》けたように静かになった。

アマリーを迎えに来たのは、黒塗りの馬車だった。目立たず王宮に入れるようにと選ばれた馬車で、アマリーはひっそりと公爵家を出発し、人知れず王宮に向かった。

こうして彼女はアマリー・ファバンクという名を一時的に捨てたのだ。


「これほど似ているとは……！」

王宮に人目を忍んで潜り込むと、アマリーは国王夫妻に出迎えられた。

国王はアマリーを見て驚いたが、彼自身もアマリーの母によく似ていた。

リリアナ王女の兄であるイリア王太子も、アマリーを見て言葉を失っていた。イリア王子はアマリーとは似ておらず、縦にも横にも大きな体格に、肉に半ば埋もれた瞳の持ち主であった。加えて彼は美白に並々ならぬこだわりがあるため、とても色の白い男性だった。

アマリーはその白さに膝を折るのも忘れて、顔の色を見間違えたかと思って二度見してしまった。

国王はアマリーの手を握り、申し訳なさそうに言った。

「そなたには厄介なことを頼み、本当にすまぬ。だが我が国はこの大事な機会を逃すわけにはいかぬのだ」

そこへイリア王太子が割り込む。

「ファバンク家にとってもいい話だったであろう？　祝典に参加してくるだけで、巨費を受け取れるのだから」

「は、はぁ……」

「そもそも、王室に女として生まれたからには国の役に立つ結婚をするのが、当然の義務なんだ。それなのにリリアナときたら、大事な時に体調管理がなっていない」

アマリーはなんだか悲しくなった。イリア王太子は女を道具としか思っておらず、妹の感情を慮《おもんばか》るつもりは一切なさそうだった。

「イリア、少しは口を慎みなさい」

国王は眉をひそめてイリア王太子を叱った後で、悲しげに続ける。

「余のかわいいリリたんは身体が繊細なのだ」

（――リリたん……？　リリアナ王女のことかしら？）

その繊細な身体で竜が闊歩《かっぽ》する異国になど、嫁げるのだろうかという疑問は呑み込む。

「お早いご快復をお祈りします」

「そなたは我が国の外務大臣と南ノ国へ行ってもらう――これはうまくいけば、国を背負う縁談となるのだ。大役を任せたぞ」

お任せくださいませ、とは到底言えず、アマリーは無言で低頭した。

アマリーの正体は国王夫妻とイリア王太子、それにごく一部の官僚と教育係を除き、誰にも知らされていなかった。

リリアナ王女のそば近くで働いていた侍女たちは、一緒に離宮へ行ってしまっていた。

その代わりにアマリーの侍女であり乳姉妹であるカーラが公爵夫人の嘆願により、共に王宮に上がり王女の侍女としてついてきてくれることになった。

南ノ国に出発するまでは数日あったが、その間アマリーには教育係のレーベンス夫人という女性が付きっ切りで指導にあたった。レーベンス夫人はリリアナ王女が生まれた時から仕えており、リリアナ王女についてよくわかっているらしい。

アマリーとカーラは王女の部屋まで案内されると、レーベンス夫人から早速ここでの過ごし方について教えられた。

「ここを出られたら、貴女はリリアナ様として完璧に振る舞わねばなりません」

本物の王女の評判を落とされてはたまらない、とレーベンス夫人の顔には書いてあった。彼女は手始めにリリアナ王女愛用の扇子をアマリーに手渡した。

「リリアナ様は扇子がお好きで、特に殿方の前では不躾な視線を遮るのにご活用されていました。リリアナ様は大層お美しいので、人目を引きすぎましたから」

その大層な美人と似ていると言われているので、なんと反応すればいいのか困った。アマリーはとりあえず無言で頷いた。

レーベンス夫人はゴホンと咳払いをしてアマリーとカーラを見た。

「よろしいですか？　リリアナ様は、基本的にふたつのお言葉しか話されません」

どういうことか、とアマリーとカーラは揃《そろ》って目を激しく瞬いた。

リリアナ王女には幼児並みの言語力しかないのだろうか。ふたりは困惑して目を合わせた。

「リリアナ様は大変控えめで大人しい方なのです。よほどのことがない限り、『よろしくてよ』と『まあ、そうですの』としかお口にされません」

（ちょっと信じ難い……。それが王女というものなのかしら？）

動揺のあまり、アマリーは反応に困った。

それでもなんとか、リリアナ王女の人となりを理解しようと努力する。

リリアナ王女はこの国の唯一の王女だ。高貴な王女というのは、無駄なことは言わず、ゆったりと万事を周囲に侍らせた者に任せるのかもしれない。

「ですので、お静かにされていれば、本物のリリアナ様ではないと疑われることもないでしょう」

アマリーはレーベンス夫人に対してやっとコクコクと頷いた。

「わかりました。かえってバレにくくて都合がいいかもしれませんね」

途端にアマリーはレーベンス夫人に睨まれた。

（しまったわ。口を開きすぎたみたいね）

アマリーは一瞬考えてから、返事をやり直した。

「まあ、そうですの」

レーベンス夫人は満足げに頷いてくれた。


昼になると、西ノ国の外務大臣が王宮にやって来た。

外務大臣はアマリーがニセモノだとは露ほども思わず、初めて間近で見る王女に扮《ふん》するアマリーの美しさを、初対面の挨拶代わりに褒めちぎった。

オデンという名のその大臣は、茹《ゆ》で卵を彷彿《ほうふつ》とさせるツルツルの頭が印象的だった。

オデンは固く手を握りしめ、己の胸に当てた。

「南ノ国までは決して近くはありませんが、どうかこのオデンにお任せください」

オデンはそのふくよかな指を、アマリーたちとの間に広げた地図の上に滑らせる。

「ご説明いたします。我々は休憩を取りながら、国境に向かいます。一番の難所は我が国と南ノ国の間に横たわるジェヴォールの森です。昼間でも暗く、ならず者が住み着いております」

人喰いの獣や恐ろしい虫も生息していると耳にしたことがある。そう尋ねようとして、アマリーは素早く言葉を呑み込んだ。代わりにただ、鷹揚に頷く。

「そうですの……」

私はリリアナだ、と自分に言い聞かせる。

「この広大な森の中間線に国境があり、南ノ国の迎えが待機しています。そこで馬車を乗り換え、国境を越えてそのまま南ノ国のシュノンに向かいます」

シュノンは国境近くにある小さな街だ。

そして翌朝、シュノンからエルべという南ノ国第二の街へ行き、エルべにて祝典が行われる。現地には数日ほど滞在し、周辺の街を周遊した後で西ノ国に戻るのだという。

（ほんの少し滞在するだけで、一億バレン……。うまくいけば、二億）

任務は耐え難かったが、報酬も耐え難いほど欲しい。

アマリーは地図の上に書かれたエルべという文字を、穴が開くほどジッと見つめた。


リリアナ王女の部屋には、大きな本棚があった。彼女は相当な小説好きだったらしく、本棚には大量の本が並べられていた。

並んでいるのはすべて恋愛小説で、リリアナ王女の好むジャンルが手に取るようにわかる。本は揃って背表紙を手前に綺麗《きれい》に並べられていたが、一冊だけ表紙を手前にして、目立つ位置に大事そうに本棚に置かれていた。特別な本なのだろう。

気になったアマリーは手を伸ばしてその厚い一冊を引き抜き、パラパラとめくった。

巻末の余白にはなにやら書き込みがあり、その数行の文章に思わず目を留める。どうやら詩のようだ。

【私の王女様
貴女は私の光
貴女は私のすべて
私は貴女という枝に止まる小鳥
貴女のアーネストより】

「なにコレ？　……リリアナ王女にこの本を贈った人が書いたのかしら？」

「さぁ……。まさかご自分で書かれたとは思えませんが。寒い愛の詩ですね。——貴女という枝ってどういう意味ですかねぇ」

「解釈に苦しむわねぇ。リリアナ王女はこれをお気に召したのかしら？」

「取っておいてあるのですから、そうなのでしょうね」

アマリーとカーラは見てはいけないものを見た気分になり、苦笑しつつ本を棚に戻した。


南ノ国へ出発するまでの数日は、朝から晩までレーベンス夫人からリリアナ王女について教わり、心休まる暇もなく忙しく過ごした。王宮での時間はあっという間に過ぎ、気が付くと西ノ国の王女リリアナが南ノ国に旅立たねばならない朝を迎えた。

アマリーの心境に呼応したのか、天気は土砂降りの雨だった。

普段は眩しい朝日を浴びて煌《きら》めく王宮が、今朝は鈍色の空の下で暗く濁って見える。

この国の王女が隣国の祝典に参加するという、めでたい日のために準備された馬車は大変立派なもので、白い車体には惜しげもなく金箔《きんぱく》が貼られ、全面に豪奢《ごうしゃ》な彫刻が施されていた。その前後に同行者や国境までの見送り人が乗る馬車が並び、数多の兵たちが警備のために整列している。

王宮の建物を出てから馬車に乗るまでの間、アマリーは緊張しすぎて、意識が飛んでしまいそうなほどだった。

国境までの道のりは長かったが、アマリーに同乗するカーラとおしゃべりをする心のゆとりはまったくなかった。

異変が起きたのは、ジェヴォールの森に入ってしばらく経った時のことだ。

国境となる深い森の中を走っている最中に、急に馬車が止まった。

「あれっ……こんなところで休憩ですかね?」

カーラが窓のカーテンをサッと開ける。

外を見やると、窓ガラスを叩く雨粒の向こうに太い木の幹や濃く茂る葉が見えた。

どうやら狭い道の先に巨木が倒れ、進路を塞いでしまっているようだ。

雨音が馬車の屋根を間断なく叩く中、アマリーとカーラはひたすら車内で待機し続けた。兵たちはその倒木を退けるのに苦慮しているのだろう。

狭い空間で待ち惚《ぼう》けをくらい、どうすることもできず、幾度もため息をつく。

ちらちらと外の様子を窺《うかが》うも雨の中、倒木撤去作業の進捗状況は芳しくないようだ。

すると唐突に、兵たちの雄叫びが聞こえた。続けて金属音があちこちから鳴り響く。窓の外からは、大勢の叫び声がする。

「王女様！　何者かに襲われています！　お逃げください！」

驚いたアマリーが逆側の窓の方を振り向くと、メキメキと不気味な音がして上空から影が動き、背の高い木々が倒れてくるのが視界に入った。

（なに、なに⁉　なにが起きてるの？）

恐怖に駆られて、馬車の中で立ち上がり、外の様子を知ろうと窓に近付く。

新たに倒れてきた木々により、隊列は分断されていた。

その時、どこからともなく覆面の集団がわらわらと現れ、一行を取り囲んだのが見えた。

「なんですか、あいつら⁉」

カーラの問いに対する答えを持ちようがない。

馬車の周りの兵たちは覆面の集団に襲われ、応戦していた。

急に馬車の扉が外から開かれ、カーラが悲鳴をあげる。

目の前に現れたのは覆面をした男で、馬車の中に乱入してきた。

「リリアナ様！　お迎えに参りました！」

男は乗り込むなりアマリーの腕を掴んだ。顔に巻いた黒い布の隙間から、狂おしいまでに爛々と輝く黒い瞳が覗いている。

恐怖に絶叫するアマリーの前で、男は覆面を颯爽《さっそう》と剥ぎ取った。

「私です。リリアナ様」

どうだとばかりに顔面を突き出されても、まったくもって見知らぬ顔だ。

キツいカールを描く黒髪は雨に濡れそぼり、漆黒の瞳は怯んでしまうほどひたとアマリーに向けられている。暗い色彩が厭世的《えんせいてき》な印象を与える一方で、鍛えているのか体格はいい。

まったく見覚えのない顔だし、濃い灰色の服装は西ノ国の兵の軍服でもない。

ましてや王女であるはずのアマリーの腕を掴むなど、どういうことか。色々と怖すぎる。

「ちょっと、貴方誰っ⁉」

カーラが鋭い目つきで乱入者を睨み、アマリーに触れている手を押し退けようとした。だが男は素早く片手でカーラの肩を掴むと、そのまま彼女の身体を馬車の外に押し出した。

勢いよく押されたカーラは、どこかに掴まろうと腕を振り回しながら、車体から落下する。

「カーラ！」

アマリーは驚愕して叫んだ。侍女の安否を確かめたいが、男が馬車のさらに中へと身を滑り込ませて迫ってくるせいで、できない。

男はアマリーを馬車の隅に追い詰めると口を開いた。

「リリアナ様、愛しています」

それは時と場所を一瞬忘れてしまうくらい、情熱の込められた声色だった。

「――あの別れの言葉は、嘘なのでしょう？」

（別れの言葉――？　なんのこと？）

「私をもう愛していないなど……。あれは、私に貴女を諦めさせるための、優しい嘘だったのでしょう？」

（話が、まったく見えない――‼）

アマリーは呼吸すら忘れて硬直した。誰かこの男とこの状況を解説してくれないか。

男は暗い色の瞳を愛しげな光で溢れさせ、甘い口調で言った。

「あれほど愛を誓い合った仲ではありませんか。貴女は私をまだ愛しているはずだ。……私を捨てて、南ノ国の王太子に会いに行くなど、嘘でしょう？」

嘘もなにも、これからまさに会いに行くところなのだが、下手に男を刺激したくはない。アマリーは敢えて口を開かなかった。

すると男はアマリーに抱きついた。喉元から悲鳴があがる。

（誰なの、この男はなんなの⁉）

アマリーを、いやリリアナ王女を抱きしめる男の腕には一切の迷いがない。

濡れた男の服が冷たく、必死にもがくが、猛烈な力で抱きつかれていてちっとも距離を取れない。

「どこか、私たちを誰も知らぬ田舎でやり直しましょう。このために賊を雇ったのです」

男の発言の意図や趣旨がまったくわからず、アマリーの頭の中は混乱の極みにあった。

リリアナお得意の『まあ、そうですの』と言えるような状況ではない。『よろしくてよ』なんて論外だ。

「貴女は私を王宮から攫《さら》って、といつも仰っていたではないですか」

（まさか本物のリリアナ王女が、そんなことを言ったのかしら。とても信じられないけれど、リリアナ王女には恋人がいて、もしや王女を横取りしに来ている、とか？）

その時、雄叫びをあげながら扉を蹴破ってオデンが現れ、外から男の背中を掴むと、馬車の外へと引き摺《ず》り出した。男はアマリーを頑として離さず、巻き添えをくらったアマリーまで転がり出される。

膝まである茂みに落下したのだが、男が健気にもアマリーを衝撃から庇《かば》おうと必死に抱きしめてくれた。お陰でひどく身体を痛めるような事態だけは免れた。

アマリーを助け出そうとオデンが駆け寄り、兵たちもその後に続く。

「お前、何者だ！　その方が王女様と知っての狼藉《ろうぜき》かっ⁉」

兵たちが怒りの形相で怒鳴る。

男はサッと立ち上がると、なんのためらいもなく、オデンの太腿《ふともも》を剣で斬りつけた。

「ギャ――ッ！」

オデンが太腿を押さえ、車輪の横に倒れ込む。アマリーは思わず目を覆う。

男は俊敏に剣を振るい、馬車のそばにいた兵たちを次々となぎ倒した。

（強い！）

頭はどうかしているが剣の腕は確かなようだった。

兵たちを倒した男が視線を上げ、馬車の扉にしがみついているアマリーと目が合う。

途端に剣呑《けんのん》だったその目は、愛しさに眦《まなじり》を下げる。

「ああ、私のリリアナ様……」

違う、違う。人違いだ、あんたのリリアナじゃない！

そう叫ぶ間もなく、アマリーは猛烈な力で男に担ぎ上げられた。

どんなに暴れてもその腕はビクともせず、男の決死の覚悟が痛いほど伝わる。

男はアマリーを近くにいた馬の背に乗せると、すぐに後ろへと自分も続き、彼女が降りる間もなく馬を走らせ出した。

第二章　ニセモノ王女は攫われる

（こんなはずじゃなかったのに……）

隣国の建国記念祝典に参加する王女として、アマリーは豪華に着飾っていた。黄色い小花模様のドレスの胸元には細かなクリスタルが縫いつけられて煌めき、襟や袖には繊細な模様の入ったレースがふんだんに使われている。

王宮を華々しく出発して、街頭で歓声をあげる市民に送られて――祝いに包まれてここまで来ていたはずだった。

それなのにわずかな時間のうちに、事態は一変してしまった。

昼間とは思えぬほど、暗い森の中。

隊列から遠ざかるアマリーの視界の端に、必死にこちらへ走ってくる兵たちとカーラの姿を見た。だがすぐに木々に阻まれ、それも見えなくなった。

空から降り注ぐ雨はやむことを知らず、鬱蒼とした森の木々の葉を通り越し、ドレスをどんどん濡らしていく。

男がアマリーを後ろから抱きしめていたが、それでも少し走っただけでアマリーはずぶ濡れだった。

震えが止まらないのは寒さからか、恐怖からか自分でもわからない。

（どうして、なんでこんなことに……？　この人はいったいなんなの？）

馬の速度が緩んだのを見計らい、アマリーは男に話しかけた。

「お願い、こんなことはやめて！　私を返して！」

「リリアナ様。貴女は私がお嫌いになったのですか？」

もともと好きですらない。

「貴女と逃げるために近衛騎士も辞めました。――もともとは貴女に近付くために血の滲むような努力をして、近衛騎士になったというのに」

えっ、あんた近衛騎士だったの？とアマリーは馬上で目を剥く。王族を守るためにいる近衛騎士が、ここでなにをしている。

「私のためならすべてを捨てられると、貴女もかつて仰ったではありませんか。その言葉を糧に、貴女を奪いにここまで来たのです」

震えながらもアマリーは状況を懸命に整理した。

男の話が本当ならば、どうやらリリアナ王女とこの近衛騎士は恋人同士だったらしい。しかも男はいまだ激しく未練を抱いているようだ。

別れ方がよほどまずかったのか。

「リリアナ様。これが私の覚悟です。貴女と共に生きていくための。その証を受け取ってください」

男はグッとアマリーの顎を掴んだ。その物凄い力に心臓が凍りつきそうなほどの恐怖を覚え、ひっ、と声が漏れる。

揺れる馬の背の上で、男の顔がアマリーに迫り、噛みつくような口づけをした。抵抗しようと手を振り上げたもののいとも簡単に絡め取られ、その指先になにかをはめられた。ようやく唇が離され、荒くなった呼吸を整えているうちに、馬の速度がかなり落ちていることに気付く。

あまりの恐怖にもうこれ以上、馬に乗っていられない。

飛び降りれば怪我をするかもしれない。

(でもまたキスされるくらいなら、肋骨《ろっこつ》の一本や二本、折れた方がマシよ！)

だが動きを察知したのか、男はアマリーを抱え直し、激しく馬の脇腹を蹴った。

馬の走る速度が再び上がる。

(逃げられない……！)

見上げると、男の表情は怖いくらい真剣だ。

キツくうねる黒髪を伝い、雨が彼の額を滑り落ちその目を濡らすが、彼は瞬きすらしない。よほど馬を疾走させることに集中しているようだ。

(怖いよ……、怖い‼　どうしよう、どうやってこの男を止めたらいいの？)

説得には応じてくれなさそうだ。なにしろこの男は色んなものを捨ててまで、ここに来ているのだろうから。そうなれば、もうアマリーがニセモノだと打ち明けるしか、ないかもしれなかった。

でもそうなったら、二億バレンはどうなるだろうか。

(私の二億バレンを返してよ――！)

その時だった。疾走していた馬が突然びくりと震え、足を止めた。

上空から、奇妙な咆哮《ほうこう》が聞こえたのだ。

それまで頭の中でぐるぐる渦巻いていた思考が、真っ白になる。

「なんだ……？　今の声は……」

男が動揺の滲む声で呟く。

森の中で馬を止め、アマリーたちは全身に緊張をみなぎらせた。何事かと耳をそばだてる。

すると、グエー！という凄まじい音が頭上から降り注いだ。

その獣の咆哮に似た音は、アマリーたちの全身をびりつかせ、本能的に恐怖を感じさせた。

それはなにかとてつもなく巨大な動物を彷彿とさせる鳴き声だった。

男が剣を抜き、瞬時に警戒態勢を取る。

アマリーたちは、一様に空を見上げた。雨をよけながら見上げるアマリーたちの視線の先に、大きな黒い影が横切る。アマリーは自分の目を疑った。

鉛色の空を、長い尾を靡《なび》かせた二枚の翼を持つ生物が飛んでいたのだ。

「竜だ‼」

男が叫ぶ。

（竜？　あれが、竜なの？）

西ノ国には竜という生き物が生息していない。本や絵画の中に描かれてはいたが、この目で本物の竜を見たことなど、今まで一度もなかった。大陸の南に生息する竜は、犬より嗅覚が鋭く、飛べば馬より速く、どんな剣より鋭利な爪を持つのだという。

木々を揺さぶり、地を這《は》うような低い咆哮が、今度は上空のあちこちからあがった。

空高く鬱蒼と茂る濃い木々で視界が遮られ判然としないが、鳴き声をあげた生物はおそらく複数体いるのだと予想される。

見上げていると、アマリーたちの真上、遥《はる》か上空にいた竜が一気に降下を始めた。

（ぶつかる⁉）

咄嗟《とっさ》に目を固く閉じ、頭を庇う。

直後、衝撃音と激しい振動が地面越しに伝わる。

目を開けると、近くの木々がなぎ倒され、――そこには奇妙な生き物が降り立っていた。

あまりの光景に、呼吸を忘れる。

青みがかった色の皮膚はゴツゴツとしていて、岩のようだ。

何本もの角が生えた頭は大きく、それを長く太い首が支えている。まるで巨大な蜥蜴《とかげ》だ。

長く鋭い爪を持つ後ろ足は太く、それよりやや小さい手が、なぎ倒されて横倒しになった木々の上にかけられている。尾は大木の太さで、身体と同じ長さがあった。

異様で、そして圧倒的な生き物。そんな奇妙な生物が、ゆうに大人ふたり分はあろうかという長い翼を畳むと、竜の背の上に乗る黒い衣装の男の姿が見えた。

男はアマリーたちを見下ろしていた。

(――あれは、人間なの⁉)

こんなに大きく凶悪な見た目の生物の上に、人が乗っている――。アマリーにはそのことが信じられなかった。

アマリーをしっかりと抱き寄せながら、男が叫んだ。

「まさか、竜騎士⁉」

竜を操る騎士は南ノ国で竜騎士と呼ばれていた。

(これが竜騎士⁉)

男が剣を鞘《さや》に納め、手綱を握り直して馬を反転させる。すると彼らの後ろに、轟音《ごうおん》を立てて別の竜が降り立った。

「リリアナ様、逃げましょう！」

挟まれたことに気付いた男はそう叫ぶと、ふたりを乗せた馬を再び走り出させた。木立の細い隙間を木にぶつかりそうになりながら、馬が駆け抜けていく。

馬を操ることに集中した男は、両手を手綱にかけた。

その隙に馬を降りようとアマリーは暴れた。これ以上連れていかれるわけにはいかない。

「私を離して‼」

刹那、あの奇妙な咆哮がすぐそばから聞こえ、アマリーたちを乗せた馬はそれに驚いて急に暴れ始めた。左右に跳ねる馬をどうにか落ち着かせようと男は手綱を強く引くが、効果はない。馬は激しくいななくと急に後ろ足で立ち上がり、背中からアマリーたちを振るい落とした。

そうして身軽になると、あっという間にその場から逃げていった。本能的に竜を怖がったのだろう。

男はアマリーを健気にも抱き抱え、己が盾となって落馬の衝撃を和らげてくれた。

胸を押さえて呻《うめ》く男を必死で振り解くと、アマリーは手をついて立ち上がった。

（今だ！　逃げなきゃ……！）

走り出したアマリーを、逃すものかと男がすぐに追う。

「リリアナ様！　どちらへ⁉」

その時だった。

轟音と共に木々が横方向へとなぎ倒されると、飛び散る木の屑《くず》の合間から、大きな緑色の目が現れた。次の瞬間、バキバキと木を砕く音を立てながら、竜がその長く鋭い爪を持つ足を一歩ずつ前に進め、こちらへと近付いてくるのが見えた。

その金光りする緑色の瞳は、意外にも睫毛《まつげ》が長く、アマリーたちをジッと見つめている。

アマリーの倍はあろうかという竜の背中の上で、そこに座っていた竜騎士が口を開く。

銀色の兜《かぶと》を被っていて顔立ちはわからないけれど、そこから覗く灰色の目はとても力強く、雨の中ですらアマリーにひたと注がれていることがわかる。

「リリアナ王女にあらせられるか？」

よく通る、若い男性の声だった。

アマリーは震える声で叫んだ。

「そうです！　……た、助けて！」

竜騎士はヒラリと竜の背より舞い降りると、着地した次の瞬間にはもうこちらに駆けてきていた。

男の手がアマリーの腕を離れ、竜騎士と剣をぶつけ合う。逃げるなら今しかない。

その隙を逃さずアマリーは木々の間に駆け込んだ。

駆け始めて間もなく、後ろの方で男の絶叫があがった。アマリーを攫おうとした男か、もしくは竜騎士のどちらかが叫んだのだろう。勝敗が決したらしい。

だがアマリーは振り返らなかった。

（カーラは……、オデンたちは？）

皆のもとへ戻ろうと懸命に走った。

靴はとうに脱げ、ドレスの下に履いていたものは擦り切れ、ほとんど裸足でアマリーは走っていた。

不思議と痛みは感じず、ただ心臓の鼓動だけが胸に痛みを与えている。

走り疲れて速度を落とした頃、背後から猛烈な力で腕を掴まれ、止められた。

その反動で蹴躓《けつまず》き、アマリーは地面に倒れ込んだ。腕を掴まれたままだったので、転倒は膝の辺りまでで免れたが、その強さにアマリーはかえって恐怖を覚える。

震え上がりながら顔を上げると、アマリーを掴んだのは先ほど男と剣で戦っていた竜騎士だった。

――つまり、倒されたのは近衛騎士の方だったのだ。

得体の知れない竜騎士の再登場に、悲鳴をあげて急いで立ち上がり、可能な限り距離を取る。

「せっかくお助けしたのに、どちらへ行かれる」

竜騎士は頭の形に合わせた銀色の兜と同じ輝きを持つ鋼色の瞳を、アマリーにひたと向けていた。

「間に合ってよかった」

竜騎士がアマリーの腕をまだ掴んだままだったので、アマリーはつい怖くなって彼の手を振り払った。すると、彼は少し傷ついたように眉根を寄せた。

「あの……、さっきの男性は……？」

「貴女を連れ去ろうとしていた男のことか？　森に転がしてきた。――貴女が走って明後日の方向に行かれてしまうから、トドメをさせなかった」

竜騎士はアマリーが逃げたことを不満に思っているらしい。その非難がましい視線を浴びながらも、思わずあの近衛騎士が血まみれで倒れている光景を想像してしまい、両手で口を覆った。

（あの近衛騎士はもしかしたら、リリアナ王女の元恋人かもしれない。まさかこんなことになるなんて、思いもしなかった！）

「怖がらないでくれ。お迎えに参った」

「迎え……」

竜騎士は低い声で答えた。

「私は南ノ国の者だ。国境で王女様御一行をお待ちしていたが、森の鳥たちが一斉に方々へ飛び立つのが見えた。だから西ノ国の隊列になにかあったのだろうと竜を飛ばして来たのだ」

「まあ、……そうでしたの」

アマリーはほんの少し警戒を解いた。でもまだ、震えが止まらない。

「ジェヴォールの森は夕方までに抜けないと危ない。――貴女方を襲ったのは、何者かご存じか？いったいなにがあった？」

そんなのはこちらが教えてほしいくらいだった。

アマリーは即座に首を左右に振り、自分にもまったくわからないのだと答えた。

あの男が近衛騎士かもしれない、ということも言わない方がいいという気がした。

近衛騎士がこのような失態を犯したとすれば、西ノ国の責任問題に発展するだろうし、王女の恋愛沙汰が明るみに出る可能性があるからだ。それはまずい。

「ねぇ、竜騎士さん」

「――私はルシアンだ」

「……ルシアン、隊列からはぐれてしまったのだけれど、西ノ国の皆のところへ、連れていってもらえるかしら？」

実を言えば、来た道をひとりで辿れる自信がなかった。

「お連れいたしましょう」

ルシアンがアマリーの背に手を当て、先導するように歩き出そうとする。

だがあの不気味な竜に乗っていた男性に身体を触られるのがなんとなく恐ろしい。アマリーが思わず大仰によけてしまうと、ルシアンは上げていた手を束の間硬直させ、やがてゆっくりと拳を握り、静かにそれを下ろした。

アマリーにあからさまに避けられたルシアンが、苦笑する。

ふたりで並んで歩き出すと、やや進んだところでルシアンは立ち止まった。

訝《いぶか》しく思って見上げると、彼はアマリーの足元に視線を落としている。

靴を失っていたために、アマリーの足は森の植物や岩との接触によってところどころ出血していた。

ルシアンがやや驚いた口調で言う。

「お怪我をされている」

「ええ。かすり傷だから、お気になさらないで」

「歩かれない方がいい。竜の背にお乗せする。飛べば馬車まで一瞬だ。よろしいか？」

「——竜の背に⁉」

とんでもない提案に、アマリーは目を剥いて竜を探した。

竜はアマリーたちの前方に木をなぎ倒して立っており、首を傾けてアマリーを見ていた。ゴツゴツの皮膚は異様で、その緑色の大きな瞳がアマリーと合うなり、竜はグエェェイ、と鳴いた。

口角が上がり、笑っているみたいな顔をしている。その上、ルシアンが近付くとまるで猫が甘えるようにグルルと喉を鳴らすが、ちっともかわいくない。頭の中まで振動を感じる太い鳴き声が、恐ろしい見た目と相まって恐怖を助長するのだ。

それに半開きの口から覗く歯は見事なまでに白く輝き、その大きさに鳥肌が立つ。

（――あれに乗る⁉）

「よろしく……ないわ。結構よ、私は乗りたくない……」

「ですが」

「むり、無理、無理よ。あんなものには乗れないわ」

「その足で森を歩かれるのですか？」

「大丈……」

アマリーが言い終えるのを待たず、ルシアンが突然屈んだと思ったら、アマリーを抱き上げた。硬い腕が腰や腿に巻きつき、一瞬で顔に熱が上る。

「お、下ろして！　なにするの……」

暴れると、ルシアンはアマリーを睨み上げた。だが対するアマリーも怒っている。

（女性をこんな風に気安く抱き上げるなんて。なんて失礼なの。しかも私は仮にも今、王女なのに！）

自分の足に回された腕が不快であるばかりか、有無を言わさぬ態度に恐怖を覚えて、足に力を込めてルシアンの腹を蹴った。

「お放し！　無礼者！」

ようやく腕がするすると解かれ、アマリーは地面に下ろされた。安堵《あんど》しつつも見上げれば、ルシアンは冷たい目で彼女を睨んでいた。

「では元いた場所まで、歩いていかれるおつもりか？」

「担がれるより早いはずよ」

「どうかな。その短く細い足で森を歩き回れるのか？」

なんて失礼なのか、とカッとなって反論しようと口を開きかけ、なんとか理性で押し留める。

（落ち着いて。落ち着くのよ……！　リリアナ王女らしくしなくちゃ）

アマリーが黙っていると、ルシアンは背を向けてスタスタと先へ進み始めた。それを慌てて追う。

道は非常に悪かった。倒木や藪《やぶ》が茂る中を進まなければならなかった。

前を行くルシアンは速度を落とさず颯爽と進んだが、ついていくアマリーはちょこまかと足を繰り出さねばならず、早々に息が上がった。

（――なんて歩きにくいの！）

視界を遮る草木を手で払いながら歩いていると、あることに気付き、アマリーは瞠目《どうもく》した。

自分の左手の薬指に、キラリと光る見慣れぬ金色の指輪がはめられていたのだ。薬指にはなにもはめていなかったはずなのに。

（なにこの指輪。いつの間に？　まさか、あの時……？）

よく思い出せば、指になにかをはめられた感覚が確かにあったではないか。

馬上で無理やり近衛騎士からキスをされた時だ。唇を奪われたショックに気を取られ、手の方を気にしていなかった。あの時、押し当てられた雨に濡れる男の唇の感覚をつい思い出してしまい、慌てて口を袖でゴシゴシとこする。

指輪に先ほどの男の怨念のようなものが篭っていそうで、不気味に思えた。

アマリーは慌てて指輪を指から抜いたが、すると、今度は処分に困った。

本来は王女のものだと思うと、ポイッと投げ捨てるのもためらわれる。

仕方なく指輪をポケットにねじ込む。

顔を上げると、ルシアンは変わらずアマリーなど存在しないかのように、サクサクと調子よく進んでいた。倒木もなんのその、長い足を駆使してヒラリと越えている。

腰ほどまで茂る藪をルシアンが軽く跨《また》ぎ越し、アマリーもそれに続けと足を高く上げ――跨ぐのに失敗した。ズボリと藪の中に片足を踏み込んでしまい、その直後にもう片方の足が宙に浮く。

「わっ……やだっ……！」

藪の中に完全にはまり込んでしまい、抜け出ようと両手を振り回すも、手が藪の小さな枝を折るだけでなんの効果もない。スカートはすっかりめくれ上がり、足に藪が刺さって痛い。

思わず助けを請うために前方を行くルシアンに視線を投げると、彼は上半身だけで振り返り、腰に両手を当てて、いかにも呆《あき》れた風情でアマリーの惨事を眺めていた。

（信じられない。見ているだけ――!?）

ルシアンはそこから一歩も動かない。助けてくれないどころか、冷たい視線をくれている。

「ちょっと、助けなさい……！」

「――人に物を頼む態度ではないな」

そんなことを仮にも王女に言うなんて、信じられない――アマリーは驚きすぎて喘《あえ》いだ。

「……た、助けて……動かないのよ」

「竜に乗るか、私に担がれるかどちらか選んでくれ」

「どうしてその二択なのよ……！」

「一生そこでハマる方をお選びか」

そう言い残すとルシアンは顔を背けて先へ進み出した。

目にしているものが信じられない。仮にも王女たる自分を森の藪にハメたまま置いていこうなんて。

「ちょ、待ってよ！　待ちなさい！」

ルシアンはアマリーの命令を清々しいほど無視した。

（こんな森のど真ん中に置いていかれたら死んじゃうわよ‼）

アマリーは小枝を握り潰す勢いで掴みながら、叫んだ。

「――ま、待ってください！　わかったわ。担いで頂戴！」

懇願が通じたのか、ルシアンは止まってくれた。アマリーは心底ホッとして小枝を離した。

彼はアマリーのところまで引き返してくると、彼女の両脇に腕を回し、勢いよく引いた。まるで農作物でも引き抜くような乱雑さだったが、文句は言えない。

アマリーをそのまま子どものように抱え上げ、ルシアンはいかにも不承不承といった声色で、言い捨てた。

「これ以上その足で歩いて無理をなさると足が腐り落ちる」

「えっ……」

ルシアンはため息をついて、アマリーから顔を背けた。

自分だってアマリーを抱えたくはないが、仕方なくそうしていると言いたいのかもしれない。

身体に回された腕が恥ずかしく、下ろしてもらおうかと逡巡した。だが、竜の背に乗るのも怖かった。……足が腐り落ちるなんて、もっと嫌だ。

「私、重くないかしら？」

「重いな」

凄まじい勢いで球を打ち返された気持ちになった。顔面に球が当たり、一瞬息が止まるくらいの。

「ご、ごめんなさい」

一応詫《わ》びてみたが、ルシアンはなにも言わない。せめて返事をしてほしかった。

アマリーを抱えたまま歩くルシアンを、竜はノロノロと追いかけてきていた。アマリーが恐々とそれを振り返って確認すると、ルシアンはため息まじりに言う。

「竜がお珍しいか？」

「ええ。私の国にはいないの」

アマリーを下から見上げるルシアンの瞳は、不躾なまでに真っ直ぐにアマリーを見上げていた。

目元は涼しげで、自分とあまり年齢が変わらなそうなのに彼が敬語を使わないことに、少し違和感を覚える。

（私はリリアナ王女だと言ったのに）

この男が南ノ国の騎士だとすれば、返す返す随分無礼な態度だ。

軍事大国の南ノ国では、きっと軍人の立場が相対的に高いのだろう。その上竜騎士ともなれば、重宝がられて傲慢になるのかもしれない。

そう考えながらルシアンの顔を見ると、再び目が合った。

その射貫くように力強く自分を見上げる瞳に、密かに困惑してしまう。

（なにを考えているのかしら……？）

兜の中に表情が隠され、読めない。怖くなってアマリーは目を逸らした。

早く他の皆と合流したい。そして、この不気味な森を出たい。

いや、リリアナ王女のフリをやめたい。

予定外の出来事の連続に、アマリーは身も心も疲弊しきっていた。

そうしてルシアンに抱えられながら結構な道のりをそれきり黙って過ごした。


グゥ、グルルル……。

静かな森の中で、アマリーの腹の虫が盛大に鳴った。

真っ赤になって焦るアマリーをよそに、ルシアンは声が木々にこだまするほど爆笑した。

「あ、あのっ……」

「失礼！　一瞬、竜の鳴き声かと……！」

いくらなんでもそんなに大きくはなかったはずだ、とアマリーはムッとする。

恥ずかしく感じながらも腹を立て、そっぽを向くアマリーをルシアンは見上げた。

「食事はいつとられた？　森の中では召し上がれなかったでしょう」

「ええ。でも、大丈夫だから放っておいてくださいな」

限界まで首を背け、真っ赤になった顔を見られまいとするアマリーの赤い耳がルシアンの視界に入る。ルシアンはふっと目を細め、おかしそうに笑いを含んだ声で畳みかけた。

「空腹なのでしょう？」

「――いいえ。別に」

「こちらを差し上げようか？」

パッと振り返ると、差し出されたのは飴玉《あめだま》だった。

「いただくわ」

手を伸ばして飴をもらい、アマリーは言葉とは対照的に顎をツンと逸らして尊大に礼を言った。そして、急いで飴を口に押し込む。

アマリーは真っ直ぐ進路の方を見つめたが、ルシアンはまだアマリーを見上げていた。目尻が下がっていることから、彼がまだ薄ら笑いを浮かべていることに気付き、怒りの感情が湧く。

だが先ほどの自分の態度は礼を言うには相応《ふさわ》しくなかったかもしれないと思い直し、改めて丁重に礼を言っておく。

「美味しいわ。――ありがとう」

「どういたしまして」

これ以上南ノ国の人間と話してボロが出る前に黙ろうと、それきりアマリーは口を噤《つぐ》んだ。

「王女様は噂《うわさ》通り、大人しい方だな」

しばらくして、歩きながらルシアンが呟いた。少し棘《とげ》のある言い方だった。

アマリーはキッと彼を睨んだ。

「襲われたばかりなのです。目の前で……兵士たちが殺されました……！　話す気力などありません」

「これは失礼した」

「あ、あの。でも助けてくださってありがとう」

すると、ルシアンは意外にも朗らかな声で言った。

「けれど、リリアナ王女が貴女のような表情豊かな方で安心した」

「えっ？」

「西ノ国の王女は滅多に話されない、美しい人形のような方だと聞いていた」

ぎくりと心臓が痛み、直後に震え上がる。

（まずいわ。少し感情的にしゃべりすぎたかしら？）

レーベンス夫人の怖い顔が脳裏に蘇る。無意識に右手を動かして扇子を探すが、近衛騎士に攫われた時に落としてしまっていたのを思い出し、心の中でため息をつく。

アマリーは気まずくなって身じろいだ。

この話題を続けるのに抵抗があり、思わず話を逸らす。

「王太子様は、もうエルベの街にお着きかしら？」

なぜかルシアンは答えない。アマリーの胸がざわつく。

ルシアンがアマリーを抱え直すように、一度軽く彼女の身体を揺すり上げる。ギュッと力を込めて足に巻きつく腕に、緊張を強いられる。

時折自分を見上げる鋼色の目が、アマリーの身を竦《すく》ませる。

アマリーは動揺して口を開いた。

「あの、……王太子様はどんなお方ですの？」

すると、ルシアンは首を微かに傾けた。

「さぁ、それは私には答えるべくもない」

どういう意味なのかわかりかね、アマリーははたと目の前のルシアンの目を見つめた。その鋼色の瞳に、どこか嘲笑の色を含んでいる。

（まさか王太子のジュールは、臣下の口からはとても言えないほど、性格が悪いのかしら？）

水面に落ちた一滴のインクのように、悪い予感が頭の中に広がっていく。

アマリーはやや不安になって、尋ねた。

「南ノ国の王太子様は――ジュール様は、大人しい方がお好みかしら？」

「さぁ。どうかな。――本音を言えば、貴女は私が想像していた女性とかなり違って……、随分とおもしろい方のようだ」

（ルシアンの感想は聞いていないのだけれど……）

「リリアナ王女はほんの少ししかお話しにならない、大層お静かな方だと聞いて、実はかなり心配していた」

（そうでしょうね。二単語しか愛用していない王女様のようだから）

アマリーは心の中で、激しく納得してしまった。

「あまりに不安で、待ちきれずに迎えに来てしまったのだ。だが、リリアナ王女が貴女のような方でよかった」

困惑して見下ろしていると、ルシアンは幾分優しげな眼差しをアマリーにひたと向けてきた。

そのまま彼は左手を伸ばし、アマリーの手を握った。

「ルシアン？」

前触れなく手を握られて焦る。

驚いて腕を引こうとするが、ルシアンは離そうとしない。それどころか、グイと手前に引かれ、距離をさらに縮められ、体がさらに密着する。

（やだ、なにこれ。どうしよう⁉　王太子様に気に入ってもらうために来ているのに、南ノ国の騎士にイチャつかれちゃってる⁉）

どうしてこの竜騎士はこんなに身のほど知らずなことをしてくるのか、とても理解できない。

念のため、再度自己紹介をしてみる。

「あ、あの、私は西ノ国の王女で……祝典に参加して……、えっと、王太子様に会いに行くのよ……？」

（本当は王女じゃないけど……ニセモノだけど！）

「知っている。貴女がリリアナ王女でよかった」

（ええ？　だから、よくないわよ）

抵抗するも、ルシアンは手を握ったまま、アマリーをひたと見つめてくる。

「だ、誰かに見られたら、あ、あらぬ誤解を……」

「誰も見ていない。ご安心を」

「見ていなくても問題なのよ‼」

「貴女が予想外にかわいらしい方で嬉しい」

「まぁ、そんな……」

盛大に焦る心の片隅で、ルシアンのような立派な騎士に褒められて嬉しい……と思ってしまう自分もいた。今までアマリーの周りには、成金男爵や年寄り子爵しか褒めてくれる男性がいなかったからかもしれない。

「――リリアナ様。南ノ国の王太子のジュールはエルベにはいない」

「えっ？」

（エルベにいない？　――それよりも王太子を呼び捨てに？）

それは流石に失礼すぎる。

「リリアナ王女。私のことはジュールと呼んでくれ」

「はっ？」

今、なんて言った。

「さっきはあまりに貴女が怯えていたから、名乗り損ねてしまった。……まるで怪物に遭遇したような日でこちらを見上げていたものだから」

ルシアンはそう言うなりアマリーをそっと下ろした。そのまま彼女の片手を、そっと握りしめる。

（――なにを、ルシアンはなにを言おうとしているの？）

ルシアンは穏やかに微笑んだまま、アマリーを見下ろした。そうしてうっとりとするような美しい声で言った。

「申し遅れてすまない。私が南ノ国の王太子、ジュール・ルシアン・アーロン・ハイエットだ」

ルシアンが被っていた銀色の兜を外す。

兜を脱いだ直後、薄茶色の柔らかそうな髪が風を受けサラリと靡く。

顔全体が露わになると、彼は出会った当初よりもいくらか若く見えた。それに、緩く波打つ短い髪は、優しげな印象を与える。

（ええっ、予想以上……！　随分綺麗な顔なんじゃないの……）

兜で隠して、竜に乗って飛ぶなんてもったいない、とアマリーは思ってしまった。

（いやいや、驚くべきはそこじゃないわ。まさかこの人が、南ノ国の王太子だったなんて！）

慎重に進めたかった出会いが、めちゃくちゃだ。一瞬にして目に映る光景すべてが灰色になった気がして両足に力が入らなくなり、ぐらりと揺れたアマリーをジュールが抱きしめる。

「危ない！」

その腕が恥ずかしく、ふらつく頭を慌てて起こす。

「——すぐに言えずに申し訳なかった」

「貴方が王太子様なの？　王太子じゃないフリをするなんて！」

「竜に乗った私を見上げる貴女の顔が、あまりに怯えていたから。許せ」

「ひどいわ……。わざと黙ってたなんて！」

ルシアンを非難した矢先、彼にそんなことを言えた立場にはないのだ、とはたと気付く。

自分など、王女ですらない。

「エルベで待ちきれなかったのだ。——美姫として名高い貴女を、早く見たいという気持ちもあった」

「そんな、……び、美姫……？」

「噂に違わぬ——いや、噂以上の美しさに驚いた」

直球な賛辞にアマリーは狼狽《うろた》えた。

「だけど、中ノ国のエヴァ王女も祝典に参加なさるためにエルベにいらっしゃるのでしょう？」

そっちは迎えに行かないのか。

「中ノ国の王女は予定より早く到着したのだ。今はシュノンでお待ちだ。少し待たせても問題はない。

それにエヴァとは幼い頃から頻繁に会っている」

それは初耳だった。

考えてみれば中ノ国と南ノ国は昔から交流が深い。王族の行き来があったとしても、不思議はない。

だが、だとすれば、王太子に妃として選んでもらうには、なおさらリリアナ王女が不利なのではないか、という気がした。

（どちらかと言えば、割り込んでいるのはリリアナ王女の方だったりして……）

アマリーは密かに焦った。

「つまり、貴方は竜騎士ではないのね？」

「南ノ国の王族は皆、武人だ。竜も個人的に所有する」

ジュールはアマリーの狼狽える両手を優しく握りしめ、落ち着かせるように丁寧に話した。

「待ちきれずにジェヴォールの森で貴女を待っていた。だが、そうしてよかった」

確かに、もしジュールが森に来てくれていなかったら、あの時どうなっていただろう。

（もしかしたら、リリアナ王女の恋人に攫われてしまっていたかもしれない……）

そう思うと、ゾッとした。

ジュールはアマリーの手を取り、口元にゆっくりと寄せた。

「リリアナ王女。──お会いできてよかった」

アマリーの手の甲にジュールの柔らかな唇が押し当てられ、めまいがした。

（こんなに早く、王太子と会うことになるなんて。どうしよう）

第三章　南ノ国の竜

カーラや他の兵たちとは間もなく落ち合えた。

一行は南ノ国の他の竜騎士たちとも既に合流しており、襲撃を受けて負傷した一部の兵たちはその場で手当を受けていた。

全部で四頭の竜が周囲にいて、大人しく木々の陰に座り込んでいる。竜を見たことがなかった西ノ国の隊員たちは一様に、竜を遠巻きにして信じ難いといった表情で見上げていた。

アマリーが皆のもとへ戻ったことに気付くと、カーラは一目散に駆け寄ってきた。

「ご無事でよかった!!」

西ノ国の兵隊長は震えて真っ青になりながら、警備の不備を詫び、アマリーに頭を下げた。彼は馬車を奪った男たちについて詳しく聞きたがったが、南ノ国の王太子の前でまさかリリアナ王女の元恋人かもしれないなどとはとても言えなかった。

兵隊長が竜騎士たちに礼を言うと、ジュールは片手をヒラヒラと振って、聞き流した。

だが外務大臣のオデンが見当たらなかった。どうやらオデンは足に傷を負った状態で、騎乗して必死にアマリーを追いかけ、はぐれてしまったらしい。

オデンを捜しに行こうと西ノ国の兵たちが支度をし始めると、ジュールが硬い面持ちで言った。

「ジェヴォールの森に長居は危険だ。なるべく早く出たい」

ジュールは竜の背につけられた革製の鞍《くら》のようなものをなにやら結び直していた。

彼は顔を上げると、竜騎士と西ノ国の兵隊長に矢継ぎ早に指示を出した。この場で指揮をとる資格が己にあると一片も疑わぬその堂々とした態度に、皆が素直に従う。

「竜騎士部隊を二隊に分ける。私は国境を越えて王女をシュノンまでお連れし、残る隊は西ノ国の大臣を捜す」

ジュールはアマリーを一瞥《いちべつ》してから兵隊長に言った。

「この先、東南方向に王女を攫おうとした男が瀕死で転がっている。賊の捜査は我々の仕事ではない。お任せする」

竜騎士たちは森の中とはいえ、当初の予定と違って西ノ国側の領土に踏み込んでいるのだ。非常事態だったために仕方がないとはいえ、本来無断で軍隊が国境を越えれば、領土侵犯した国に対し宣戦布告をしたに等しい意味を持つ。

一刻も早く出たい、という無言の主張が透けて見える。

西ノ国の兵隊長は数名に命じて、アマリーを連れ去ろうとした男を捜しに行かせた。

残る兵たちと竜騎士たちと共に、仕方なくアマリーたちは国境まで向かうことになった。襲撃された馬車をどうにか仕立て直し、アマリーたちが再びそこに乗り込む。

だが西ノ国の王宮から連れてきた馬たちは、初めて見る竜の姿に恐れをなし、興奮状態にあった。馬たちはなかなか御者の指示通りに動いてくれず、快適な旅とはとても言えない。

隊列がほんの少し円滑に進み始めた頃。

アマリーたちを乗せた馬車が林の中で、ガクンと急に上下に揺れ、止まった。

嫌な既視感のある事態だったが、車窓を見ると特に誰かに襲われているわけではない。

どうやら降りすぎた雨のせいで道がぬかるみ、馬車の車輪がはまってしまったようだ。

兵たちが駆けつけ、アマリーたちを一旦馬車から降ろすと馬車を総がかりで押し、ぬかるみから出そうと汗だくになった。しばらく押し引きを試みたものの、効果があまりないと判断したジュールは、竜の首と胸に綱をかけ、それを馬車と繋いだ。

西ノ国の兵たちは顔色を失って、ひたすらその様子を心配そうに見つめている。南ノ国の王太子はいったい、竜になにをさせる気なのだろうか、と。

竜の首を撫《な》でるジュールのそばににじり寄ると、アマリーは思い切って尋ねた。

「竜に馬車を引かせるの？」

「馬より遥かに力があるので。こんなところでお待たせして申し訳ない」

大きな翼とゴツゴツした大きな身体の竜に結びついた馬車は、なんだか小さくてオモチャのように見える。アマリーはこのまま竜が羽ばたいて、馬車を空へと引いていく光景を思い浮かべた。まるで童話の中の一幕のようだ。

「南ノ国では、もしかしてこうして馬車で空の旅もするのかしら？」

すると、ジュールは作業の手を止め、アマリーを振り返った。

その鋼色の目が見開かれ、そのすぐ後に怪訝《けげん》そうに言った。

「まさか。リリアナ様はおもしろいことを仰る」

「あ、あら、そうかしら。――そうね、馬車が着地の時に壊れてしまうわね」

しかし、竜は確かに頼りになる生き物だ。恐ろしい見た目をしているが、馬よりよほど便利だ。

森の奥深くで木々をなぎ倒した姿を思い出す。もし戦地に竜がいて相手をしなければならないとしたら、生身の人間などひとたまりもないだろう。この竜一頭で一個隊など軽々全滅させてしまいそうだ。

西ノ国は隣国北ノ国との衝突のたび、竜騎士団の創設を渇望してきた。今本物の竜を目の当たりにすると、そのことが大いに納得できた。

北ノ国と西ノ国は長年にわたり領土争いが絶えない。とりわけ近年、北ノ国は両国から互いに等距離にあるサバレル諸島の領有権を、声高に主張している。

アマリーは目の前の巨体を、爪先から角が生える頭の天辺まで首を仰け反らせて見上げた。

こんな巨体の竜が複数もいれば、島から北ノ国の兵たちを追い払うことなど造作もないように思える。

そういえばファバンク家の屋敷の中のどこかに、竜を描いたタペストリーがあった。

火を口から噴いて、山を切り開いていた構図だった。

「あの……火を噴く竜も南ノ国にはいるのかしら？」

すると、ジュールは苦笑した。

「残念ながらいない。……どうも西ノ国では竜についてかなり誤った情報が広まっているらしい」

屋敷にそういうタペストリーがあったの、と言おうとして慌てて口を閉じた。

これはリリアナ王女が見たものではない。

「……耳から光を放つ、とも聞いたことがあるわ。あれもただの伝説なのかしら？」

ジュールは少し考えるそぶりを見せてから、答えた。

「それは半分事実だ。――この、竜の耳の付け根をご覧いただきたい」

そう言いながらジュールは竜の耳の付け根付近を指さした。長く大きい耳の根元には、透明な鱗のように輝く石がまるでピアスのようにハマっていた。

「竜珠《りゅうじゅ》だ。生まれた時より、すべての竜が左右の耳に持っている」

アマリーは耳を見ようと、少しだけ竜のそばに寄った。

竜珠については西ノ国でも有名だった。竜珠は大変希少な宝石として高値で売買されているのだ。

「竜は己が認めたただひとりの人間にしか、生涯竜珠を触らせない。だから決してそこにだけは触れないでくれ」

「ええ、わかったわ」

そもそも竜に触れる気はない、と心の中で付け加える。

「竜は主人を自分で選ぶ。特定の人との間に愛着や信頼が生まれ、唯一の主人を決めた時は、竜珠を闇に光る猫の目のように輝かせるのだ。その時初めてそこに触れるのを許される」

アマリーは相槌《あいづち》を打ちながら、竜の耳元の竜珠を見つめた。それはツルツルと滑らかな透明で、光を放つようには見えない。

突然ジュールがそばにいた竜の竜珠に触れたので、アマリーは驚いて一歩退いてしまった。

ジュールは続けた。

「大人になるまでに光ることがなければ、もしくは人に触れてもらえなければ、竜珠は耳から自然に落ちてしまうのだ」

竜珠が付いたままの竜は、よく人に懐くのだという。逆に南の森奥深くにいる大人の竜は、みな竜珠が取れているのだろう。

「竜珠付きの個体は仕える主人を生涯変えないし、人間に従順になる。だが竜珠が落ちた個体は、人に育てられようとも野生に戻りやすくなり、人間を信用しなくなる傾向がある。だから輝かすことがなかった竜には、取れてしまった竜珠の代わりを果たす、人工水晶を埋め込むのだ。人工物であれ、それがあるだけで竜は人を仲間だと思ってそばにいるからな」

「まあ、そうですの。見分けがつかなそうね」

するど、ジュールはきっぱりとした声色で言った。

「水晶では竜珠に遥か及ばない。輝きも質も強度も。一見同じように見えるが、実際は似て非なるものだ。その価値と希少性は比べようもない。――人工水晶は竜珠のニセモノでしかない」

思わず相槌に困ってしまった。まるで、今の自分のことを揶揄《やゆ》されたように思えてしまったのだ。

(私もリリアナ王女のニセモノでしかないわけで……)

人工水晶の話をした王太子の冷めた目つきが怖かった。その鋼色の双眸《そうぼう》が、紛い物を断じる鋭い剣に見えた。

それから、ジュールのかけ声に合わせて、竜はその太い足を一歩一歩と前進させた。アマリーの手と同じくらい大きな爪を、ぬかるんだ土の上に食い込ませて着実に進む。

馬車の車輪は回転することはなく、巨大な力によって滑るように引かれていく。やがて芝の上に乗り上げ、ぬかるみから脱すると、ギシギシと音を立てて車輪が動き始めた。

「よくやった！　いい子だ」

ジュールはすぐに竜にくくりつけた綱を解き始めた。

(――いい子……)

その言葉はアマリーには相当な違和感があった。

これほど大きな、馴染《なじ》みのない生き物に対して使う褒め言葉としては、滑稽な気がしたのだ。

ジュールは腰に下げた布袋の中から、なにやら橙色《だいだいいろ》の果実を取り出すと、竜の口に放った。

竜は頭を下げると、大きく開いた口で受け止め、実に美味しそうにそれを食べ始めた。咀嚼《そしゃく》に合わせて首を振り、低音でグゥルグルと唸《うな》っている。味わって食べているようだ。

「そうか。うまいか」

実に嬉しそうにそう言うと、ジュールは手を伸ばして竜の頭を撫でた。

その手つきを見る限り、竜の頭の上にたくさんついた角のようなものは、意外にも柔らかそうだった。鶏のトサカのようなものなのかもしれない。

アマリーが竜をジッと観察している横で、ジュールが口を開く。

「竜はこう見えても草食で、果物が好きなんだ」

「まあ、そうですの。――てっきり人を食べたりするのかと……」

アマリーがそう言いかけると、ジュールは竜を撫でる手を止め、こちらを振り返った。その目にいくらかの失望を見た気がする。

（……まずいわ）

ジュールの表情から、自分が失言をしたことに気付き、俄《にわか》に焦りを感じる。

竜騎士にとってこの生き物は誇りに違いない。相棒のようなものだろう。しかも西ノ国も欲しいと思っているのに、貶《けな》すようなことを言ってしまった。

アマリーは急いで取り繕った。

「そういう伝説が西ノ国にはあるの。――ええ、だって、我が国では竜はほとんど伝説上の生き物なんですもの！」

ジュールは果物を食べ終わり、舌舐《したな》めずりする竜を見つめながら言った。

「聞いたか？　お言葉に甘えてリリアナ王女様を食べてみるか？」

（どうしたらそうなるのよ‼）

竜はグルグルと喉を低音で鳴らし、アマリーにその緑色の目を向けた。竜の鈍く光る目が怖いが、その隣に立つジュールもまた、目が笑っていないのが恐ろしい。

アマリーは頬を引きつらせながら愛想笑いを浮かべた。

「本物を見て、色々と間違っていたと気が付いたわ。そう、――よく見れば愛嬌《あいきょう》のある生き物だわ」

半ば社交辞令でしかなかったが、付け足しのように竜を褒めてみる。

すると、ジュールはアマリーに首を巡らせ、布袋から果物をもうひとつ取り出し、彼女に差し出した。

「食べ物を与えると子どもの頃から接していなくても早く懐く」

アマリーの手のひらにコロンと落とされたのは、杏《あんず》だった。

（……もしや、これを私から竜にあげろと？）

見上げてみれば、竜は期待を込めた熱い視線をアマリーに投げている。口が半開きになり、その隙間から食欲という欲望がはぁはぁと漏れている。

（こ、怖っ……！）

このまま大口を開けて、アマリー自身が頭から食べられてもおかしくなさそうに思える。

アマリーの背筋は凍りつき、竜の口元に投げようと差し出した腕が、情けないことに小刻みに震えてしまう。止まれと頭の中でキツく命じるが、言うことを聞いてくれない。

するると、ジュールが顔を背けて肩を揺らした。

訝しく思って顔を覗き込むと、彼は笑っていた。

「な、なにか……っ？」

「――いえ……。リリアナ様が、あまりに虚勢を張られているので、つい」

「べ、別に強がってなんていないわ！」

だがアマリーの震える腕を見たジュールは、なおも言い募った。

「ですが、震えてらっしゃる」

かぁ～っ、とアマリーの顔が熱くなっていく。

わざわざ気を遣って褒めたのに、墓穴を掘ってしまった。

アマリーの手の中の杏を待つ竜があまりに物欲しそうな顔をしているので、彼女はさっさとその口元に放った。竜は器用に杏を受け止めると、バキバキと小気味いい音を立てて咀嚼した。

「まぁ。種ごと食べるのね」

言葉は通じなくても、アマリーの言ったことがなんとなくわかりでもしたのか、竜はその緑色の目を彼女に向け、突然ゲップをした。

ゲエエッ、という音と同時に唾が辺りに飛び散る。

アマリーが呆気《あっけ》に取られていると、ジュールは苦笑して竜の頭を小突いた。

「リリアナ様に失礼なことを」

ご主人にそっくりね、という言葉をアマリーはどうにか呑み込んだ。

馬車に再び乗り込むと、アマリーはカーラに不満をぶちまけた。

「ねぇカーラ。南ノ国の王太子は失礼な方だわ。リリアナ王女をおちょくっているんじゃないかしら」

「リリアナ様の代わりに怒るなんて、アマリー様もなりきってて凄いじゃないですか！」

「そ、そういうつもりじゃないけれど」

否定してみたものの、まさにカーラに指摘された通りで、アマリーもなぜ自分が腹を立ててしまうのかよくわからなかった。


アマリーたちはかなりの時間をかけて、西ノ国と南ノ国の国境に辿り着いた。途中で雨はやんだが、代わりに強い風が吹き、さらに日没が近付いたため、やはり森の中は暗い。

国境はジェヴォールの森のちょうど中間地点にあり、木々が切り開かれたその一画に、南ノ国の迎えが勢揃いしていた。

（ここから先は、南ノ国――）

本来共にいるべきオデンがいないまま、先に進むのは怖い。だが南ノ国の迎えまで待たせるわけにはいかないのだ。捜索隊が見つけ出して、危険なジェヴォールの森を抜けたところで遅れて合流できると信じるしかない。

アマリーは風で乾く目を激しく瞬きし、懸命に彼等を観察した。

そこには美しく絢爛な迎えが来ており、先ほどまで暗い森を逃げ回っていたのが嘘のようだ。

（やっとここまで来られた……。一時はどうなることかと思った）

もっとも、勝負はこれからである。

南ノ国側の国境でアマリーたちを迎えてくれたのは、一糸乱れず整列した兵たちと、一台の馬車だった。馬車は車輪に至るまで黄金の装飾がされた大変立派なもので、その屋根の上には翼を広げた竜の小像が取りつけられている。

(なんて豪華なのかしら……。目が泳いじゃう)

とりあえず自分は王女のフリを徹底しなければならない。

だが王宮を出る時にめかし込んだ姿は、もう見る影もない。

髪はカーラに結い直してもらったが、髪飾りは森のいずこかに消え、ドレスは雨と泥でめちゃくちゃだ。攫われた時に馬に乗せられた恐怖を思えば、些細《ささい》なことかもしれないが、想定をとうに超えた事態に、どう振る舞うのが最善かわからない。

西ノ国側の馬車から降りると、ジュールに先導されて、南ノ国の馬車の前まで向かう。

西ノ国の兵たちは皆、帽子を外して道なりに二列になり、アマリーが国境を越えるのを見守っている。アマリーが一歩、また一歩と南に進むのに合わせて、兵たちは頭を下げていく。

ついにアマリーは迎えの馬車の目の前まで進み出た。

ジュールが南ノ国の先頭に立つ初老の男性に何事か話しかけ、ふたりの視線がアマリーに向く。

南ノ国の隊列の先頭にいたのは、南の外務大臣であり、腰を折ってアマリーに挨拶をした。

「お待ちしておりました。大変心配いたしました。我が国にとって大切な日を祝うためにいらしてくださり、南ノ国を代表しまして感謝申し上げます。ここから先は、私どもが責任を持ってお守りいたします」

ここで『よろしくてよ』という勇気はアマリーにはなかった。

それはあまりに社交性がなく、かつ相手になにも伝わらない稚拙な返事に思われる。その代わりにアマリーは控えめな笑顔を作り、言った。

「竜騎士を寄越してくださってありがとう。両国の架け橋となれるよう、頑張りますわ」

外務大臣が低頭する。

南ノ国の馬車の脇には、紫色のドレスを纏った女性が立っていた。アマリーとカーラが近付くのと同時に、こちらへ歩いてくる。年の頃は三十代後半と思しきその女性は、真っ直ぐにアマリーのもとへ歩いてくると、己のドレスの裾を摘み、優雅に膝を折った。

全然濡れていないドレスが羨ましい。

「お待ちしておりました。リリアナ様」

彼女は南に到着したリリアナの世話をするために用意された女官である。

ジュールはアマリーの濡れたドレスや髪を一瞥し、提案した。

「このままではお風邪を召される。ここからであれば、竜騎士隊の詰め所が近いから、お連れしよう」

アマリーがそこはシュノンより近いのか、と問うと王太子は大きく頷いた。

「リリアナ様は私の竜にお乗せしよう。怖くて乗れないのならば縛りつけて差し上げるから、ご安心を」

アマリーは幻聴だと信じたかったが、ジュールはその鋼色の瞳をはっきりと彼女に向けている。

アマリーとカーラはギョッとして顔を見合わせた。こんなものに乗れるとは到底思えない。

後方でアマリーを見守る西ノ国の兵たちにも動揺が走り、ざわめきが起きる。アマリーを襲っている恐ろしい事態に、皆同情を禁じ得ないのだろう。

「今度こそ竜に乗っていただこう。リリアナ王女、来てくれ。その侍女もお連れしよう」

ジュールの命を受け、竜騎士のひとりがカーラの手を取る。

だがアマリーは微動だにできなかった。

ジュールはなかなか竜に近寄ろうとしないアマリーを呆れたように見ている。彼は鞍の支度を終えてアマリーが乗るのを待っているのだ。

ここで強情を張っては王太子に悪く思われてしまうかもしれず、観念するしかない。

「竜ならその詰め所まですぐに着けるのよね？」

「その通りだ。どんな騎馬より速く、お連れしよう」

（確かに馬よりは速いのだろうけれど）

アマリーは少し後ろにいるカーラを見た。

彼女はわかるかわからないかくらいの小さな頷きを返してくれた。

竜はアマリーたちを見下ろし、時折呼吸に合わせてグルグルという唸り声を立てている。

その巨大な生物の与える圧迫感に気圧《けお》され、本音を言えばこれ以上近付きたくない。

でもここから先は南ノ国だ。よその国の王女であるアマリーが、今逆らっても仕方がない。南ノ国には南ノ国のやり方があるのだろう。郷に入っては郷に従えというではないか。

アマリーがそれでも動けずにいると、ジュールは促すように声をかけた。

「さあ、時間がない」

アマリーはようやく重い腰を上げた。

竜の背につけられた鞍は、形だけは馬のそれと似ていた。ジュールに手を取られ、竜の背に上って横座りすると膝から下に竜の脇腹が当たる。それはとても硬く、ゴツゴツとしていて岩のようだった。思わず足を上げて当たらないようにしてしまう。

アマリーの後に続いてジュールが竜の背に跨がると、アマリーの腰の周りにジュールの手によって無言で素早くベルトが回される。

アマリーは所在なさげに視線を彷徨《さまよ》わせた。

カーラも他の竜騎士によって、竜の背の上に座らされている。

しっかりしがみついていてくれ、とだけ言うと、ジュールは服の下からなにかを取り出した。

それはネックレスの先につけられた、小さな円筒状の物だった。

ジュールはその銀色の円筒の端を笛のように咥《くわ》え、軽く吹いた。

高い音が辺りに響く。

すると、それを合図に竜が立ち上がり、鞍が嘘のように揺れた。振り落とされるのではないか、と全身に緊張が走り、必死に鞍にしがみつく。

竜が立ち上がったこの高さから落ちたら、骨の一本や二本簡単に折れそうだ。

やがて風を鳴らして竜が両翼を広げた。筋張ったそれは、数回動かすだけで周囲の木々を爆風でしならせる。そして竜が二、三歩前進したかと思うと、次の瞬間にはアマリーたちは地面から浮かび上がっていた。

(飛んでいる！　空を飛んでいる……！)

アマリーたちを乗せた竜はぐんぐんと上昇し、頭上にあったはずの森の木々は、今や眼下に見下ろせた。足の下に地面がないというその感覚に、腰から下の力が抜けてしまう。手の力だけが頼りで、それすらうまく力が入らず、我武者羅《がむしゃら》に鞍を握っていると、後ろから声がした。

「いかがかな？　これが竜の世界だ」

「……は、話せない……」

「リリアナ王女？」

「手に集中したいから、答えられないの！」

全身に力を入れて、振り落とされないようにすることで精いっぱいだ。話すどころか聞くゆとりすらない。

耳のすぐ後ろで、短い笛の音が数回聞こえた。

ジュールがあの笛を吹いたのだ。すると、アマリーたちを乗せた竜が突然羽ばたくのをやめ、滑空を始める。

「いや――――っ!!」

上空を滑るように降りていく。お腹の中が持ち上がり、スーッとした感覚に襲われ、身体がさらに脱力してしまう。鞍を掴む感覚が徐々に失われていく。

気が遠くなる。まるで死の世界へ飛び込んでいくようだ。全身に風が打ちつける。

（落ちる！　死ぬ!!　もうダメ！）

「危ない！」

ジュールは驚いたようにそう言うと、鞍から離れかけたアマリーの手を握って鞍に戻した。

危ないなら降ろしてよ！と言いたいがその気力もない。

足元に見下ろす森の木々はぐんぐんと過ぎ去り、波に浮かぶように揺れる竜の背は、空気という川を渡る船のようだった。

やがて深い森の木々が疎らになり、少しずつ景色が変わっていった。

細く低い木々が増えると、穏やかな川が見えてきた。川の向こうは緑深い草原になっている。

「もうすぐジェヴォールの森を出る」

（もう森を抜けたの⁉）

本当に竜は速いのだ。

アマリーは夕焼け色に染まる中、移りゆく景色に目を見張った。

竜の背に乗ったまま川を越え、見渡す限りの草原と疎らに生える木々を見る。

草原を抜けて林に入った先には、点々と小さな家並みが現れた。人が住むところに来られたと、緊張が少し和らぐ。やがて家並みの向こうに、色の石造りの大きな建物が見えてきた。

こちら側に弧を描いて建ち、窓が少なく一切飾り気のないその形状はまるで要塞のようだ。

アマリーたちを乗せた竜は、要塞の上で幾度か旋回すると、ジュールの笛に合わせて降下した。

竜は地面に足をついて、お尻を下ろした。すると水平だった鞍が突然急な角度になり、アマリーはそこから滑り落ちそうになった。

ジュールが素早く手を回し、アマリーを背後から抱きとめる。全身を抱きしめられたアマリーは叫びそうなほど焦った。

網にでも引っかかったのだと考えて、自分を落ち着かせるしかない。

ジュールの手を借りて竜の背から降りると、後に続いてきたカーラと互いに駆け寄り、ふたりで抱き合った。無事で、本当によかったと心から思える。

アマリーたちは身を寄せ合ってその建物を見上げた。

間もなく別の竜騎士と共に、南ノ国の女官が到着すると、アマリーたちは女官の案内で建物の中へと通された。女官はアマリーたちを従えて無言のまま、暗い廊下を進んでいく。

「あの、貴女をなんと呼べばいいのかしら？」

表情筋が存在しないのかと思えるほどニコリともしない女官に話しかけてみる。

彼女は能面のような無表情さで口を開いた。

「シシィと申します。南ノ国でのリリアナ様のお世話をさせていただきます――なんなりと」

「ここが竜騎士隊の詰め所なのよね？　シュノンはまだ遠いの？」

「はい。シュノンはここよりさらに南にございます。まずはこちらでお召し替えくださいませ」

「ええ。そうね……」

色々と聞きたかったが、なんなりと、と前置きをしてくれた割には、シシィはアマリーたちとの会話を遮断する取っつきにくい雰囲気を醸し出していた。

歩きながら内部を見回せば、石造りの建物は内部の壁や床も灰色で、冷たく大変質素に感じられた。

心細くて目を彷徨わせてしまったが、王女らしく堂々としていなければ、と思い直して背筋を伸ばし、視線を下ろさないように気を付けて歩く。

シシィはアマリーとカーラが着替えられるよう、新しいドレスを準備し、ふかふかの絨毯《じゅうたん》が敷かれた小さな部屋に案内してくれた。

カーラとようやくふたりきりになると、アマリーは声を落として急いで話した。

「カーラ、大変なのよ……。リリアナ王女を攫おうとしたのは王女の元恋人の近衛騎士かもしれないのよ！」

アマリーは部屋の扉を気にする素振りを見せてから、男とふたりになってから馬車の中で起きたことをまくし立てた。

「キスまでされたんだから！」

ポケットから取り出して指輪を見せると、カーラは困惑顔で指輪を摘み上げ、目に近付けて観察した。

「内側に文字が書かれていますね。アーネストよりリリアナへ。ですって。――アーネスト……？」

ふたりは顔を見合わせた。

どこかで聞いた名だ。アマリーはあっと声をあげた。

「覚えていないかしら。王女の部屋の本に愛の詩が書いてあったでしょ？　その差出人が確かアーネストだったわ」

カーラは一瞬キョトンとした後で、ギョッとしたように目を見開いた。

「まさか……！」

「あの本は元恋人からもらったものだったんじゃない？」

「でもいったいなぜ隊列を襲ったのでしょう……」

「彼は王女に振られたようなことを言っていたの。納得していなかったんじゃないかしら」

「王女様を奪おうとしたのでしょうか？　なんて怖い男でしょう。ちょっと……信じ難いです」

アマリーは濡れたドレスを握りしめた。指の隙間から、水が溢れて滑り落ちる。

ジュールが現れなかったらどうなっていたことか。

窓の外を見やれば、異国の見知らぬ景色だ。途端に心細さで心臓が縮こまる。

リリアナ王女のもとに駆けつけ、色々と問い詰めてやりたい心境でいっぱいになった。

濡れたドレスを脱ぎ、新しいドレスに袖を通すと心底ホッとした。水色のドレスは生地に光沢があって軽く着心地がいい。胸元の白いリボンには隙間なく刺繍《ししゅう》がされていて、つい見入ってしまう。

なによりも、乾いていることが素晴らしい。もし季節が冬だったなら、とっくに凍えていただろう。

部屋にある鏡に自分の姿を映してみると、あることに気付く。

「このドレス、胸回りが随分開放的ね……」

アマリーの鞠《まり》のような胸の膨らみと、深い谷間がバッチリと見えてしまっている。

「あの男爵が喜びそう」

「……それってアマリー様に求婚されてた成金男爵のことですか？」

「勿論よ」

「本物の王女様の体形によっては、結婚後に南ノ国の王太子様はがっかりされるでしょうねぇ」

「……そ、そういうものかしら……」

「そういうもんです。――そもそも王太子様がお迎えにいらしたのが誤算でしたね」

「そうなのよ。私、王太子の前で既に色々やらかしてしまったの」

思い起こせばまずいことだらけだ。

「王太子のお腹に足をワザと強く当てちゃったし……」

「それ、お腹を蹴ったっていうんですよね？」

「そういう表現もあるわね。それに、藪にハマって喚《わめ》いてる醜態も見られたわ」

すっかりリリアナの印象が悪くなってしまったかもしれない。

眉をひそめながらカーラは語気を強めた。

「アマリー様がリリたんになり切らないからですよ。南ノ国の人たちの前ではよろしくてよ、で押し通せばよかったじゃないですか」

「だって、馬鹿だと思われるじゃない！」

「リリたんは馬鹿なんだから仕方がないじゃありませんか」

だがジュールが、馬鹿だと思う女を妃に選ぶとは思えない。

「でも黙っていたら、リリアナ王女を選んでもらえないわ」

「その謎の使命感はどうかと思いますよ」

最終的にふたりの結婚が決まれば、二億バレンが手に入るのだ。一億と二億では、全然違う。

リリアナのフリをして祝典に参加するだけのはずだったのに、あまりに早いジュールとの遭遇に、どうしたものかとアマリーは頭を抱えて嘆いた。

乾いたドレスに着替えて部屋を出たアマリーたちは、シシィの案内で客間に通された。間を置かずに、茶が提供される。

ここへ来て、喉が渇いていたということに初めて気が付く。客間の暖炉には火がくべられ、暖かかった。夏とはいえ雨に濡れ続けたアマリーには、この暖炉の火が大層ありがたかった。

リリアナ王女の恐ろしい恋人のせいで、風邪を引くところだった。

シシィは茶受けとしてなのか、丸い皿のような形状の大きなクラッカーに似た焼き菓子を出してくれた。アマリーが手を出すのを躊躇《ちゅうちょ》し、観察していると、シシィは淡々と説明をしてくれた。

「南ノ国ではどこでも見かける食べ物です。トースといいます。小麦粉とオリーブ油をベースに焼き上げたもので、一日に一枚は食べます」

手に持つととても軽かった。表面はぼこぼことしており、焼きムラがあったがそれもまた味わいがある。試しにひと口いただいてみると、ハーブの濃厚な風味が口いっぱいに広がる。

生地に数種類のハーブが、ふんだんに練り込まれているようだ。表面にまぶされた粉チーズのあんばいがまた絶妙で、かじり始めると意外にも止まらず、顔ほどの大きさがあるのに一気に食べてしまった。ところどころ厚さに違いがあり、サクサクしたりドッシリしたり、色々な噛みごたえが楽しめるのも一興だった。

食べ終わるとハーブの味に代わり、濃厚で新鮮なオリーブ油のとてもいい香りが、鼻腔《びこう》に残る。

あっという間に平らげたアマリーを見て、ほんの少しシシィは誇らしげだった。

「トースには様々な種類がございます。砂糖をまぶした甘いものや、オレンジを練り込んだもの、アニスを混ぜたものなど……。ご滞在中に、ぜひお気に入りを見つけてくださいませ」

今までのところ不安しかなかったし、アマリーは南ノ国に長居するつもりは毛頭なかったが、シシィの助言に少しほっこりとした。

簡素な布張りのソファに腰を下ろしてカーラとふたりで喉を潤していると、ノックもなくジュールが現れた。

アマリーは飲むのをやめて、カップをソーサーに戻す。

「リリアナ王女。西ノ国の外務大臣が見つかった。今我が国の兵たちがこちらに搬送している」

思わずソファから立ち上がり、ジュールのそばに駆け寄る。

「オデンは無事なの？」

「足を負傷されてはいるが、軽傷だ。ただ、ひとつ決めてほしいことがある」

「なにかしら？」

ジュールによれば、オデンは足に怪我をしてしまい、竜に乗せることはできなかったのだという。

そのため馬車で国境を越え、近場のこの詰め所を目指している最中らしいのだが、アマリーたちがここでオデンの到着を待っていると、夜になってしまう。

「ここで外務大臣を待たずに先に我々だけでシュノンに向かうか、それとも大臣の到着を待つか――その場合は、今夜はこの詰め所に一泊することになる……どちらをご希望か？」

ニセモノの王女にとって、それは難しい選択だった。

それに西ノ国の王女を迎えるために、おそらくシュノンでは数多の人々が準備に追われているはずなのだ。その先のエルベでも。これ以上遅れて彼らのスケジュールを台無しにするわけにはいかない。

リリアナ王女の遅れは、たくさんの人を巻き込むのだ。

なにより、西ノ国側の不手際で南ノ国に迷惑をかけたくない。

けれど正直に言えば、アマリーはここでオデンを待ってあげたかった。

オデンは彼女を守ろうと隊列を飛び出して森に分け入ったのだ。

アマリーの迷いを察したのか、ジュールが言う。

「王女一行に遅れをとったとなれば、人によっては外務大臣としての沽券《こけん》にかかわる、と感じるかもしれない」

ジュールの助言を受け、アマリーは彼女なりの最適解を決めた。

「大臣なしにシュノンへ行くことはできないわ。彼は南ノ国について、一番詳しい西ノ国の官僚よ。――ご迷惑をおかけするけれど、こちらにひと晩滞在してもよろしいかしら？」

「勿論、結構だ。それでは、外務大臣どのの到着を待とう」

「……我が国の大臣を捜索してくれたこと、深く感謝します」


アマリー扮するリリアナ王女がこの詰め所に急遽《きゅうきょ》泊まることになってしまったので、下働きの女性たちは大忙しだった。食事作りや王女のための部屋の支度に駆り出され、皆大わらわになっていた。

カーラも彼女たちの仕事を手伝いだし、アマリーはなにもない詰め所の一室でひたすら大人しくしている他なかった。

皆を手伝おうかとも思ったが、流石に王女はそんなことをしない。

アマリーは無駄に気を遣わせて申し訳ない思いでいっぱいになり、忙しそうな彼女たちの邪魔をしないよう、詰め所の外に出て小さな裏庭のベンチに座って時間が過ぎるのを待った。

夏の夜風は涼しく、冷静に現状を分析するのにちょうどいい。

彼女の頭の中は、今後の舵《かじ》取《と》りをどうするかでごちゃごちゃになっていたのだ。

リリアナに徹してなお且つ、ジュールに嫌われないように振る舞わねばならない。

（それがまた、難しいのよねぇ……）

詰め所の裏には池があり、竜騎士が連れてきた竜たちがその周りに座り込んでいた。

全部で七頭ほどだろうか。外灯を受けてキラキラと輝く池の水面に見惚《みと》れていると、竜たちの間に人がひとり交じっていることに気が付いた。

（あそこにいるのは、誰？）

外灯の照らす明かりだけでは、顔まで判別できない。ベンチから離れ、瞬きをしながら池の方へ近付く。池のほとりにいる長身の人物の薄茶の髪と、精悍《せいかん》な体格が確認できるなり、それが誰なのかすぐにわかった。

そこにいたのは、ジュールだった。

竜がよほど好きなのだろう。王太子の生まれでなければ、彼にとって竜騎士という職業は天職だったに違いない。ジュールは寝そべる竜の間を歩き、なにやら竜たちに話しかけていた。

思えばジュールと竜には危ないところを助けてもらったのに彼を怖がったり、竜を『あんなものには乗れない』などと言ったりしてしまった。

（あまり褒められた態度ではなかったわね……）

非常事態に焦っていたとはいえ、失礼なことをしたという自覚はある。

それにアマリーの態度のせいでリリアナ王女のイメージを悪くしてしまっていたら、よろしくない。

アマリーは今さらながら態度を改めようとジュールに近付いた。

ジュールはアマリーが外をひとりで歩いていることに少し驚いた様子だった。軽く会釈をしてきた彼に向かって、おずおずと笑顔を見せてみる。

お互いの距離が縮まると、ジュールは口を開いた。

「お泊まりいただく支度が遅くて、申し訳ない」

「とんでもない。オデンを待ってくれてありがとう」

池の方に目を向けると、竜たちが水を飲んでいる。遠目には一見長閑《のどか》な光景だが、接近してみるとやはり恐ろしさに気が張り詰める。ゴツゴツとして硬そうな皮膚と、大きな爪の生えた足がやはり身を竦ませる。だが緑色の瞳だけは銀光りして綺麗な色合いだと思える。

「——竜の目はどんな宝石より不思議な色ね」

すると、ジュールは実に嬉しそうに頷いた。

「巨匠と言われる画家でさえ、描写できない色だと言われている」

「綺麗だわ」

ありがとうと返したジュールに対して、アマリーは思わずくすりと笑った。ジュールを褒めたわけではないのに、我がことのように礼を言っている。

本当に竜が好きなのだろう——そう思うと、ジュールが少しかわいらしく見えた。

アマリーは池の端を歩くジュールをジッと見つめた。

(ぶっきらぼうな人だけど、かわいいところが少しはあるのね……。少しは)

リリアナ王女に伝えたら喜ぶかもしれない。

その人の人となりを少しでも知らなければ、そもそも興味を持つことすらないものだ。

実際に話してみなければどういう人なのかはわからないし、見えない面もたくさんあるのだ。

逆を言えばジュールがリリアナ王女の外見を見ているだけでは、彼女を好きになってもらうのは難しい。

詰め所を振り返ると、下働きの女たちがバタバタと玄関から出たり入ったりを繰り返していた。

まだ忙しそうだ。アマリーは少しジュールと話をしようと決めた。

「……この詰め所は、竜を休ませるのにちょうどいいのね」

するると、ジュールは説明を始めた。

「竜は泥を多く含む池の水が好きなのだ。下に沈殿した泥を栄養源のひとつにしている」

なるほど、言われてみれば竜は舌先で水面をかなり揺らしながら、水を飲んでいた。泥を巻き上げているのだろう。

それはおもしろい。つまり竜は濁った水がないと生きてはいけないのだ。

「不思議ねぇ。泥水が好きだなんて、まるで蓮の花みたいだわ」

「だがこう見えて、竜はとても綺麗好きなのだ。毎日綺麗な水での水浴びも欠かせない」

「まぁ⁉　本当？　結構手がかかるのね」

アマリーが驚いている先から、一頭の身体の小さな竜が池のほとりでバシャバシャと水を跳ね飛ばし、池に入ると中に頭を突っ込んで、今度は勢いよく顔を上げて池の水を辺り構わず飛び散らせた。

なにやら池の藻みたいな物体が、その竜の頭に乗っかっている。汚らしいカツラのようだ。

「……あまり綺麗好きには見えないのだけれど」

「あの竜は、少々変わり者なのだ」

頭から藻を下げた竜は、やっと頭上のゴミに気が付いたらしく、カクカクと頭を振って藻を振るい落とそうとしていた。だが、頭の角に長く細い藻が絡み、うまくいかない。

よく見ると、首の周りに赤い模様が入っており、同じように大きく怖いだけの竜も、実は少しずつ個体差があるのだと今さら気付く。

「竜にも、――名前があったりするのかしら？」

「ええ。勿論。あの藻を被った子はピッチィという名だ」

（ピッチィ――⁉）

驚愕に目を開いてから、おかしくなって笑い出してしまった。

そんなアマリーをジュールが訝しげに見ている。

「なにかおもしろかったただろうか？」

「だって……あんなに大きな生き物に、小鳥のような名前をつけるのね！」

今度はジュールが目を瞬く。アマリーは楽しげに笑いながら続けた。

「名付け親はきっと変わり者ね」

「私だが……」

「えっ？」

「ピッチィと名付けたのは私なのだが」

（――王太子が、名付け親？　しまった。気まずいことを言ってしまったわ。せっかく印象を改善しようと話しかけているのに、ネーミングセンスを笑ってしまうなんて！）

アマリーはとりあえず純粋に驚いたフリをしてみた。リリアナ王女専売の台詞《せりふ》だ。困ったらコレしかない。

「まぁ、……そうでしたの」

「リリアナ様なら、竜にたとえばどのような名を？」

「ええと、そうねぇ……」

アマリーは少し考えてから言ってみた。いかにも強そうな響きを持つ名前を。

「たとえば、バルーダとか、ダーガとか……」

すると、今度はジュールが笑った。

（ああ、よかった。怒ってはいないのね）

ジュールが笑ってくれたので、確認するようにその笑顔をじっくりと見入ってしまう。

彼は笑うと武人然とした堅い印象がとても柔らかくなり、さらに素敵だった。

「察するに、リリアナ様は濁音がお好きらしい」

「まぁ。――言われてみれば本当ね！」

アマリーたちはふたりでおかしくなって笑い合った。

「では、次に竜騎士隊の所有する竜に子どもが産まれたら、名前はバルーダとしよう」

「まぁ！　ほんとに？　気に入ってくれるとは思わなかったわ」

パッと笑顔になるアマリーを見た途端、ジュールは目を見開いた直後に数回瞬きをし、やがてどこか眩しそうに首を傾けてから、釣られたように微笑を浮かべて彼女を見た。

「西ノ国の王女は、すぐに喜ぶのだな」

「そうかしら」としどろもどろになるアマリーの近くで、ザバッと水飛沫を上げながらピッチィが池から出てきた。

ピッチィは頭を左右に大きく振り、どうにか藻を落とそうとしている。それが自力では無理だと悟ると、ピッチィは突然方向を変えてアマリーたちの方へやって来て、彼女の目の前に頭を突き出した。

思わず全身に緊張が走る。つい弾かれるようにジュールの背に隠れてしまう。

竜はその緑色の瞳で、はっきりとアマリーを見ていた。

そのまま頭を軽く振りながら、再びアマリーの方へ突き出してくる。

その距離の近さに怖くなり、咄嗟に目の前のジュールの腕に両手でしがみついてしまう。

ジュールが少し驚いたように身体をこちらに向ける。

はしたないことをしただろうかと、慌てて彼の腕から手を離す。

「あの……、ピッチィはきっと頭の上の藻を取ってほしいのよ。ルシアン、取ってあげて」

ジュールに隠れるように彼の背後に回る。彼はなんなく腕を伸ばしてピッチィの角に絡まる藻を取り去った。池に向けて投げると、小さな水飛沫と共に藻はあっさりと水の中に沈んでいく。

頭が軽くなったのか、ピッチィはグエー、と軽く鳴きながら口角を上げてアマリーたちを見た。まるで笑っているみたいな顔だ。はしゃいで尾の先を左右に激しく振っている。

「ねぇ、嬉しそうね。竜にも表情があるのね。知らなかったわ」

アマリーが感心してそう言うのを聞き、ジュールは鋼色の目を細めた。

「勿論だ。よく観察すれば表情豊かでしょう？」

「ええ！　今わかったわ」

ふたりは顔を見合わせ、ほとんど同時に互いに笑顔を見せた。

※　※　※

リリアナは生まれた時から、特別な存在だった。

彼女は西ノ国の唯一の王女であり、王太子の兄とは違って、父である国王の美貌を色濃く受け継いでいた。

国王は彼女を溺愛し、王妃は彼女を『わたくしの天使ちゃん』と呼び、かわいがった。兄とはほとんど会話がなかったが、臣下たちは彼女の美しさを常に讃《たた》えた。

歩く道には真紅の絨毯が敷き詰められ、障害物は彼女の視界に入らぬよう予め撤去され、心地いいものだけが前に差し出される。

リリアナの日常には、思考も行動力も必要とはされない。侍女や女官が快適に積み上げ、整えたビロードのクッションにただ座っていれば万事が滞りなく進む。

そもそもリリアナとその他の者たちでは、価値が違った。だから王宮の窓から、もしくはごく時折馬車に乗って道端で見かける民衆も、彼女にとっては道端の小石と同じ意義しか持ち合わせてはいなかった。

日々は優雅で、豪奢で、けれどひたすら空虚であった。

余計なことは考えず、ただ王女として望まれるように生き、期待されたことだけをする。それがリリアナの生き方だった。

——侍女のアガットが来るまでは。

アガットは男爵令嬢だった。

リリアナが十五歳の時に侍女としてやって来たアガットは、靄《もや》に包まれた湖のように静寂の中にあった彼女の精神世界に突然大きな穴を開けた。

人懐こいアガットは、リリアナに気後れすることなく、なんでも話した。いっそ無礼なほど、開けっぴろげに。だがその気さくさが、リリアナには新鮮な驚きだった。

アガットが話す城の外の世界の話は、驚くほど複雑で難解だった。誰もが普通に目にし、感じてきた事柄の大半を自分はまったく経験してこなかったのだ、ということをこの時初めて痛感させられた。

そしてある日、恋は本の中の架空の世界だけのものではないことを知ったのだ。

『リリアナ様。誰にも言わないでくださいね』

アガットが声を小さくして、リリアナの耳元に顔を寄せる。

リリアナの胸が期待に躍る。

アガットはいつだって、リリアナを驚かせるなにかを思いつくのだから。今度はなんだろう？

まるでとっておきの秘密を打ち明けるかのようにアガットがリリアナに微笑む。その目はやや悪戯《いたずら》っぽく輝いている。

『リリアナ様に恋をしている騎士を、知っているんです』

『……私に――？』

リリアナは激しく瞬きをした。海の最も澄んだ色を切り取ったかのような青の瞳を、驚きに見開く。

それは予想もしない話だった。

今まで一度だってリリアナに愛を告げた者など、いなかった。なぜならリリアナは特別すぎる存在だったからだ。

自分に好意を寄せてくれる人がいると思うだけで、胸をくすぐられるようなこそばゆさがあった。

いつしかリリアナはその騎士のことが気になって仕方がなくなった。自分を王女としてではなく、ひとりの女性として見てくれる人がいるのだ。

やがてアガットを通してリリアナはその騎士と文通をするようになった。

数えきれないほど手紙を交わした頃――もう、リリアナは彼とたとえ会ったことなど一度もなくても、心が通じ合っている気になっていた。

いつしかリリアナは文通相手――アーネストという近衛騎士に心惹《ひ》かれて仕方がなくなった。だから、アガットにこっそり会ってみるかと提案された時、迷うことなく『よろしくてよ』と答えていた。

夏の暑い日差しが燦々と照りつける日だった。

城で働く者たちも普段は滅多に通らない、塔の裏でリリアナはアーネストと出会った。

陽光のもとでも変わらぬ暗さを持つ、キツくうねる黒い髪と、思慮深そうに見える暗い色の瞳。明るい色の髪を持つリリアナとは、まるで陰と陽ほどに対照的だった。

ふたりは互いの表情を確かめるようにゆっくり近付いて距離を縮めると、どちらからともなく駆け出し、間近に向かい合った。

『リリアナ様！　ずっとお慕い申し上げておりました』

『アーネスト！　やっと会えたわ……！』

『お手に……触れてもよろしいでしょうか……？』

『――よろしくてよ』

膝をついたアーネストはリリアナの手の甲に口づけた。

周囲に人がいないか確認していたアガットが再び視線を彼らに戻すと、ふたりは両腕を広げて抱き合っていた。

塔の陰からふたりを見つめていたアガットは、この胸躍る光景に興奮した。西ノ国の唯一の王女と一介の近衛騎士の恋愛だ。普通なら許されないが、自分がこの恋を支えるのだ。

アガットはアガットで、王女のお気に入りとして周囲に重宝される己の立場が誇らしかった。この国で最も高貴な少女——その人のそば近くで仕える喜び。そして、美しく柔らかな雰囲気を纏いながらも王女然とした鷹揚なリリアナに、いつしか心酔していた。

そのリリアナと秘密を共有し、自分だけが役に立てるのだと。

だが秘密の恋は、ついに終わりを迎えた。

王妃と乳母がリリアナとアーネストの関係に気が付いたのだ。ふたりは即刻交際をやめるよう、リリアナを説得し始めた。

それでも愛しい人とズルズルと関係を断ちきれなかったリリアナがアーネストに別れを告げるまでは、時間がかかった。最終的には、国王に知られればアーネストはサバレル諸島のような紛争地送りになるに違いない、と王妃が脅してリリアナを決意させた。

アーネストは関係を終わらせようとリリアナが別れを切り出すと、絶望に色を失い呆然とした。

貴方が近衛騎士で、私が王女でいる限り私たちは結ばれる運命には決してないのだ、とリリアナは血の涙を流しながら、愛する人に向かって叫んだのだ。

——そしてそれから数日後のこと。

血相を変えて乳母が王宮のリリアナの部屋にやって来たのだ。

『リリアナ様、アーネストが近衛騎士を辞職したそうです……！』

意識が一瞬遠のき、リリアナは隣にあったテーブルに手をついた。そのまま机上にもたれかかる。

なんてこと、なんてこと、と頭の中が混乱し、リリアナは不規則に喘いだ。金色の髪を震わせ、両手で口元を押さえた。

アーネストはリリアナが別れを告げたショックのあまり、辞めてしまったというのか。もともと家柄がそれほどよくなかったアーネストが、血の滲むような努力で手に入れた近衛騎士という地位だったというのに。

自分はアーネストから、彼の長年の努力の成果までも奪ってしまったのだ。

『それでアーネストは、どうしているの？』

リリアナにいつになく怖いほど真っ直ぐに見つめられながら、乳母は震える声で答えた。

『様子を見に行かせた私の息子が申しますには、姿をまったく見かけないと……。屋敷も片付いていたそうです。王都を出ていったのかもしれません』

リリアナは床に崩れた。同時に机上に置かれていたカップが倒され、机の縁まで転がると、床についたリリアナの手のすぐそばに落ち、割れて飛んだ。

粉々になった磁器の破片と水の飛沫がかかったが、リリアナは振り払おうともしない。

カップが割れたことに気付いてさえいなかった。

（——出ていった？　つまり、もう二度と会えないということ？）

『きっと、アーネストは身を引いたのですよ』

それを聞くと、リリアナの目に涙がせり上がり、頬を伝い落ちた。

乳母は床に這いつくばるリリアナを抱き起こし、寝台に座らせた。

リリアナは乳母に抱きついて泣いた。

リリアナはひとしきり泣いた後、虚ろな目で吐息を漏らしながら言った。

『アーネスト……私のために……』

『リリアナ様、……もうあの騎士とは終わったのですよ。おふたりは結ばれる運命にはなかったのです。最初から』

乳母はリリアナの両肩に手をかけ、彼女の青い両目を食い入るように見つめた。そうして必死の思いで言葉を紡いだ。

『よろしいですか、リリアナ様。もともとおふたりは許される関係ではなかったのです。おふたりの恋はなにもいいものを生まなかったではありませんか』

彼女の脳内には、愛しいアーネストの姿が走馬灯のように再生され続けていた。

リリアナを優しく見つめる姿が。言葉少ないリリアナに代わり、愛を熱く語る情熱的な黒い瞳が。

リリアナも本当は別れたくなどなかった。アーネストを愛していたのだ。だが、王女として仕方なくその決断をしたのだ。それが、間違っていたというのだろうか。

言われた通りにしただけなのに。

賑《にぎ》やかで豪奢な王宮とは異なり、郊外にある離宮は物寂しい。

ここへ来てから、二週間目になる。

退屈したリリアナは、いまだ熱の名残でふらつく足取りのまま、寝台を下りた。

本来なら今頃、南ノ国に行っていたはずだが、体調を崩してしまって叶わなかった。

顔に現れた発疹を、リリアナは物憂げに指先で触れる。

この発疹を見るなり、父王は真っ青になって頭を抱えたのだ。南ノ国の祝典に参加するという、またとない機会をどうするのだ、と。

——だがまさか、父が代役を従姉妹にさせるとは思わなかった。

リリアナは窓に映る己の顔を見つめ、深いため息をついた。

「リリアナ様、起き出したりして大丈夫ですか？」

部屋の隅にいたアガットが急いで駆けつけ、リリアナの背を摩る。

「お水をお飲みください」

アガットに差し出されたグラスを受け取ると、ゆっくりと飲み干す。

グラスを返すとリリアナは出窓に腰かけ、長いため息をついた。そうして落とした視線の先にあった、出窓に置かれたスケッチブックに手を伸ばした。

どのページもリリアナを描いたデッサン画で溢れていた。色彩はなく、細いペンで描かれた黒一色の絵だが、繊細なタッチによってリリアナの特徴をとてもよく捉えている。

花壇の前で微笑むリリアナ。

長椅子に寄りかかり、微睡《まどろ》むリリアナ。

窓辺に座り、本を読むリリアナ。

すべてこれは別れた恋人のアーネストが描いてくれたものだった。

アーネストは絵を描くのが得意だった。

自分と手元のペン先を交互に見つめながら、絵を描き進めていくあの優しく熱心な眼差しは今もなお、リリアナの脳裏に焼きついている。——あの時が、どれほど幸福に満ち溢れていたか。

最後のページは、ふたりで並んで座る姿を鏡に映し、アーネストが描いた絵だった。

絵ではなく、本人に会いたい。

「貴方に、会いたいわ……。アーネストっ……」

力なくスケッチブックがリリアナの手から滑り、床に落ちる。リリアナはどこを見るでもなく、窓の外に視線をやった。青い瞳が揺れ、涙が頬から滑り落ちる。

「リリアナ様……！　ああ、どうかお泣きにならないで」

アガットは手を伸ばすとリリアナの小刻みに震える背を撫でた。

庭すらも王宮と違って、ここは簡素で手入れもあまり行き届かず、窓の外にも寂寥感《せきりょうかん》が広がっている。リリアナは込み上げる虚しさに身を委ね、ひたすら泣いた。アガットもそんな彼女に同情し、目が湿っていく。

そうしてふたりで抱き合って涙していると、バタン、と激しく扉が開いた。

「リリアナ様、大変です！」

部屋に飛び込んできたのは、乳母だった。リリアナはアガットにしがみつきながら、まだ涙に濡れる虚ろな目で乳母を見上げる。

「息子が王宮から馬で走ってきまして……南ノ国に向かったアマリー様の隊列が、ジェヴォールの森で賊に襲撃されたそうです。なんでも賊どもはアマリー様を馬車の中から連れ出し、攫っていこうとしたとか……」

「まあ、そんな……」

白い顔を青くさせ息を呑んだリリアナは、首をふるふると左右に振った。

なんて恐ろしい。その場に居合わせなくてよかった。

賊に攫われるなんてとんでもない。

「――外務大臣は森ではぐれてしまわれたとか。アマリー・ファバンク様にお怪我はないそうです」

「まあ、そうなの」

実のところ大臣や従姉妹の安否など、どうでもよかった。アーネストの身を案じて傷ついているリリアナの心には響いてこなかった。リリアナにとってオデンはいくらでも代えのきく役人のひとりにすぎず、アマリーは単なる身代わりでしかない。

「なんでも南ノ国の王太子様がいらしてくださって、アマリー様を助けたそうです！」

「まぁ……」

「なんて勇ましくて頼りになるお方でしょうか。……リリアナ様、もうアーネストのことはお忘れくださいませ。こんなに素晴らしい方との縁談があるのですから」

リリアナは乳母の言葉に上の空で頷いた。

乳母が退室すると、アガットはリリアナを支えながら寝台に座らせた。

「リリアナ様、大丈夫ですか？」

「私、――南ノ国になんて……」

その後の言葉は王女として、続けるわけにはいかなかった。だがアガットは崇拝する女主人がなにを言わんとしたのかを、的確に察知した。

「――嫁がれたくないのですね」とその後はアガットが引き継いだ。

アガットは先ほどまでふたりで腰かけていた出窓を振り返った。

「私にいい考えがあります。――きっと、リリアナ様が南ノ国に嫁がなくてもいいようにして差し上げます……！」

そう言うなり出窓に向かい、床に落ちたままとなっていたスケッチブックを拾い上げるアガットを、リリアナは不思議そうに見つめた。

「まぁ、アガット……。アーネストの絵でなにをするの？」

アガットはページをめくるとそのうちの一枚を選び取り、微笑んだ。

「この絵をお借りしますね」

閃《ひらめ》いた奸計《かんけい》に目をギラつかせる侍女の危うさに気付いたのか気付いていないのか、リリアナはなにも追究せず、「よろしくてよ」とただ答えた。

リリアナがその絵を目にしたのはそれが最後となった。

第四章　エヴァ王女と戦え

夕食が済んでしばらく経った頃。

西ノ国の外務大臣であるオデンを救出した馬車が詰め所に到着した。

負傷した左足に包帯を巻き、痛々しくはあったが、杖をついてどうにか歩いている。

オデンは杖を放り出すと、膝をついてアマリーに詫びた。

「リリアナ様！　私がついていながら、賊どもからお守りできず、申し訳ありませんでした！」

「顔を上げて頂戴。……結局、私たちは無事、南ノ国に辿り着けたわ。それより、大事なくて安心したわ」

「私などのために出発を遅らせてくださったとか。もう、お詫びのしようもありません！」

「――貴方のせいではないでしょう」

オデンは責任を感じているようで、ひたすら詫びた。

ジュールは部屋の壁に寄りかかり、アマリーたちの様子を眺めていたが、やがてオデンの前までやって来て明日の予定について話を切り出した。

明日の午前中にはシュノンに向けて出発し、昼には到着したいというジュールの説明を受け、オデンは深く頭を下げた。

「我が国の不手際で予定がずれてしまい、申し訳ありません。それに王太子殿下がいらしてくださり、九死に一生を得ました」

ジュールは上品に笑うと、オデンの怪我をした足を見ながら言った。

「馬には乗れそうか？」

「はい！　馬に張りついてでも、シュノンに向かいます！」

そこへアマリーが割り込む。

「オデン、貴方は私の馬車に乗ればよろしくてよ」

アマリーが言い終えるや否や、オデンは目を見開いて彼女を見た。

「そんな、畏れ多い」

「――明日は頼りにしているわ」

オデンは感激したように目を輝かせ、またそのツルツルに輝く頭を下げた。

ジュールが場を外すと、オデンは顔を強張らせ、数歩アマリーににじり寄った。

彼は意図的に声を落として報告した。

「殿下御自ら国境までいらしてくださるとは、驚きましたな。――ところでリリアナ様。実は途中で我が国の兵たちとすれ違いまして、色々聞き出しました。リリアナ様を攫おうとした男は兵たちが捕らえたそうです」

アーネストのことだ。アマリーは息を呑んだ。鼓動が急に速くなり、にわかに緊張する。

「なにかわかったの？　教えて」

「騒ぎを大きくしないためにキツい箝口令《かんこうれい》が敷かれ、外部には情報を出していないのですが……。その男が他の賊どもを雇った可能性が高そうですな」

「なぜあんなことを……？」

オデンは少し考えてから答えた。

「わかりません。身元の割り出しが急務でしょう」

オデンはそこから先を言い淀んだ。

本当は男の身元はすぐに判明していた。

兵たちの一部は、男の顔に見覚えがあったのだ。男が先日辞めたばかりの近衛騎士ではないか、とわかると、兵隊長は以後の口外を厳しく禁じた。近衛騎士が祝典に参加する王女を襲ったなど、断じて知られるわけにはいかない。

オデンは遠慮がちにアマリーを見つめた。王宮にいた自国の騎士が首謀者だと知れば、リリアナも傷つくだろう。これ以上話して被害者の王女を傷つけたくなかった。

「帰路は兵を倍増させます。——いずれにしましても、二度と我らの前に姿を現わすことはないでしょう」

アマリーはなんとか安心した様子を取り繕い、頷いた。


翌日は晴天だった。

早いうちにアマリーたちは詰め所を出た。南ノ国の馬たちは皆竜に慣らされているのか、彼らのすぐ近くを竜が並走しても、なんら動じることがない。

アマリーとカーラ、それにオデンを乗せた馬車は一路、シュノン目指して走り続けた。その間中、アマリーの頭の中はリリアナとアーネストのことでいっぱいだった。

(リリアナ王女の耳に、この事件はもう入っているのかしら？　彼女はどう思ったかしら？)

やがて到着したシュノンは小さな街だったが、国境近くにあるためか、立派な城門に囲まれていた。大きな灰色の石を積み上げた城門には、上から垂れ幕がかけられており、そこには交差するように立ち上がる二頭の竜の刺繍が施されていた。

カラフルなテープもたくさんかけられ、お祝いムードを醸し出している。

バサッという大きな音と共に、馬車の窓ガラスが風圧で揺れ、何事かと外を見ると竜たちが飛び立って城門を越えていくのが見えた。

「竜は門をくぐらないのね」

アマリーとカーラが感心したように呟く。

城門を通り抜けると、かなり太く長い道路が真っ直ぐに伸びていた。

クリーム色の壁に橙色の屋根を持つ建物が、整然と並ぶ。どの家も同じ色なのがアマリーには珍しく思えた。小さな街ではあるが、四階まである建物もあり、建築技術の高さを感じさせる。

街道に大きな馬車と竜たちが現れたからか、街の人々がわらわらと周囲に集まってきた。

（ああ、そうか。リリアナ王女を見に来たのね。――手を振らなきゃ……）

アマリーは硬い笑顔で手を振って任務を全うしようとした。

馬車は街中に入ると速度を落として進んだので、街の子どもたちはアマリーたちを追いかけてきた。

街の中ほどまで行くとひと際目立つ大きな建物があり、アマリーたちはそこで降ろされた。その頃には周囲には街の人全員がここに集まったのではないかと思えるほどの見物人で溢れており、その雰囲気に圧倒されながら下車する。

シュノンは南ノ国の北部にある規模の小さな街にすぎなかったが、アマリーたちを迎えるためにこの辺りを治める州知事が待っていてくれた。

州知事の隣には、ひとりの少女が立っている。澄んだ緑色の円《つぶ》らな瞳が目を引く、美少女だ。

ふわふわとした長いピンク色の髪が揺れ、はかなげな雰囲気がありつつも、きりりと上がる眉が気の強さを垣間見せている。

瞳をこちらに向けた少女は、アマリーと目が合うと柔らかな微笑を浮かべた。

アマリーがハッと目を見開く。

（あの子は、もしかして……？）

中ノ国の王女はひと足先に南ノ国に入国し、シュノンにいると聞いている。

州知事と並んで立ち、豪奢なドレスを纏ってジュールを出迎える目の前の少女は、どう考えても女官などではない。中ノ国の王女はアマリーとは一歳差で十七歳だと聞いているが、少女もちょうどそのくらいの年齢に見える。

州知事の簡単な挨拶が終わると少女はアマリーとジュールに数歩近付いてきて、その愛らしい銀色のドレスの裾を軽くつまみ膝を折った。

そのまま可憐な瞳でジュールを見つめて口を開く。

「昨夜到着されるはずでしたのにお戻りにならないから、わたくしなにかあったのかと胸が潰れる思いでしたわ！」

「ジェヴォールの森で、少々問題が生じたのだ。その後、怪我人の到着も待っていた。心配させてすまない」

ジュールは少女の腕に軽く触れ、アマリーを振り返った。

「リリアナ王女。彼女は中ノ国の第一王女、エヴァ王女だ」

（やっぱり、この子がエヴァ王女なのね……）

リリアナ王女のライバルは、想像以上の美少女だった。磁器のように滑らかそうな肌に、長い睫毛が縁取る愛らしい瞳は、どこまでも輝く緑色だった。

無邪気に微笑むエヴァに向かうとアマリーもぎこちなく口角を上げ、話しかける。

「リリアナと申します。短い滞在ですけれど、よろしくお願いしますわ」

エヴァは愛らしい笑顔を見せたが、その瞳には火花が飛ぶような、値踏みをするような思惑が詰まっている。

シュノンの人々は建国記念祝典のために自国を訪れた西ノ国と中ノ国の王女を歓迎しようと、準備万端で待機してくれていた。

目抜き通りには規制線が引かれ、人々に見守られながらアマリーたちが街の中を歩く。

州知事は張り切ってシュノンの説明をし、皆で街を散策する。

そうして歩きながら、エヴァはしばしば隣を歩くジュールに腕を絡めた。しかもそのたび、アマリーに挑発的な微笑みを向けるのだ。

アマリーは当然ながら、焦った。ふたりはいかにも親しげだったし、エヴァは南ノ国の兵士たちにも既に知られた存在のようで、顔見知りといった風情で笑顔を交わしている。

（た、立場がない……！）

この状況に本物のリリアナ王女でもないのに、アマリーはかなり傷ついた。

「ジュールお兄さま！　ご覧になって。あの花屋の屋根の上に、かわいらしい風見鶏があるわ」

（ジュールお兄さま、ですって――!?）

アマリーはピクリと耳をそば立てた。

珍しいものやかわいいものがあるたび、エヴァは弾ける笑顔でジュールにしがみつき、逐一報告をするのだ。そしてそんな彼女が『ジュールお兄さま』と呼ぶごとに、ふたりがいかに幼少の頃から親しくしていたのかを見せつけられるようで、アマリーは困惑した。

（こ、これでどうやってリリアナ王女に夢中になってもらうのよ……。実際の人間関係は既に大分周回遅れじゃないの……）

アマリーが彼に話しかけようと口を開くと、エヴァはその前に負けじと話を切り出し、彼女と王太子が会話をする隙を与えなかった。挙句にジュールにくっついて離れず、並んで歩くので、道の幅を取りすぎないようにアマリーが後ろに下がって遅れて歩くしかない。

それはまさに三人の立ち位置そのもののようだった。

（国王陛下。陛下のご計画は、うまくいきそうもありませんよ……）

アマリーは西ノ国の王の顔を強い焦りと共に思い浮かべた。

街の散策の後、アマリーたちは広場に向かった。

広場には椅子が並べられており、かわいらしい花々で飾りつけがされている。

アマリーたちが席に着くと、揃いのカラフルな衣装に身を包んだ子どもたちが、愛らしい踊りを披露してくれた。子どもたちの一生懸命な表情から、この時のためにたくさんの練習をしたのだろうと、伝わり、嬉しい。……それは本当はアマリーのためではなく、本物のリリアナ王女のためだったのだろうけれど。

子どもたちの踊りが終わると、次は女性たちによる合唱だった。前列の女性たちが歌を歌い、後列の女性たちは楽器を演奏していた。彼女たちが奏でたのはこの地方独特の楽器なのか、手のひらほどの長さの細い木管楽器だった。

小ぶりな楽器ではあるが、とてもよく響く深みのある優しい音色がして、心地よい。高く澄んだ女性たちの歌声とよく合う。

アマリーが聞き惚《ほ》れていることに気が付いた州知事が、嬉しそうに話しかける。

「リャンナという楽器でございます。竜笛の原型とも言われております」

「竜笛?」

竜笛という単語を初めて聞いたアマリーに、州知事は嬉々《きき》として説明を続けた。

「竜騎士たちが竜を操る際に、銀色の笛を吹いておりましたでしょう? 我が国ではあれを竜笛と呼びます」

ふとジュールが竜の背の上で吹いていた笛を思い出す。あれのことに違いない。

アマリーは歌い終わった女性たちに心からの拍手をしながら、隣に座る州知事に言った。

「竜騎士が首から下げている銀色の笛のことね?」

「はい、それが竜笛です。竜に乗るには欠かせません」

会話を聞いていたエヴァが、小さな白い顎をツンと反らして聞こえよがしに呟く。

「まぁ。リリアナ様ったら、南ノ国のことにまるで詳しくないのですね。驚きましたわ」

するとエヴァの独り言を妨害するかのような大きな声で、オデンが横から口を挟んだ。

「リリアナ様。竜笛は南ノ国のある一家が、一子相伝の門外不出の製法で作っている笛なのですよ」

「まぁ、そうですの」とアマリーが感心したのに気をよくし、今度は州知事が胸を張って話す。

「国外には滅多に出ることがない、とても貴重な笛です」

女性たちが退場し、今度は年若い男女の混合チームが登場した。皆赤いレースがふんだんに使われている衣装を着ていて、それが風に吹かれて揺れ動く様子が炎のようで美しい。

演目が終わる頃には、既に夕方になっていた。アマリーたちはシュノンの州知事の屋敷に一泊し、長い一日の幕がようやく下りた。


明くる朝。いよいよ祝典の舞台となるエルべに向かう。

シュノンからエルべまでの道中、アマリーはジュールやエヴァと同じ馬車に乗ることになった。

車内ではジュールに身を寄せるようにしてエヴァ王女が隣に座り、アマリーは彼の正面にいた。

ジュールは南ノ国が初めてのアマリーに気を遣ってくれているようで、エヴァとの会話はそこそこにアマリーにたくさん話しかけてくれた。これから向かうエルべや、南ノ国についてせっせと色んな話をしてくれるのだが、それに対して魅力的な返事ができないのが辛い。

なにせ、リリアナらしく振る舞おうとすると、『そうですの』くらいしか言えないのだから。

（これじゃあ、気の利かない女だと思われてしまう……）

アマリーは必死に考えた。――リリアナはこれでどうやってアーネストと恋人になったのだろうか、と。それとも愛があれば言葉は不要なのだろうか。

（そもそもその愛が言葉なしには育めなさそうなのよ……！）

それに親切にも話しかけてくれているジュールに申し訳なくて、心の中で彼に謝罪するしかない。

やがてジュールもアマリーと楽しく会話をするのを諦めたのか、ため息をひとつつくと目を彷徨わせてから馬車の背もたれに寄りかかり、口を噤んでしまった。そのままもうアマリーの存在に気を遣うのをやめたかのように、窓の外に視線を投げた。

その様子にアマリーはひどく焦った。

(ダメよ、ダメ。これじゃあ、とても気に入ってもらえない……)

二億バレンの札束に羽が生えて、アマリーのそばから飛び去っていく光景が頭の中に浮かぶ。

このままでは、ファバンク家に今見える唯一の希望の光――臨時爆収入が、失われてしまう。

膝の上のドレスの布地を、ギュッと握りしめる。

(リリアナに徹している場合じゃないわ。――もっと努力しなきゃ、私も西ノ国の国防も困るんだわ)

そのうち馬車の中の会話は、ひたすらジュールに話しかけるエヴァと彼女に返事をするジュールによるものだけになり、状況に満足なのかエヴァは至極上機嫌だ。

アマリーはジュールの傍らを片時も離れず煌めく笑顔を見せるエヴァが、鈴が鳴るような愛くるしい笑い声をあげるたび、自分が追い込まれていく気がした。

ジュールと目が合うこともなく、アマリーは罪悪感と焦燥感でいっぱいになった。

このままでは妃として選んでもらえない。それにいくら他人のフリをしているとはいえ、目の前にいるジュールに嫌われたかもしれないと思うと少し傷つく。

いたたまれない思いで窓の外を見る。

ぼんやりと窓の外を眺めていると、車窓の斜め前方に、一頭の竜が見えた。

隊列の動きに合わせてドスンドスンと走っている。

その首元にある赤い模様を認めると、アマリーは呟いた。

「あ、ピッチィだわ……！」

なんですの、とエヴァが目を上げ、アマリーの視線の先を辿る。

「あの首の赤い子は、ピッチィというのよ。ちょっと間抜けな竜なの」

ピッチィが頭に藻を乗せていた様子を思い出し、思わずふふっと笑ってしまう。

「リリアナ様、西ノ国に竜はいないのにお詳しいのね」

やや悔しそうに驚くエヴァをよそに、アマリーは窓の外に向かってピッチィ、と呼んでみた。すると、ピッチィはハッと頭を動かし、走る速度を落として馬車に並走した。

窓のすぐそばまで急にやって来た竜に怯えたのか、エヴァが椅子から腰を浮かせて、窓から距離を取る。ピッチィはアマリーと目が合うと、グエー、と小さく鳴いた。

「凄いわ。私を覚えてくれたのかしら？」

ジュールの方をなにげなく見ると、彼はアマリーをジッと見ていた。妙に大人しくしていた先ほどまでのアマリーが、急に打って変わって活き活きとしだしたために、驚いたのだ。

ピッチィは走りながら大きな口を開け、窓をペロリと舐めた。

窓にベッタリとピッチィの唾液がつき、隣にいたエヴァが叫ぶ。

「お腹が空いているのかしら？」

「エヴァ様、大丈夫です。竜は人を食べたりしないのですって」

南ノ国に昔から遊びに来ていたエヴァですら、竜に多少の恐怖心を抱くらしい、と思ったアマリーは内心少し胸を撫で下ろした。

向かいに座るジュールをちらりと見てしまう。

彼はアマリーとエヴァ様の会話を黙って聞いていた。

「ほら、見てエヴァ様。竜の歯は、意外と鋭利ではないわ。……やっぱりこんな姿形でも草食なのね」

そう言ってからジュールを見ると彼もアマリーを見つめ、目が合うと頷いて同意してくれた。

アマリーはそのことを嬉しく感じた。

並走するピッチィを眺めていると、ジュールが口を開いた。

「リリアナ王女。ピッチィを気に入ったのなら、後でピッチィに乗せてもらうといい」

「えっ⁉　ピッチィに？」

「ピッチィも貴女を気に入ったようだ」

「そうかしら……」

そう言われるのは、意外にもちょっと嬉しかった。たとえそれが落ちこぼれ気味な竜であっても。


エルべまでの途中でアマリーたちは昼食を取るために、草原で休憩を取った。

天気もよく、見渡す限り青々と広がる鮮やかな緑の絨毯が、とても綺麗だ。

時折吹き渡る風が、草原を波のように揺らし、ただ眺めているだけで飽きない。

シシィはそこに軽食や茶器を並べ、キルトの敷物とクッションを敷いて心地よい席をこしらえてくれた。野外で食事をするために特注されたと思しき茶器のセットは、室内で使うものよりも少し小ぶりではあるが、皿には美しい絵が描かれ、銀のカップにも精緻な彫刻が施され、ため息が出るような代物だった。

パンやパイに、お約束のトース、さらには豊富な種類の果物が用意されていたが、アマリーはあまり食べられなかった。

向かいに座るエヴァは相変わらず慣れた様子でジュールに話しかけている。

エヴァはジュールのすぐ隣に座り、盛んに彼に話しかけていた。

「ほら、ジュールお兄さまが好きなアニス味のトースよ！　取って差し上げるわ」

ちょうど食べかけのトースを片手に持っていたアマリーは、半ば呆然とふたりの様子を見つめた。

ジュールの好物を取ってやるエヴァはまるで、恋人気取りではないか。

「ねぇ、ジュールお兄さま。覚えてらして？　わたくしが七歳の頃だったかしら。中ノ国に遊びにいらして、城で隠れんぼをしたわ」

ジュールは少し視線を彷徨わせてから、答えた。

「ああ、そんなこともあったな」

「あの時わたくしの兄が鬼になって、わたくしとジュールお兄さまのふたりで、夜会の準備中の会場に忍び込んだわ」

ジュールは子どもの頃のことを思い出し、ふっと笑った。

「……あの時は確かエヴァが言い出したのだ。素敵な隠れ場所があると」

「まあっ、違うわ。言い出したのはジュールお兄さまよっ」

どっちでもいいでしょーが、とアマリーは内心毒づいた。

ジュールが脚付きグラスを片手に取り、ワインを飲む。

嚥下《えんげ》に合わせて動く喉仏を、エヴァが澄んだ緑色の瞳で見つめている。

その恍惚《こうこつ》とした眼差しに、アマリーははっきりと悟った。――エヴァは幼い頃から、ジュールに好意を抱いているに違いない。

「夜会の準備会場には、たくさんのお菓子が並べられていて、わたくしたち隠れんぼを忘れて頬張ってしまったわ」

「ああ、そうだったな」

ふたりは思い出し笑いをすると、楽しそうに見つめ合った。

笑いを収めると、ジュールは会話に入れず黙ったままのアマリーに言った。

「食べ散らかした私たちは、その後で女官にこっぴどく叱られたのだ」

「まぁ、そうでしたの」

アマリーは引きつる笑いを浮かべた。

お義理で「ほほほほ」と笑ってあげるが、なにもおもしろくない。

対するエヴァはそんなアマリーを一瞥してから、席の端の方に置かれていたオリーブの乗る皿を取り、ジュールの前に差し出した。

「ジュールお兄さま、オリーブよ」

礼を言いながらオリーブを取るジュールにかわいらしく微笑み返し、そのすぐ後でエヴァはアマリーに言った。

「ジュールお兄さまはオリーブがお好きなの」

ジュールの食の好みをアマリーに教えるエヴァは、どこか勝ち誇ったような表情をしており、アマリーは少なからずムッとした。

他の人にはわからないふたりだけの共通の思い出話をくどくど続けようとするエヴァをやんわりと牽制《けんせい》すると、ジュールはアマリーにもオリーブの皿を差し出した。

「我が国は良質なオリーブの産地として有名なのだ」

「ええ。――そして私の国、西ノ国はそのオリーブの主要輸出先です」

「西ノ国の国王陛下は、アンチョビを詰めたオリーブの塩漬けがお好きだとか」

(そ、そうなの⁉)

せっかくジュールがアマリーも入れる話題を振ってくれているのに、アマリーは焦った。西ノ国王の好物など、知りもしなかった。そもそもジュールはどこからそんな小ネタを仕入れたのか。

「え、ええ。お父様は、しょっぱいものがお好きなの……」

仕方なくどうにかごまかした。

多分中高年の男性は概して皆、味の濃い物が好きに違いないから。

エヴァ王女は食事を上品に平らげていたが、アマリーはそうではなかった。

目の前でエヴァとジュールの仲のよさを見せつけられ、さらに他人のフリをしているこの状況では、流石に食事が喉を通らなかった。

この状況を、国王とイリア王太子に見せてやりたい。リリアナ王女がジュールの妃に選ばれるという野望は、かなり実現が難しいように思える。

カーラは食事の手が進まないアマリーを心配して、せっせと食べ物を勧めた。

「リリアナ様のお好きなパイですよ？　――もう少し召し上がってください」

「そうね。そうしたいんだけれど……」

いつもならたくさん食べられるのに、今日は食べる気力が湧かない。

アマリーはなんとか紅茶を流し込むと、気分を変えようと席を立った。敷物を下りて草原を歩くと、風が心地よい。風に揺られる草原はまるで緑の海のようだ。

そのまま少し散策を始めたアマリーは、後ろから声をかけられた。

「リリアナ王女。少し私の散歩に付き合わないか？」

振り返るとそこにいたのはジュールで、彼は一頭の馬を引いていた。

散歩というか、乗馬だろうか？

怪訝な顔で馬を見るアマリーに、ジュールが言う。

「竜に乗るのはまだ怖いのだろう？　馬の方がお好きかと」

実を言えば馬は嫌いだ。ファバンク家の転落の象徴だから。

だがそんなことを言うわけには勿論いかず、アマリーは思わぬ展開に少し緊張しながら答えた。

「よろしくてよ」

ジュールはアマリーに手を差し伸べた。

恐る恐るその手を取ると、馬の背の上に誘導される。

アマリーに続いてジュールが騎乗すると馬は走り出した。

「ルシアンは竜だけではなくて乗馬もお好きなの？」

「扱いやすいのは馬の方だな」

そう答えてから、ジュールは破顔一笑した。

「貴女は、いつまで私をルシアンと呼ぶ気だ？　私が言うのもなんだが」

「えっ⁉　あ、そうね。殿下。王太子殿下」

「――ジュールで構わぬ」

「ええ、ジュール様」

アマリーがそう言うとジュールは小さく笑い、首を左右に振った。


少し馬で走った先に、木立が現れた。

その小さな森林の入り口でアマリーたちは馬を降りた。

ジュールは馬を木の枝に繋ぐと、森林の中へと入っていく。そのすぐ後をアマリーも追う。木立のお陰で日差しを避けることができて、草原のただ中にいるよりもいくらか涼しい。

ジュールはのんびりと散策をするのではなく、はっきりとした足取りで進んだ。まるで目的地があるみたいな歩き方だ。

疑問に思いながらもついていくと、森林の奥には石組みの建物があった。それは灰色の石を積み上げたもので、家一軒分を軽く凌《しの》ぐ大きさがあったが、上部は崩れ落ちて廃墟《はいきょ》と化していた。

外壁には蔦《つた》が這い、一部の壁は大きな木が突き破ってしまっていた。

「これは、なにかしら？」

少し不気味に思ってジュールに尋ねる。

「これをお見せしたかった。これは古王国の遺跡だ」

（古王国？）

思わず目を丸くして遺跡とやらを見上げる。

古王国とは、八百年も前に滅びた国の名だ。かつてデューラシア大陸はひとつの国家が支配していた。その拠点は大陸の南側にあったと言い伝えられている。

その王が倒され、後世では国が複数に分断されたのだ。

ジュールはもはや扉が失われた遺跡の入り口から中へと入っていった。

中はさらに冷んやりとしていた。

内部の壁もところどころ崩れており、床は既になく、完全に緑に覆われている。残された壁は全面に彫刻がされていて、単なる民家ではないと推察された。

「ここはかつて神殿だったらしい」

そう言うと、ジュールは指で彫刻のひとつをなぞった。

かなり風化してわかりにくくはなっていたが、剣を振り上げた兵士が竜に乗っているようだった。

「古王国にも竜騎士がいたのね」

「南ノ国の王家は、古王国の王家の子孫だという言い伝えがある」

「えっ⁉　そうなんですの？　西ノ国にも同じ言い伝えがあるわ……。西ノ国王は古王家の末裔《まつえい》だと」

アマリーたちはお互いに驚いた顔で見つめ合い、笑い出した。

「きっと、北ノ国や東ノ国の王家も同じことを言っているんでしょうね」

クスクスと笑いながらジュールに同意を求めると、彼は急に真顔になった。そのままアマリーの真正面に立ち、アマリーをジッと見つめる。

「貴女は、そのように屈託なく笑うと思えば、妙に沈んで壁を作る時がある」

「そ、そうかしら……」

　ぎくりとして思わず後ずさりをしたが、その歩数分ジュールもアマリーに向かって進んだ。結果的に壁に追い詰められた格好になり、アマリーは彼の真っ直ぐな視線からの逃げ場を失った。

「なぜ目を逸らす？　……私がすぐに王太子だと名乗らなかったことを、やはりお怒りか？」

　そうではない、とアマリーは首を左右に振る。

　アマリーは返答に窮した。

　ジュールは右手を上げて、アマリーの頭のすぐ横に手をついた。彼に迫られている気分になり、反射的に身体がびくりと震える。

　こんなに広いところにいるのに、異常に身を寄せ合っているこの状況に困惑してしまう。

　目を上げると、ジュールはアマリーの顔の横の彫刻を指差していた。

　それは冠を被った男女が抱き合う様子が彫られていた。周りにはたくさんの花束が舞っている。

「これは、初代の古王国の国王とその妃だ」

「初代の王――、ジャンバール王ね……。英雄として名高い」

「伝説では、ジャンバール王は竜狩りの途中で出会った娘を妃にした」

　アマリーは彫刻と、それに触れているジュールの指先を見つめながら静かに頷いた。

　伝説によれば、ジャンバール王は怪我を負い、川で傷を洗っていた。その時、洗濯のためにとある村娘が偶然その川へやって来た。村娘は彼の正体を知らぬまま、彼を介抱したのだという。

　ジャンバール王はその美しさと優しさに心打たれ、彼女を妃にした。そして、彼女はその後のジャンバール王のデューラシア大陸統一という偉業を、しっかりと支えたと言い伝えられている。ふたりの身分差を超えた恋物語は今でも人気のテーマで、子ども向けの童話だけでなく流行の歌劇でもしばしば演じられていた。

「五年ほど前に、『竜狩りの川の先』という本が流行《はや》ったでしょう？」

「ええ、私も読んだわ」

国を超えて大変話題になった本で、一時はどこの書店でも売り切れになるほどだった。アマリーの周りでは、侍女のひとりが手に入れたものを皆で回し読みしていた。

それはジャンバール王の伝記というよりは素敵な恋愛小説だった。だが当時ファバンク家は競走馬の足音が屋敷全体を埋め尽くしだしていた不穏な時期で、アマリーは物語の中の恋愛にそれほど熱中できなかった。

ジュールはアマリーを見つめたまま続けた。

「貴女は『竜狩りの川の先』の作家であるドリモアの大ファンだと聞いている。ドリモアとも会ったことがあるそうだな」

えっ、と顔を引きつらせてしまう。それは、アマリー・ファバンクではない。リリアナ王女本人だ。

ドキドキと心臓が鳴る。

「そ、そうだったかしら？」

「かつて西ノ国で『竜狩りの川の先』が舞台化された時に、貴賓室にいらした貴女にドリモアが挨拶に行ったと聞いている」

「ええ、ああ、そうだったかもしれないわ」

知らない。知らないからその話題はそろそろ切り上げてほしい。

ジュールは思い出しながら続けた。

「ドリモアには私も会ったことがあるのだ。当時、南ノ国のガーランド公爵家がドリモアのパトロンとなっており、彼は公爵家に滞在していたから」

（そうだったの。そんなことは、まったく知らなかったわ）

あれほど流行した小説だったから、パトロンとなっていたその公爵家も、さぞ誇りに思ったことだろう。

「以来、ぜひ貴女をここに連れてきてみたかった。大陸に残された数少ない古王国遺跡のひとつだから」

「まあ、……そうでしたの。ありがとう」

アマリーは顔を綻ばせた。当惑しつつも、ジュールがアマリー扮するリリアナを喜ばせるために、わざわざ足を伸ばしてここへ連れてきてくれたことが、素直に嬉しい。

「この神殿は言い伝えでは、ジャンバール王が婚儀を挙げた場所なのだ」

「ここが？　……もしかしてジュール様も、『竜狩りの川の先』を読まれたの？」

「公爵家の長男とは幼馴染でね。彼に猛烈に勧められて読まされたのだが、思いのほか私も熱中してしまった」

「西ノ国の者たちも、あの頃はジャンバール王の恋愛話ばかりをしていました」

「――今の王族は当時のジャンバール王のような、自由な結婚など望めない。だが、もし私が将来結婚をした暁にはジャンバール王とその妃のような、仲睦まじい夫婦でありたいと思っている」

「ええ。私も、そうありたいと思っているわ」

だから、リリアナ王女を妃に選んでほしい、とこの場で言う勇気はなかった。

ジュールは別の彫刻を見せようと、アマリーを誘導するために彼女の肩にそっと触れた。だがアマリーは無意識にびくりと震えてしまった。――遺跡の中の暗さと、急に触れられたことが怖かったのかもしれない。

アマリーの心臓が跳ねる。

ジュールは一瞬怯えた眼差しで自分を見上げたアマリーの青い瞳を、少し残念そうに見つめた。

「貴女は私が――竜に乗る人間がまだ怖いのか？」

「いいえ。……最初は怖かったけれど、もう怖くないわ」

言うべきか少し迷った様子を見せてから、ジュールは口を開いた。

「……貴女と私の縁談話が持ち上がっているのをご存じか？」

「え、ええ。知っているわ。勿論」

ドキドキと急に盛大に心臓が早鐘を打ち始める。静寂に包まれた廃墟の中、自分の呼気の乱れをジュールに気付かれるのではないかと心配になり、それがさらに心臓に負担をかける。

「おしとやかな西ノ国の王女は竜に乗る武人になど、嫁いで来たくはないのでは、と私は心配している」

これを聞いてアマリーは目を丸くして盛大に焦った。

南ノ国から要らぬ気遣いを受けているらしい。

「そんなことないわ！　竜も……ジュール様も賊から私を助けてくれた英雄だもの」

言ってからアマリーは真っ赤になった。

自分はなんて小っ恥ずかしい台詞を言っているのだろう。——これは私の台詞じゃないの、西ノ国のための、リリアナ王女の台詞よ、と自分に言い聞かせる。

薄暗く不気味な遺跡の中で、自分を至近距離から見下ろすジュールの視線は、どうしてかほんの少し怖かった。彼は真っ直ぐに偽りない自分をアマリーに見せている。生涯の伴侶を真剣に選びたいからこそに違いない。けれどアマリーはうまいこと演じなければいけないのだ。ジュールの方が上手かもしれない、騙しきれないかもしれない、と怯《ひる》む気持ちを押しやり、勇気を振り絞って一歩前に出る。

「本当のことを言えば、こちらに来る前はとても怖かったわ。……でも、今は竜を怖いとは思わない。むしろピッチィはかわいいと思っているわ」

「本当に？」

「ええ、本当」

アマリーもリリアナらしく大人しくしているべきかと迷った。だが少しは押してみなければ、あの押せ押せな中ノ国のエヴァ王女に勝てない、という気がしたのだ。

「ではエルベに着いたら、竜の乗り方をお教えしよう」

アマリーは途端にパッと表情を輝かせた。これでエヴァより優位に立てるかもしれない。

「私にも操縦できるかしら」

アマリーの少し浮かれた声に、ジュールが意外そうに苦笑する。奥ゆかしい王女らしくなく、心のままの言動を出しすぎてしまったかもしれないと、アマリーはドキッとした。

「——貴女は、淑やかに微笑んでいるより、こうして笑っている方がよほど素敵だ」

聞き間違いをしたかと思って、アマリーは無言でジュールを見上げた。真っ直ぐに見つめすぎたせいか、ジュールが珍しく慌てたように首を左右に振る。

「なんでもない。——竜の乗り方は、勿論私が丁寧にお教えしよう」

そう言うと、ジュールは右手を伸ばし、アマリーの手をそっと握った。

アマリーの心臓がドキンと跳ねる。繋がれた手を、どうしていいのかわからない。

本音を言えば竜に跨がるのはまだ怖いが、竜は南ノ国の貴重な財産だ。その操縦方法を伝授してもらえるというのは、自分が認められたからだ、という気がして嬉しい。

手を取られたままジュールと見つめ合うのが恥ずかしくなり、思わず顔を背けてしまう。

(アマリーにじゃないわ。ジュール様は、リリアナ王女に言っているのよ)

そう自分に言い聞かせることで、どうにか暴れる心臓を落ち着かせようとする。

アマリーが礼を言うとジュールは彼女の手を離し、壁一面を飾る彫刻を見回した。

かなり風化が進み、判別できないものも多かったが、おそらくジャンバール王や古王国の偉業を讃えたものに違いない。

竜に跨がる王と思しき人物の下に、たくさんの人々が跪《ひざまず》く場面を彫ったものもあった。

アマリーはその彫刻の前で足を止め、ふとジュールに尋ねた。

「ジュール様もジャンバール王のように、大陸をひとつの国家で統一したいと思う?」

ジュールは壁から目を離し、意外というように目を見開いてアマリーを見た。

「リリアナ王女、貴女はどうかな? たとえばどこかの王と結婚をしたら、その王にそれを成し遂げてほしいと?」

「……私なら……できることなら、夫には戦地に赴いてほしくないわ……」

きっぱりと言い切ってから、しまったと思った。

アマリーの後悔をよそに、ジュールは微かに目を見開いてから豪快に笑い出した。

鋼色の瞳が楽しそうに揺れている。低音の実に楽しそうな笑い声に、アマリーは意識を引きつけられた。

正面に立つジュールを見上げ、アマリーはふと思った。

客観的に見てジュールは立派な美男子だ。王女のフリをして、気の利かない返事ばかりするアマリーにも気を遣って、たくさん話しかけてくれる。

ついアマリー・ファバンクである自分に求婚している、胸しか見てない男爵と鼠色《ねずみいろ》の頭髪の子爵を思い出してしまった。――なんという差だろうか。

（なんだか、切ない……）

「貴女は時折そうして意表をついたことを言う。物静かでおっとりされていると聞いていたが、意見を実にはっきりと言うのだな」

「ご、ごめんなさい！」

「詫びることなどない。むしろそういう貴女の方が、個人的には好きだ」

「そ、そう？　あの、……ありがとう」

自分自身の意見をはっきりと表明してしまったが、それがジュールの気分を害したりはしなかったらしい。おまけに好きだと言われて恥ずかしくなり、たじろいで視線を彫刻に戻した。

（アマリー、落ち着くのよ！　――なにドキドキしちゃってるのよ！）

ジュールは自分に言っているのではないのだ。この言葉はリリアナ王女のためのものだ。ジュールとは、この滞在が終わればもう二度と会えないのだろうから。

アマリーは動揺を押し隠し、なんとか笑顔を作った。

「でも、私ではジャンバール王の妃にはなれないわね」

「確かに！」

ジュールはなおも笑っていた。

愉快そうなその灰色の瞳がアマリーに向けられると、彼女は気まずさと共に微かな喜びを感じた。

一見鋼鉄のような冷たい色の瞳が、温かく自分を見つめるのが心地よい。胸の奥深くをくすぐられるようなこそばゆさがあった。

その時、遺跡の六角形をした柱のひとつから、毛むくじゃらの小さな動物が飛び出してきた。

(――ネズミ⁉)

思わず悲鳴をあげながら、隣にいたジュールにしがみついてしまった。

「ネズミがっ……！　やだっ！」

腕にしがみついたまま、逃げるように王太子の向こう側に回る。

「大丈夫だ。壁の裏へ行ってしまったよ」

首を伸ばしてジュールの肩越しにネズミがいた方向を見ると、もう毛むくじゃらは見当たらなかった。ああ、よかったと胸を撫で下ろす。

視線を戻すと、彼は苦笑していた。

「貴女は私を盾にするのがお好きだな」

えっ、なんの話？と問い返そうとして思い出した。

ピッチィが頭上に絡まる藻を取ってほしがった時も、ジュールを盾にしたのだ。

そうと気付いて慌てて両手を離して取り繕う。

「あ、あの……！　そんなつもりじゃなかったのだけれど……！」

「頼り甲斐《がい》があると思われたなら、光栄だ」

ジュールはアマリーの手を引くと、遺跡の外へと歩き出した。

第五章　危険な男の登場

エルベまでの道のりは遠かった。

国境に近い、という触れ込みだったが、そもそも国土の小さな西ノ国と大きな南ノ国とでは、距離の感覚が違うのだろう。

なにもない平原や深い山沿いの狭い道を抜け、座り続けた腰がおかしくなるのではないかと思われた頃、エヴァが目を輝かせて言った。

「見えてきたわ。エルベに着いたわ！」

橋で大きな川を渡った先に、エルベの街並みは広がっていた。

なんて大きいの、と感嘆の声がアマリーから漏れる。

夕暮れ時で全貌は視界に収められないものの、目の前に広がるエルベの街並みは、西ノ国の王都よりも大きい。

白い壁に灰色の屋根を持つ建物が連なり、広いエルベ全体に統一感を持たせている。道路は同じ大きさの石畳が綺麗に敷き詰められ、馬車も無駄に揺れることがない。

ひしめく建物の先、エルベのちょうど中ほどに、街並みを見下ろす形で大きな城が建っていた。

「あれがエルベ城ですわ、リリアナ様。何度も来ていて、私の大好きなお城ですの。ご存じかしら。南ノ国の国王陛下は、一年の三分の一をこちらの城で過ごされますわ」

遠くに聳《そび》える城を指して、誇らしげにエヴァが窓をつつく。まるで自分の国の城でも紹介するような言い草に、アマリーは閉口した。

エルベは南ノ国の最初の王都だった場所で、南ノ国の国境からもそれほど離れてはいないため、物流の拠点でもあるのだという。

なるほど、通り沿いから眺める店には物が豊富に溢れ、街全体に活気があった。

特筆すべきは建物の建築様式だった。窓や扉といった開口部は四角や長方形ではなく、そのほとんどの上部がアーチ型になっているのだ。繊細な装飾を好むのか、掃き出し口に敷かれたタイルには緻密で優美な絵が描かれ、窓につけられた格子も花の模様を成していて、かわいらしい。

第二の都ですらこの規模なら、王都はどれほど巨大なのだろうか。

アマリーは目に映る圧巻の景色に、ひたすら見入った。

エルベ城の前に到着し、いざ馬車を降りると、もうアマリーの心臓はこれ以上はないというほど盛大にばくばくと鳴り続けた。

(呑まれちゃダメよ。リリアナ王女になり切らなきゃ)

私は西ノ国の王女、王女なのよ、と自分に言い聞かせる。できれば本気でそう思い込んでしまえるように。

エルベ城の正門から正面入り口に至るまで衛兵や女官、出迎えの王侯貴族たちが勢揃いしており、それが一層アマリーを緊張させる。

ちらりとエヴァを見れば、慣れた様子を通り越して、さも楽しそうに可憐な笑顔を振りまいている。手まで振っているその姿に、アマリーは衝撃を受けた。

(ま、負けられないわ……！　――というか完全に負けているわね)

並んでこちらを見ている貴婦人たちに、どうにか笑顔を返しながら進んだ。

エルベ城は外観は勿論のこと、中も素晴らしかった。

西ノ国の城を、城と呼ぶのが滑稽に思えるほどだ。

初めて足を踏み入れる南ノ国の城という場に圧倒され、アマリーの緊張感はむしろどこかへと軽く押しやられて、妙に頭が痺れた浮遊感のようなものだけが残っている。

アマリーたちを案内してくれたのはシシィだった。

「どうぞ、こちらへ」

アマリーはこっそり視線を四方に巡らせ、王宮の内部を観察した。

天井は高く、廊下は馬車が通れそうなくらい広い。奥へ向かって進むにつれ、内装が豪華になっていく。膨大な量の絵画や刺繍、彫刻といったものが建物内部を飾り立て、絢爛にしている。

アマリーは歩きながら、長い感嘆のため息をついた。

(――凄い。凄すぎる)

やがて辿り着いたのは、エルベ城の中央に位置する、竜王の間と呼ばれる広間。

南ノ国王は、ふたりの王女をそこで待ち受けていた。

ちょうど夕刻の謁見が行われていた最中であり、広間には多くの人々が集まっていた。南ノ国では国王に夜の挨拶をするために、毎晩竜王の間に集う定めがあるのだ。

アマリーがシシィに連れられて竜王の間に入ると、すぐに国王と目が合った。広間の奥には玉座が置かれ、銀色の口髭《くちひげ》を生やした国王はゆったりとした姿勢でそこに腰かけていた。

アマリーは今や気力だけで歩いていた。緊張をなんとか隠したいと思うのに、ヒールの高い靴を履いた足がカタカタと震えてしまう。

国王は西ノ国王よりもいくらか若く見えた。王太子に似て背が高く、アマリーは初めて見る南ノ国王の姿を、まじまじと見つめてしまった。

玉座の後ろには高い天井まで伸びたステンドグラスがあり、神秘的な空気を創り出していた。

両国は南ノ国に土産《みやげ》を持参しており、外務大臣のオデンが、畏まって自国の目録を読み上げる。西ノ国は代表的な工芸品である、糸のように細い金銀を繊細に編み上げたアクセサリーと、小物入れ等の革製品を贈呈した。

西ノ国と中ノ国の外務大臣の挨拶が終わり、広間の出口付近まで大臣が下がると、アマリーとエヴァが国王の前へ進み出る。

国王は玉座を下りて、満面に笑みを湛えてふたりを迎えた。

毎年遊びに来る中ノ国のエヴァ王女は、国王が見るにますます頼もしく、美しくなっている気がした。彼女の立ち姿は可憐で、取り巻く空気を柔らかく優しいものへと変える才能を持っているのだ。

国王はエヴァ王女からリリアナ王女へと視線を移した。彼にとっては、これまで肖像画でしか見たことがなかった王女だ。

西ノ国の王女は、楚々《そそ》とした美しさで国王ばかりでなく、近くにいる者たちの人目を引いた。真っ直ぐに国王に向けられた青く澄んだ瞳は、意外にも凛《りん》として意思の強さを感じさせる。

国王はおや、と首を傾げた。肖像画の王女は細い上にかなり白く見えていたが、目の前にいる王女は頬を紅潮させ、より健康的に見えるのだ。

「おふたりを我が国の記念すべき日にお迎えできて、心より嬉しく思う。我が国との絆《きずな》が一層深まることを確信している」

国王が穏やかな口調でそう言うと、アマリーとエヴァはドレスの裾を軽くつまんで、膝を折った。


日が沈むと昼間の熱を冷ますように、涼しい風が城に吹いた。

国王主催の晩さん会の後、ジュールやエヴァ、それに一部の若い貴族たちはサロンに集まってカードゲームに興じることになった。アマリーも誘われたものの、慣れない日々が続いているために彼女の体力は既に限界で、明日に備えて先に早めに休む方を選んだ。

アマリーが入浴後の火照《ほて》った身体を冷まそうと与えられた部屋の近くにある城の中庭をカーラと歩いていると、回廊の柱の陰からひとりの男が現れた。化粧を落とした後だったので、足速にその場を離れようとしたが、生憎先回りをされてしまい、避けられなかった。

「西ノ国からいらした王女様ですね。ご挨拶させてください」

アマリーの前まで歩いてきたのは、痩身の男性だった。女性かと一瞬見まごう、中性的で綺麗な顔をしている。怪しい色男だなと思いつつも、身なりはいいし、唐突に王女に話しかけてくることからも、おそらく相応の身分ある人物なのだろうと推し量られる。

男は肩先まで伸ばしたプラチナブロンドの髪をサラサラと靡かせながら、片膝を地につき、アマリーを見上げた。

「マチュー・ガーランドと申します。お見知りおきを」

ガーランド――その名には、聞き覚えがあった。途端に脳裏に朽ちかけた遺跡が蘇り、アマリーは生唾を飲み込んだ。

「ガーランド……、ガーランド公爵家の方ですか？」

マチューはこの上なく品よく微笑んだ。

「ご存じでいらしたとは、光栄でございます。先ほどまで、王太子殿下方とカードゲームをしておりました。皆様はまだ盛り上がっていますが、ひと足先に失礼いたしました」

アマリーは不運にも、帰り際のマチューと鉢合わせしてしまったらしい。

マチューは立ち上がると、その黒い瞳をジッとアマリーに向けた。色白で髪の色も薄いのに、瞳だけは漆黒の闇のように暗く、引き込まれる容姿をしていた。

「私のことは、どうかマチューとお呼びください。……リリアナ様は噂に違わず、お美しい」

美形と言って差し支えないマチューに、突然褒められてアマリーは狼狽えた。

「まあ、ありがとう」

マチューはゆっくりと視線を、アマリーの頭のてっぺんから胸元へ、腰へ、膝へ、爪先へと滑らせた。

そのあからさまな見方にアマリーは身体を強張らせる。まるで品定めされているようだ。

視線を再び上げたマチューは、ひたとアマリーの顔を見つめた。その目つきにどこか絡みつくような居心地の悪さを覚え、アマリーは一歩退いてしまった。

（しまった。動揺することなんてないのに。王女らしく、毅然《きぜん》としていないと……！）

マチューは柔らかな声色で続けた。

「ジュール殿下とは、おそば近くで育ちました。臣下であり、友でもあります。ぜひ一度我が屋敷に遊びにいらしてください」

「機会があれば、そうさせていただきますわ」

そんな機会はきっとない、と思いながらぎこちなく微笑む。

マチューは手を伸ばし、アマリーの左手を取った。彼の手は冷たく、アマリーの手の体温を奪う。

随分とひんやりとした手だ、とアマリーは思った。

ぜひ、と呟くとマチューはアマリーの手を持ち上げ、己の唇をそこに押しつけた。

アマリーはびくりと震えたが、抵抗しなかった。

ただの挨拶だ。オロオロする必要はない。

だが口づけは少し長かった。長いだけではなく、手の甲に微かな痛みを感じる。

ピリピリとした痛みは口づけの間ずっと続き、離されるとアマリーは思わず手の甲を擦った。

対するマチューは優雅に膝を折り、低頭する。

「おやすみなさいませ、リリアナ様」

おやすみなさい、とどうにか返すと、アマリーは身を翻して部屋に駆けていった。すぐ後を追いかけてきたカーラは、主人の手の甲を見て目を見開いた。

マチューが唇を押しつけていた箇所が、赤く腫れていたのだ。

「あの人、リリアナ様の手を吸っていたんですか⁉」

「――そうみたいね……」

「なんですかそれ！　変態！　無礼者！」

口をパクパクとさせて怒るカーラに賛同しながらも、アマリーの胸に一抹の不安がよぎった。

（どうしてわざわざ、私に声をかけてきたのかしら？　違和感しかないわ）

昔リリアナが手紙を送った作家の、パトロンの家の出身だという点も気になった。

リリアナ王女のために用意された客用の寝室は、とても広かった。

部屋の奥には赤い薔薇《ばら》の刺繍がされた天蓋付きベッドが置かれ、隣の部屋にはお茶会でも開けそうな素敵なテーブルセットがあり、テーブルの上には果物が積まれた二段の皿が置かれていた。部屋についているバルコニーは見晴らしがよく、広々としている。

翌朝の朝食はそのバルコニーへと用意された。

三人の給仕がバルコニーまでやって来ると、中央に置かれた丸いテーブルに真っ白な布をかけ、手際よく朝食を並べていく。

パンや卵料理、ハムにチーズ。色艶のいい果物たち。さらにグラスに搾りたてのジュースが注がれると、よく晴れた空の下、バルコニーは素晴らしい朝食会場へと変わった。

長旅で疲れたアマリーには、部屋で食事を済ませられるこの気遣いが嬉しい。

調理後間もなく運ばれてきたのか、パンもまだ温かく、味はどれもよかった。

爽やかなジュースを喉に流し込んでいると、カーラがあっと声をあげた。

「竜があそこにいますよ」

城の裏に広がる庭園の奥は、小さな森になっていた。その木々の中に竜らしきものが見えるのだ。

ゴツゴツとした凹凸のある身体の一部が見えている。

アマリーはバルコニーの手すりに近付くと、カーラを振り返った。

「そういえばジュール様が竜の乗り方を教えてくださると言っていたわ」

「まぁ。――それって危なくないのでしょうか？」

「きっと社交辞令だから、本気じゃないわよ」

よく見ると、木の上によじ登っている竜がいた。

まだ体が大きくないし、首筋が赤い。遠目にもピッチィなのではないかと思われた。

（本当に変わり者の竜なんだわ。木登りなんかして……）

アマリーがピッチィ、と大きな声で呼んでみると、なんとピッチィはピクリと反応をした。

「カーラ。今の見た？　聞こえたんだわ」

「まさか。この距離ですよ」

確かめるようにもう一度呼んでみると、確かにピッチィは顔をこちらへ向け、木の上へさらに登った。だが途中で枝が折れ、ピッチィは木から滑り落ちた。

「竜も木から落ちるのね」

ふたりで笑っていると、妙なことに気が付いた。

ピッチィが木から宙ぶらりんの状態で、暴れているのだ。

「もしかして、森に鎖で繋がれていたのかしら？」

「きっとそうです！　木から落ちて、絡まったのかもしれません」

枝に鎖ごと絡まったピッチィが暴れるため、木は生き物のように揺れている。

（しまった、悪いことをしてしまったわ）

アマリーはバルコニーで頭を抱えた。

朝の定例会議を終えたジュールは、廊下を歩きながら苛立《いらだ》っていた。

隣を歩く貴族階級の友人たちふたりが、西ノ国と中ノ国のどちらの王女が美しいかを話題にし始めたのだ。

ジュールにとってみれば、ふたりとも自分の妃候補に挙がっている女性だ。そのふたりを単純に容姿で比較されるのが、居心地悪くてならない。

廊下の大きな窓は庭に面しており、ジュールはふとそちらへ目を向けた。

「――なんだ、アレは」

庭の先に見える木のうちの一本が、やけにゆっさゆっさと揺れているのだ。足を止めて目を凝らすと、木の下にふたりの女性が見える。

「アレは、リリアナ王女か？」

ジュールが不可解そうにそう言うと、友人たちも目を丸くして驚いた。

アマリーが揺れる木の根元に手をかけ、なんと登ろうとしていたのだ。友人のひとりが首を傾げる。

「あの王女はなにをしているんでしょう？」

誰も答えられない。代わりにジュールは庭へ向かった。友人たちもそれに続こうとしたが、大勢で駆けつけて騒ぎになってはまずいと思った彼は、片手でそれを制止した。

「リリアナ王女。なにをなさっている？」

駆けつけたジュールが話しかけると、アマリーは一瞬驚いた後に、心底ホッとしたような顔になった。

「ピッチィが、木に絡まっているの」

それはジュールには見慣れた光景だった。

竜は夜間、長い鎖に繋いで休ませる。朝には外されるのだが、その時間がまちまちであった。待ちきれないのか、ピッチィはそれをつけたまま木に登り、絡まることがしばしばあった。

それを知らないアマリーは、情けない顔でジュールに詫びた。

「私のせいなの。聞こえないと思って、バルコニーから呼んでしまったのよ」

それを聞いてジュールは軽い驚きを感じた。

だからといって、王女本人がなんとかしようと木の根元まで来ていることが、意外だったのだ。アマリーの代わりに登ることにしたのか、侍女のカーラに至っては、靴を脱いで既に木の枝に足をかけている。

(西ノ国の女性は随分逞《たくま》しいらしい。リリアナ王女がおしとやかだと伝えてきたのは、誰だったか)

ジュールはふたりに話しかけた。

「木から離れて」

「でも鎖をどうにかしてやらないと」

「私が登って鎖を解こう」

「ジュール様が？　とんでもない。王太子様にそんなことさせられないわ」

「なにを仰る。王女にこそ、そんなことはさせられない」

鎖の一部を手に、アマリーは虚をつかれたようにジュールを振り返った。その反応を妙だと思いながらも、ジュールは彼女の肩にそっと手をかけ、木から遠ざけようとするが、アマリーは頑固に動かない。ジュールは仕方なく暗い声で苦情を言った。

「正直に言おう。――リリアナ王女、邪魔だ」

アマリーは胸をグサリと刺されたようにショックだった。だが大人しく木から少し離れる。

ジュールは肩についていたマントを外すと、地面に放った。そのまま木の枝を掴むと、するすると登り始める。

「お、お気を付けて……！」

登っていくジュールを下で応援するしかないのが、申し訳ない。たくさんの葉や小枝にあちこちを刺され、木の枝に絡まる鎖を解いていくその姿に、頭が上がらない。

アマリーは落ちていたジュールのマントを拾い上げると、布地についた芝や土を払い落とし、丁寧にたたんで自分の腕にかけた。

ジュールが近付くと、ピッチィは早く助けろとばかりに暴れた。だが木が余計に揺れ、高いところにいるジュールが今にも手を滑らせて落ちそうに見える。

ジュールが片足を木から滑らせ、その拍子に靴が脱げて落ちていく。

（ジュール様の靴が……！）

慌てて駆けつけ、落ちてくる靴を受け止めようと両手を振り上げる。黒い革靴はアマリーの手をすり抜け、顔面にぶつかった。

「痛っ‼」

それは想像以上の衝撃だった。鍋で殴られたような痛みがアマリーを襲う。思わず顔を押さえて屈み込みながらも、ジュールのマントを落とすまいと腕にかけ直す。

「リリアナ王女、申し訳ない！」

木の上からジュールが謝罪をしてきたが、アマリーはただ無言で頭を振った。駆けつけたカーラがジュールの靴を拾い、アマリーの手を剥がして顔面を観察し、異常ないか確認する。

ピッチィは空気を読むことなく、まだ暴れていた。

「ああ、どうしよう！　ジュール様が……」

アマリーはカーラにマントを押しつけると、木の反対側でぶら下がっているピッチィに近付いた。

暴れる竜に向かうアマリーの身を案じ、カーラがリリアナ様、と声をあげる。

アマリーはピッチィの真下に行くと、丸まった背中に手を伸ばして触れた。

ピッチィはジタバタと動いていたが、背中は揺れているだけなので、怖くはない。というより、南ノ国の王太子が自分のせいで怪我をする恐怖の方が、遥かに勝った。

「ピッチィ、落ち着いて！」

アマリーはピッチィの背を撫でた。

それは岩のようにゴツゴツとしていた。

木にしがみつくジュールはジュールで、アマリーの行動に瞠目した。

(あの王女は、なにをやっているんだ――！)

子どもとはいえ、竜は重い。万一鎖が切れるか、大枝が折れるかすればアマリーはピッチィの下敷きになるだろう。落下する竜と、それに潰される王女の光景を思わず想像してしまったジュールは、目を閉じて頭を振った。

「ジュール様が助けてくれるから！　暴れないで。お願いよ」

懸命に背伸びをしながら、竜の背を撫でるアマリーの目は必死だった。さらにその細い腕が微かに震えているのに気付くと、ジュールは時と場を忘れてアマリーに目を奪われた。

「ピッチィ。いい子だから。貴方の大事なジュール様が、木から落っこちちゃうわ」

大事なジュールという思わぬ台詞に、ジュールの胸を射貫かれたような衝撃が走る。

アマリーの声かけが功を奏したのか、ピッチィは大人しくなった。木の揺れがやっとおさまると、ジュールは再び上へと登りだし、鎖を木から外し始めた。

すかさずアマリーがピッチィの下から離れる。

やがてズルズルと木の肌を鋼鉄の鎖が滑っていく音が響き、地を揺らしてピッチィが落ちてきた。

「ピッチィ、ごめんなさいね！」

慌ててピッチィのもとに駆け寄り、アマリーが鎖を整える。その一生懸命な様子を見たジュールは、絡まってぶら下がるのはピッチィにはよくあることだと敢えて教えるのをためらった。

近付いて見れば、ピッチィの大きな緑色の瞳の周りは濡れていた。泣いていたのだ。そのことに気付くとアマリーは胸を痛めた。

「――痛かったのね。かわいそうに。本当にごめんなさい……」

ピッチィの肌が硬いとはいえ、鎖が巻きついていた部分には擦れた跡がついてしまっていた。アマリーはそこに恐る恐る手を伸ばすと、優しく撫でた。

ピッチィは痛かったことを主張しようとしているのか、グルグルと小さく唸った。

カーラから靴を受け取り履き直しながら、ジュールは靴を顔に落としてしまったことを、アマリーに謝った。かすり傷ひとつないから平気だ、とアマリーが苦笑すると、ジュールは彼女の真正面に立った。そのままアマリーをジッと見下ろす。

自分を見つめる眼差しがあまりに真剣なので、アマリーはつい笑って適当にやり過ごそうとした。

「大丈夫よ！　ちっとも痛くなかったわ」

痛い、と思わず叫んだのを棚に上げ、アマリーはにっこりと笑った。

だがその鼻は赤くなっていた。

ジュールは手をゆっくりと上げると、アマリーの鼻に触れた。そのまま手を滑らせ、頬に触れる。

彼はまるで初めてアマリーの顔を見たかのような熱心さで彼女を覗き込んでいた。

「私に気を遣う必要はない。本当に申し訳ない」

アマリーはドキドキと胸が高鳴るのを感じながら、ジュールを見つめ返した。そうしてふたりは、なんの言葉も出てこないのに、無駄に長々と互いに視線を交わしてしまった。

心臓が激しく打ちすぎて、痛い。痛いけれど、なぜか猛烈に嬉しい。もっと触れていてほしいと思ってしまうのは、なぜだろう。

（きっと、二億バレンがかかっているからだ）

アマリーはこんなにも胸高鳴るのは、お金のためだと自分を納得させた。

ジュールはアマリーから離れると、既に立ち上がっていたピッチィの頭を撫でた。

「ピッチィはまだ子どもの竜なので、好奇心が旺盛なのだ。――竜騎士隊長にはお馬鹿竜だと言われているが」

すると、ピッチィは頭を振りながら、抗議のような唸り声をあげた。

それを聞いてアマリーは思わず噴き出す。

「怒っているわ。馬鹿じゃないって」

ピッチィが長い首を伸ばし、アマリーの方へ差し出す。皮膚はゴツゴツとしていて恐ろしいが、銀光りする緑色の瞳は、綺麗だと思える。

そろそろと勇気を出して、アマリーはピッチィの頭に触れた。頭部は意外にも柔らかい。それに意外と温かかった。

そんなアマリーの様子を眺めながら、ジュールはある提案をした。

「リリアナ王女。少し竜で遠乗りをしないか？」

「えっ……」

まるで馬にでも乗るような気楽さでそう言われても困る。

少し後ずさると、アマリーはそばにいたピッチィの尾を踏んづけてしまった。

竜の尾は長いが、まさかここまで達しているとは思ってもいなかったのだ。

ピッチィがジロリとその緑色の目をアマリーに向け、不満そうに喉の奥で唸る。

「ご、ごめんなさい……！」

なんだか竜に謝ってばかりだ。

ジュールはアマリーの慌てふためく様子をほんの少し笑うと、手を伸ばしてピッチィの首の付け根を指でかいた。しばらくそうしているとピッチィは喉をゴロゴロといわせ、長い首を曲げてジュールの頭に自らの頭を押しつけた。

「凄い。よく慣れているのね」

「ピッチィが生まれた頃から、世話をしているからな。リリアナ王女も撫でてみるといい」

それはかなりの勇気が必要だった。ジュールに気に入られたいのなら、撫でるべきなのは明白だったが、撫でたらジュールのように頭を押しつけられるのだろうか。流石にそこまで、受け入れられる自信がない。葛藤しつつも、苦渋の答えを出す。

「……け、結構よ」

するとジュールは竜の頭に手を乗せたまま、こちらをジロリと見た。その口角がわずかに上がっており、鋼色の瞳が愉快そうな色を帯びていることに気付く。

「竜がやはり怖いのですか？」

「……に、西ノ国にはいないのよ。まだ見ているだけが、限界だわ。でも竜が興味深くて素晴らしい生き物なのは、短い間でも十分すぎるほど、わかったわ」

「しかしここまで駆けつけられたことといい、リリアナ王女はなかなかにお気が強くてらっしゃる。――聞いていた話とは幾分異なるようだ」

ぎくりとした。

本物のリリアナ王女だったとしたら、震えて泣いていたところだったのかもしれない。もしくは、竜が怖くて卒倒していたところかもしれない。

「南ノ国の竜にご興味が出てこられたのなら、ぜひ私のダルタニアンにもまた会っていただきたい」

（だるたにあん？）

アマリーがなんだそれは、と困惑している前で、ジュールは身を翻して森の奥へと進んでいった。

颯爽とした足取りのジュールについていくと、森の奥の方で竜たちがたくさん集まって寝そべっていた。揃いの黒い軍服に身を包んだ男性たちが、何頭かの竜を鎖から解き放ち、世話をしている。竜騎士だろうか。

その中にいた一頭に近付くと、ジュールがダルタニアン、と声をかける。

その竜には見覚えがあった。ジェヴォールの森でアマリーを助けてくれた時に、ジュールが乗っていた竜だ。他の竜を多少見慣れてから改めてダルタニアンを目の前にすると、その竜がいかに特別かわかる。

ダルタニアンは青みがかった色をしていた。大きな瞳は精悍で、長い首から尾にかけての流線はなだらかで美しい。頭の後ろの角も形が整って長さも揃い、綺麗だ。

（確かに、ピッチィより見応えがあるわ……）

ダルタニアンは絵画に出てくるような、美しい竜だった。竜界で言う美形に違いない。

「私の一番のお気に入りの竜だ」

ジュールが誇らしげに言う。

ダルタニアンの大きな耳には、これまた大きく立派な竜珠が鎮座していた。

「とても美しい竜ね」

「乗ってみたくなるでしょう？」

どうだとばかりにジュールが言う。あまりに自信ありげなその表情に、断りにくい。

「そうね……す、少しだけなら……」

ジュールがサッと手を差し出す。

おずおずとそこに手を重ねると、握り返された。竜騎士が鞍を竜につけ終え、ジュールがアマリーをダルタニアンの真横まで連れていき、彼女を抱え上げる。竜にはまだ到底乗り慣れなかったが、その手つきは優しく、初めて会った日の粗暴な仕草との違いが嬉しい。

ダルタニアンに跨がると、アマリーはカーラを見下ろした。

「ちょっと、行ってくるわね」

自分の発言もまるで散歩に行くような気軽さになってしまった。

カーラは無言でただコクコクと頷いた。

ジュールはアマリーの後ろに乗ると、首から下がる筒状の笛を一度、強く吹いた。

すると、ダルタニアンは翼を力強く広げ、一度腰を落としたかと思うと、今度はふわりと上にジャンプし、そのまま翼を羽ばたかせ、飛び立った。

「うわっ‼」

突然のことに、品のない悲鳴が出てしまった。

あっという間に物凄い高さの空に連れ出され、何度か瞬きをする間に、眼下にエルベの城下町が広がる。見下ろす地面のあまりの遠さに、爪先から頭まで総毛立つ。

竜の翼が風を切るせいか、整え直したばかりの髪が風に弄ばれ、視界を遮る。

「た、高いっ！」

後ろに乗って竜を操るジュールに訴えると、彼は声を立てて笑った。

「怖いか？　すぐに慣れる。慣れれば、とても爽快な空の旅になる」

叫ぶのにも力を消耗する。とにかくアマリーは渾身《こんしん》の力で鞍にしがみついた。

景色を見る心のゆとりなどなく、真正面から吹きつける風で目が乾くので、ついには目を閉じて鞍と一体化した。

やがてお尻の下に感じていた竜の翼の羽ばたきがやみ、激しい向かい風がおさまった。

ダルタニアンの動きが止まったのが感じられる。

(――どこかに着いた?)

そろそろと目を開けると、信じられないところにいた。

(嘘でしょぉぉぉぉっ!?)

エルベ城にあるたくさんの塔のうちの、一番高い塔の天辺に止まっていたのだ。

キツい傾斜を描く塔の屋根にダルタニアンは爪を立てていた。

竜の重みで瓦に亀裂でも入ったのか、カラカラとなにかが転がり落ちる音がする。

上空高くにいるせいか、時折吹く強い風に竜の背が揺られ、それに合わせてアマリーたちも揺れる。

どうしてこんな不安定なところに止まるのか。

「他に止まるところなかったの!?」

「リリアナ王女。あの山がご覧いただけるか?」

焦るアマリーにお構いなしに、ジュールが前方遥か彼方に聳える山を指差した。

濃い緑色の木々に覆われた、大きな山だ。

鞍にしがみつくのに忙しいアマリーは、山を一瞥すると、視線を手元に戻す。

「あの山は竜の生息地のひとつだ。我々はあの山から子どもの竜を生け捕り、繁殖させて人に慣れた個体を育てる」

普段なら興味を持って聞けた情報かもしれないが、今この状況ではまったく頭の中に入ってこない。

ジュールの言ったことはアマリーの耳から耳にただ抜けていく。

「竜はこの大陸の限られた地域にしかいない。だからこそ、竜は貴重な輸出品だ」

「ええ、そうでしょうね……」

西ノ国も竜を欲しがっている。竜騎士がいれば北ノ国に勝てると。

「……南ノ国では、女性でも、竜に乗り慣れているものなのかしら？」

「そうだな。竜騎士には女性もいる。それに王族ならば性別にかかわらず皆自分の竜を持っている」

それを聞くとアマリーは勇気を奮い起こした。

みっともなくしがみついていた身体を竜の背から起こし、綺麗に座り直す。

するとジュールが突然、アマリーを抱え込むように腕を回した。一瞬、呼吸が止まるほど驚く。

単に落ちないようにとの配慮かもしれないが、どういう風の吹きまわしだろうかと狼狽してしまう。

ジュールはなにも言わずにただアマリーを両腕で自分の方へ引き寄せている。なにか言ってくれる方が、よほど気が楽な気がした。

だがジュールは無言を貫き、抱き寄せる腕にさらに力を入れた。アマリーが硬直していると、ジュールは彼女の顔に首を伸ばし、白い頬にそっと口づけた。

「——っ‼」

まるで親しい者同士のような軽いキスではあったが、驚愕のあまり叫びたい衝動と、甘酸っぱい衝撃のふたつがアマリーの中を駆け巡る。

（——王太子にキスをされてしまった）

二億バレンに急激に近付いたのかもしれない。が、それと共に軽いショックもあった。

胸の中を、表現し難いくすぐったい気持ちが、ふわふわと頼りなく漂う。

黙り込むアマリーの反応を不安に思ったのか、ジュールが彼女の顔を背後から覗き込んだ。余計に身体が密着し、アマリーは呼吸だけで精いっぱいになってしまう。

「――怒らせたか……？」

アマリーはただ、ブンブンと頭を左右に振った。言葉が出てこない。

アマリーにとっては、もう自分が竜に跨がっているとか、城の屋根の上にいる、なんていうことはすっかりどうでもよくなっていた。

ジュールはアマリーを再び抱き寄せると、今度は彼女の反対側の頬にそっと自分の唇を押し当てた。

「貴女が、たまらなくかわいい」

「あの……」

ジュールはアマリーの横顔を覗き込んだ後で、苦笑した。

「――申し訳ない。余計に緊張をさせてしまったようだ」

ジュールはアマリーを抱きしめていた腕から徐々に力を抜いた。

「少し、空を散歩しよう」

アマリーから、するりと腕が解かれる。

ジュールはアマリーにしっかり掴まるよう言った。

竜笛が吹かれると、ダルタニアンはその勇壮な翼を広げ、城の頂点を蹴って空へと飛び出した。

頬にキスをされた興奮が冷めないまま、アマリーはなんとか鞍にしがみついていた。両頬にまだ残るジュールの優しい唇の感覚が、なかなか消えない。

（ダメダメ！　ちゃんと竜に乗るのに集中しなくちゃ……！）

大きく息を吐いて呼吸を整えると、鞍にきちんと掴まり直す。

ジュールは片手でアマリーの身体を支えていたため、ほとんど片手で竜を操っている。

その技術に感心し、アマリーは尋ねた。

「南ノ国では何歳から竜に乗り始めるの……？」

「八歳頃からが主流だ。――もっとも私は六歳の頃から訓練させられたが」

「だからこんなに上手に乗れるのね」

ジュールは乾いた笑みを浮かべた。

虚空に視線を投げたまま、ジュールはアマリーの耳元で語り始めた。

「私は六歳の時に、当時王太子だった兄を亡くしたのだ。そこからは、必要なすべてを我武者羅に覚えていくしかなかった」

突然の悲しい告白に、アマリーまで切ない気持ちになり、涙が込み上げそうになる。彼女の瞳が潤んだことに気付き、ジュールが穏やかに笑った。

「貴女はわかりやすいほど素直に感情を表に出すな。いいことも、悪いことも……」

「そうかしら。は、恥ずかしいわ」

「それでいいではないか。なにも恥じることはない。――どこの国も王宮の中枢ほど、世辞と虚構と偽りにまみれている。私は、嘘はもうたくさんだ」

どこか投げやりなジュールのその言葉に、アマリーの心臓はぎくりと跳ねた。

ジュールは嘘が嫌いだと言っているが、アマリーがリリアナのフリをしているこの現状を、彼がもしも知ってしまったら。その時ジュールは果たしてどんな態度を取るのだろう。

そう考えると、背筋を一瞬寒気が上った。

※　※　※

執務室に紅茶を運んできた女官が退室すると、ジュールは手元の書類をめくり始めた。

机上に置かれたティーカップからは、美味しそうな香りが立ち昇っている。手を伸ばして味わいたい気もするが、飲むより先にすべきことを終えてしまいたいジュールは書類に集中した。

来たる建国記念祝典の式次第を確認し、頭の中に叩き込んでおかなければならない。

だがジュールは、書面に載る【ダルタニアン】の文字が目に飛び込んでくるなり、今朝リリアナ王女と空を飛んだ時のことを回想してしまった。

ダルタニアンの背に乗ったリリアナ王女は、その大きさにいまだ怯えている様子だったのに、女性の竜騎士の存在を知るなり、俄然やる気を出して恐怖に打ち勝とうとしているようだった。

ジュールはそのリリアナ王女のわかりやすい行動に一種の感動を覚えた。竜の鞍に伸ばされた彼女の両腕は、震えていた。

(あの時、つい彼女の腰に後ろから手を回してしまった……)

竜に掴まろうと必死で、小刻みに揺れるその細い肩を後ろから見つめていると、抱きしめてやりたい衝動に駆られたのだ。必死に慣れようとしている様子が、たまらなく愛らしく思えて。

(リリアナ王女は最初からこんなにもかわいらしかっただろうか——？)

ジェヴォールの森で出会ったばかりの時は、王女に下手に逃げ回られた挙句にちぐはぐな反応をされ、ややうんざりしていたというのに。

自分はなにを見ていたのだろう。

勿論、アマリーの体に腕を回すのには葛藤があった。気安く女性を抱きしめるような、軽い男だとは思われたくない。だが。

リリアナ王女は、王太子である自分の婚約者候補のひとりだ。その身に触れることを、ためらう必要があるだろうか。

迷った末、ジュールは感情に任せて、リリアナ王女を背後からそっと抱きしめた。

腕の中のリリアナ王女の温もりを思い出し、冷静でいられなくなる。

書類を机に置き、深く息を吐いた。

抱きしめたリリアナ王女の横顔が、脳裏によみがえる。動揺してパチパチと瞬く彼女の青い瞳と長い睫毛が、どれほど途方もなく愛らしかったことか。

狼狽えているのか、桃色の唇がかわいらしく開いたり閉じたりする様が、胸をついた。手を伸ばしてそこに触れ、頬ではなくそこに口づけられたら、どれほど甘美だろうか——？

眼下に広がるエルベの自慢の景観など、もはやどうでもよくなっていた。

だが、それ以上衝動のままに触れてしまえば、嫌われてしまう気がした。

代わりにジュールは、自分のことを知ってもらおうと子ども時代の話なぞをしてしまった。

滅多にしない、今は亡き兄の話までしてしまうとは。

ジュールは久しぶりに、兄を失って混乱の極みにあった六歳の頃を思い出した。

兄が亡くなったその日。ジュールを取り巻く環境は、一変した。

これまで教育係くらいしか近くにいなかったジュールの周りに、突如として家臣たちが集まり、次々に首《こうべ》を垂れた。彼が王太子となってから、国王の重臣たちは、今までは兄王子ばかりを讃えていたのに。彼らは急に競ってジュールを褒めちぎるようになったのだ。

ジュールはそれがとても嫌だった。

（勉学も、剣も、竜も。私はなにひとつとして兄に秀でていたことなどなかったはずだ）

それなのに周りの者たちは、世辞を憚《はばか》らなかった。ジュールは生まれつきの王者だと。

周囲を飛び交う嘘の数々と、自分を取り巻く偽りの賛辞に辟易《へきえき》した。

偽りを偽りでなくすには、それを事実にするしかない。だからジュールはひたすら兄を超えようと、努力をしたのだ。

常に限界の一歩先まで行くことを心がけ、糧になりそうなものからは、決して力を抜かなかった。

ジュールに近付いてくる者は、女たちであっても同じようなものだった。

作り込んだような笑顔で、やたら耳当たりのいい言葉ばかりを並べ立てる。

――だからジェヴォールの森で差し出したジュールの手を、大仰なまでに振り払ったり、あるいは掛け値なしに嬉しげな笑顔を見せたりするリリアナ王女の言動が、いたく新鮮に見えるのかもしれない。

ピッチィの話をしながら、キラキラと目を輝かせて声を弾ませるリリアナ王女の姿を思い出しては、執務に追われ忙しいはずのジュールの思考が止まりかける。

執務室の天井を見上げ、椅子に深くもたれて脱力する。

（日頃は慌てたり落ち着きを失ったりすることがないのが、自分の長所だと思っていたが。まさか西

ノ国の王女に、ここまで心揺さぶられようとは）

情けないような、いやいっそ心地いいような、不思議な気持ちだ。

自分自身の言動が予想を超えている。

再び書類に意識を戻した頃には、紅茶はすっかり冷めてしまっていた。

第六章　王太子とのダンス

その日の夕方、エルベ城では建国記念祝典に参加するために内外から来た者たちに歓迎と感謝を伝えるパーティが開かれた。

会場は城の森を挟んだ向こう側にある離宮で、参加者たちは用意された馬車に乗って城から離宮へと向かう。馬車は馬に至るまでパーティのために花々やガラスのビーズを縫い合わせた布地で飾り立てられており、雰囲気を盛り上げている。

馬車に乗ろうとするエヴァの周囲には彼女を囲うように男性たちが集まり、局地的な人口密集部を作り上げていた。

幼い頃からこちらに遊びに来ているだけあって、どうやら既に取り巻きたちがいるらしい。

アマリーは、あっと心の中で声をあげた。

取り巻きたちの中のひとりに、見覚えがある。赤い布地に金糸の刺繍がされた上着を纏ったその男性は、大変目を引いた。

マチュー・ガーランドだ。

アマリーは自分の隣にカーラしかいないのを、急に寂しく思ってしまう。

エヴァとアマリーは偶然にも同じ馬車に乗り合わせた。

離宮に到着して扉が開かれると、エヴァは可憐に微笑んだ。

「リリアナ様、お先にどうぞ」

礼を言いつつ、アマリーはドレスの裾を掴んで座席から腰を浮かせた。先に素早く降り立ったカーラの手に掴まり、馬車の降り口に置かれたステップに左足を下ろす。その直後、ドレスが後ろに引っかかったように裾が詰まってしまい、反動でアマリーはズルッと足を滑らせた。

「アマ……リリアナ様！」

カーラが咄嗟に両手を突き出し、アマリーを支えようとしたが間に合わず、アマリーは馬車から落ちて尻餅をついた。裾が大きくめくれ上がってしまい、数秒のこととはいえ、離宮にいる人々にバッチリと足を見られてしまった。

扇子で口元を隠しながらクスクスと笑う女性たちや、舌舐めずりでもしそうな勢いでニタニタと見てくる若い男性たちの姿が視界に入り、あまりに恥ずかしい。

痛みと羞恥心で真っ赤になりながら、急いで立ち上がる。

幸い絨毯が敷かれていたためにドレスは汚れずに済んだが、なにが起きたのかわからない。扉にでも裾を引っかけてしまったのだろうか、と車体を見上げると同時に、アマリーの後に続いて降りようとしていたエヴァと目が合った。

「リリアナ様、大丈夫でしたか？　ご自分の右足で、裾を踏まれていましたよ？」

そんなはずはなかった。流石に靴で踏んでいれば、感触で気が付く。

馬車に駆け寄って来た取り巻きらしき男性たちの手を借りながら優雅に降りるエヴァを見つめながら、アマリーは思った。

（さっきはまるでドレスの裾を踏まれたような感覚だったわ。もしかして、後ろからこっそり私の裾を踏みつけたのかしら？）

こんな風に疑いたくはない。だがそれほどまでにアマリーとエヴァは水面下で火花を散らしていた。

離宮は黄色い外壁のかわいらしい建物だった。

既にホールは着飾った人々で溢れており、日が沈みかけた外の薄暗さとは対照的に、中は煌々《こうこう》と明かりが灯されていた。

眩《まばゆ》く輝くシャンデリアを見上げながら奥へと進むと、たくさんの人々がおしゃべりに興じている。

ジュールを探すアマリーの前に現れたのは、ちっとも会いたくなどない人物だった。

(――マチュー・ガーランド……)

頭の中でその名前を呟く。

「リリアナ様。またお目にかかれて光栄です」

「こちらこそ。お会いできるとは思っていなかったわ」

「実は今日はリリアナ様に贈り物をお待ちしております」

マチューがアマリーを見つめたまま、右手を少し上げてパチンと指を鳴らすと、近くに控えていた小間使いらしき少年がサッと進み出て、実に恭しい仕草で彼に金色の包装紙でくるまれた物を手渡した。それを片手で受け取り、マチューは両手に持ち直すと、アマリーに差し出した。

「私からの贈り物です。お気に召せばいいのですが」

アマリーはシャンデリアの明かりを反射して輝く、腕の中の金色の包装紙を見つめた。固さと厚みから、中は本だろうとわかる。

「『竜狩りの川の先』の著者であるドリモアの最新作でございます。まだ南ノ国でしか販売されておりません。――それとも、もしや既にお待ちでしたか?」

ぎくりと顔が引きつりそうになるのを、どうにか踏ん張る。そんなことは、わかるはずがない。

アマリーは敢えてその場で包みを開かなかった。

「どうかしら。後で開けるわ。どうもありがとう」

その様子を見てマチューは目を細め、微笑を浮かべた。

「……私の生家の公爵邸には、まだドリモアの仕事部屋が残されているのですよ。今度ぜひお越しください。私はリリアナ様のことをもっと深く、知りたい……」

（この男は、私をどうしたいのだろう？）

アマリーは本を抱えたまま、両手の拳をギュッと握りしめた。

「ええ、よろしくてよ。機会があれば。――ドリモアはガーランド公爵家に長く滞在していたらしいわね」

中性的な美を持つマチューが笑うと、妖しい雰囲気が漂う。その美貌にアマリーは逆に不審感を抱いた。

「リリアナ様はドリモアが新作を出版されるたびに、お手紙を出されていましたね。――よくドリモアから嬉しそうに聞かされましたよ」

そう言うと、マチューは一歩アマリーの方へ踏み込んだ。急に至近距離に来られて、胸騒ぎがする。

マチューは歌うような滑らかさで言った。

「ですので、リリアナ様のことは色々と、存じ上げておりますよ」

顔を傾けてアマリーに寄せ、マチューは彼女にだけ聞こえるように囁《ささや》く。

「しかし、実際の貴女は私の知るリリアナ様とは、まるで別人のようであらせられる」

平静を装うのが精いっぱいだ。アマリーは首を左右に振り、小さな声で答える。

「それはきっと、誰でもそうですわ」

「リリアナ様ぁ！」

後ろから突然咎《とが》めるような声色で名を呼ばれ、振り返ると、オデンが杖をついてこちらに歩いてくるところだった。アマリーに近付き、長いため息をつく。

「こんなところにいらしたのですか。ジュール様の一番目のダンスのお相手をしていただきたかったのですが……！」

広いホールの中でオデンがアマリーを探しているうちに、音楽隊の演奏が始まり、ジュールは踊り始めてしまっていた。弾かれるように顔を上げると、ホールの中ほどに人垣ができている。皆が見守るその中心では、ジュールとエヴァ王女が向かい合って踊っているではないか。

（しまった！　大切な機会を逃したわ）

もうひとりの妃候補であるエヴァとジュールが踊る様子を遠巻きから眺めると、敗北感で脱力する。

背中にジュールの手が回され、もう片方の手を互いに繋ぎ合うエヴァは、恍惚としていた。ジュールを見上げる瞳は輝いている。

ふと強烈な視線を感じて振り向くと、マチューは口元に笑みを湛えてアマリーを見つめていた。その口元は穏やかだったが、目は怖いほど真剣だった。

オデンは最後のダンスに賭けるため、ジュールの周囲にひたすら張りついた。

そもそも王太子の最初のダンスの相手に、リリアナ王女を選んでほしかったのに、失敗したのだ。

最後のダンスを踊るお相手には、絶対にリリアナ王女を選んでもらわねば――！と意気込んだ直後にオデンは自分がしがみついている杖を見下ろし、肩を落として首を左右に振り、呟く。

「足さえ、この状態でなければ！」

杖をついているものだから、馬の乗り降りやホールでの移動に時間を要してしまったのだ。

そのせいで、大事なお役目を背負っている自国の王女をホールで待たせ、挙句に王女はよりによってマチュー・ガーランドに捕まっていた。

マチューといえば、南ノ国の中でリリアナ王女とジュール王太子の結婚に反対している急先鋒《きゅうせんぽう》なのだ。オデンとしては、できれば両者に接触してほしくない。

出遅れを挽回《ばんかい》すべく、オデンは一心不乱に王太子の金魚の糞《ふん》に徹した。

「オデン、危ないわ。貴方の杖、さっきから色んな方々に蹴られているじゃないの」

アマリーはたまらずオデンに声をかけた。ジュールの周囲は人で溢れている。そこにオデンが食らいつくので、今にも転倒しそうだ。見ていられない。

「ご心配なく。――よろしいですか？　今夜、皆の注目を集めるのはリリアナ様でなければ。そのためにもこのオデン、なんとしましても、王太子様の最後のダンスを……！」

気合いを入れて一歩大股で踏み出すと、杖が給仕の足にぶつかってしまい、オデンは見事に転倒した。

大の大人が床に転ぶと結構な音がして、ホール中の注目を集めた。ジュールの周囲に集っていた貴婦人たちも皆ダンスをやめて目を丸くし、オデンと彼を助け起こそうとするアマリーを見る。

「まぁ、凄いわオデン。貴方の言う通り皆の注目を集められたわ」

「も、申し訳ありません！」

オデンの腕の下に肩を入れるが、オデンは予想以上に重かった。おまけにヒールの高い靴がぐらつき、うまく足腰に力が入らない。

「靴を脱いだらもっと上手に貴方を担げそうなの」

「絶対におやめください」

オデンはアマリーの肩を借りながら、杖の中ほどを持ち、なんとか立とうとする。

もう若くはないため、思っている以上に足に力が入らないのだ。

必死に杖を握るオデンの目の前に、サッと大きな手が差し出された。その逞しい腕を辿り、手の主がジュールだと気付くと、オデンは恐縮しきりながらもその腕に縋《すが》りつく。

「王太子殿下……！　ありがとうございます！」

ジュールは軽い調子で笑った。

「お気を付けて。傷を早く治すためにも、無理は禁物だ」

オデンの隣に立つアマリーを見ると、彼女は手にプレゼントらしき物を持っていた。

「リリアナ王女。それは？」

「マチューにもらったのよ。ドリモアの最新作らしいわ」

「マチューに？」

その名を口にする時、ジュールは眉根を寄せた。

「……マチューは貴女になにか申しましたか？」

「いいえ、特に……」

「もしご不快なことがあれば、謝ろう。マチューの母親は中ノ国の王族で、彼はひどく中ノ国贔屓《びいき》なのだ」

それは嬉しくない情報だった。

だとすればマチューはジュールに、リリアナではなくエヴァを妃として選んでほしいはずだ。

表情を曇らせるアマリーに向けてジュールは手を差し出し、膝を軽く折った。

「その本は侍女に任せて……私とダンスをお願いできますか？」

少し悪戯っぽく見上げる鋼色の瞳に、アマリーの胸中に喜びが広がっていく。最低限のダンスは習ってはいたが、実はうまくはない。けれどジュールと踊れることが純粋に嬉しい。

カーラに本を渡すと、アマリーはジュールの手を取った。握り返される手に白い布製の手袋をしてはいるが温もりを感じられ、少しドキドキする。

背中に腕が回されると、アマリーの鼓動が緊張で速くなった。

ふたりが見つめ合った矢先。

ガラスが次々に割れる大きな音がして驚いて振り向くと、テーブルにピラミッドの如く高く積み重ねられていたグラスが、雪崩のように倒れていくのが目に入る。

綺麗に積まれていたフルーツカクテル入りのグラスが次々と崩れていき、その前に立っていた人々の上に降りかかる。ほとんどの人が慌ててその場から離れて難を逃れた中、ひとりの女性が逃げ遅れた。高く積み上げられていたグラスが、その女性の上に止めようもなく落ちていく。

アマリーとジュールは同時に息を呑み、それに続けてジュールが短く叫んだ。

「エヴァ……！」

不幸にもグラスの下敷きになっているのは中ノ国の王女、エヴァだった。

ジュールの手はアマリーから離され、彼は急いでエヴァのもとに駆け寄った。割れたグラスが、エヴァのふわふわとしたピンク色の髪に絡まり、ドレスにも数多の破片が散っている。周囲の人々がエヴァを気遣いながらグラスの破片を取り除いていく中、ジュールもそれを手伝う。

エヴァは大きな瞳に涙を溜め、ジュールを見上げた。

「エヴァ」

「……大丈夫ですわ。わたくしに構わず、皆さまパーティを続けてくださいな」

「怪我はないか？　――俯《うつむ》かないで顔をよく見せてくれ」

「ジュールお兄さま……！」

アマリーもエヴァの身体に飛び散ったガラスを取る手伝いをしたかった。いや、しなければと思った。だが身体が痺れたように、動かない。

ジュールがエヴァを案ずるのは至極当然の流れなのに、それを不快に感じる自分がいた。

（私ったら、なんて嫌な女なのかしら……）

だが隣にいたカーラは違う方向に憤慨していた。

「あれは絶対に、不注意や事故なんかじゃありませんよ。誰かがリリアナ王女と王太子様のダンスを邪魔したんですよ！」

「カーラ、他の人に聞こえるわ。後にして頂戴」

「口は禍のもとと申しますからね」

背後からした声に驚愕して振り返ると、そこにはマチューがいた。彼は手にグラスをひとつ、持っていた。カラフルな果物が炭酸水の中に浮かぶ、フルーツカクテルだった。

（あれは、グラスが倒れる前に取っていたひとつなのかしら……？）

しばらくそのグラスにアマリーの目は釘付けになる。

「いかがですか？　おそらく最後のひとつですよ？」

「──貴方がどうぞ」

アマリーが遠慮すると、マチューはふふふ、と笑った。

エヴァを助け起こそうとするジュールの真摯な瞳を見ているうちに、アマリーはめまいがした。

初対面の物珍しさからジュールは自分に構ってくれてはいるが、心は既にエヴァのところにあるんじゃないだろうか。そう思ってしまう。

割って入ろうとしているのは、もしや自分の方なのだろうか？

（──悲しいし、予想以上に心が痛い）

そうしてしばらく経った頃、アマリーは困った事態に陥った。

ヒールの高い靴を履いていた足が、とんでもなく痛くなり始めたのである。

最初は踵《かかと》が痛んだ。そこで踵を庇うような体重の乗せ方をしていたところ、今度は爪先も痛んで仕方なくなった。爪が靴の内側に当たり、痛い。さらに足の指同士が靴の中で妙に押し込められ、爪が隣の指に食い込む。

もともとリリアナ王女という他人の靴を履いているから、足に合わないのだ。

靴にまで『お前じゃない』と言われている気がして、切ない。

カーラの手を借りて廊下へ出て椅子に腰を下ろすと、靴を脱いで足を確かめた。踵から血が出ていた。

立ち上がってホールに戻りたいが、全精力を痛みが駆逐していく。

そこへオデンが見事な杖さばきを発揮して、猛烈な速度で駆けつけた。

「どうなさったのです？」

「ちょっと靴擦《ず》れをしてしまって」

「……なんと、このタイミングでですか！」

オデンが情けない声をあげて地面に膝をついた。カラン、と杖が転がる。アマリーとカーラはギョッとした顔でオデンを見つめた。

タイミングといえば、フルーツカクテルが倒れたタイミングこそが、おかしなものだった。

おそらくは自分に向けられていた悪意を不気味に、そして腹立たしく感じる。

――もう少しでジュールと、ダンスを踊れそうだったのに。

（こんなわかりやすい嫌がらせに負けてたまるか……！）

拳を握りしめながら、痛む足をリリアナ王女のかわいいばかりで役に立たない靴の中にねじ入れる。

「戻りましょう、ホールに。なんとしてもジュール様と踊るわよ」

アマリーがそう言うと、カーラは素早く腕を差し出し、彼女が立ち上がるのを補助する。

グラスの清掃のためにホールは幾分妙な雰囲気になっていた。

痛みをこらえて歩きながら、気力だけでアマリーが作り上げた笑顔はそれでも周囲がハッとするほど美しかった。足を痛がっていることを忘れさせるほどの、見事な微笑みだ。

アマリーのそんな堂々たる姿に、オデンは感動すら覚えた。

やがてアマリーが自分の方に向かってきていることに気が付いたジュールが、人々をかき分けて彼女の前まで歩いてきた。

オデンが杖を固く両手で握りしめ、祈るように胸元まで持ち上げ、ふたりの様子に見入る。彼は集中するあまり、無意識に両足だけで立っていた。

ジュールは真っ直ぐにアマリーを見つめ、手を差し出した。

「先ほどダンスを頓挫させてしまった非礼を詫びたい。――私と踊ってもらえるだろうか？」

ジュールの手にアマリーがそっと手を重ねる。

そうして結果的にオデンの悲願は達成された。

だが足を庇って普段以上におかしな動きになったアマリーのダンスは、残念ながら決して褒められたものではなかった。

オデンはこれ以上ないというほど悔しそうに、離れたところからふたりを見守っていた。

第七章　葡萄酒祭り

翌日は、朝からエルベ全体が活気づいていた。

夕方からエルベの中心部にある中央広場で、葡萄《ぶどう》酒祭りが開催されるのだ。エルベ周辺では葡萄の農業が盛んで、ちょうど収穫が始まるこの季節に、その喜びを皆で共有するための祭りだった。

エルベの葡萄酒祭りは南ノ国内でも有数の大きな行事のひとつで、参加しなければエルベに住む資格はない、と揶揄されるほど熱の入ったものだった。

今年はそれに隣国の王女たちが参加するとのことで、例年よりも多くの観光客がエルベを訪れ、住民たちも準備に余念がなかった。

広場の周辺だけでなく、そこから十字に伸びる道路のかなり先の方まで、屋台が設営されていく。

広場の中心部では、舞台を組み立てる大人たちに入り混じり、祭りの始まりまで我慢できない子どもたちが、辺りをチョロチョロとうろついては叱られていた。

一方、エルベ城の一室ではアマリーたちの身支度に余念がなかった。

カーラたちにとって今日は、侍女として力の見せどころだ。

「うちの王女様は、中ノ国の王女様よりずっとお美しいですからね‼」

カーラは気合いを入れるかのようにそう宣言すると力いっぱいアマリーのコルセットを締め上げた。

うえっ、とアマリーの口から苦痛の声が漏れる。

「カーラ、急にどうしたの……？」

「だって、あの王女様に昨夜はしてやられたじゃないですか。グラスの山に自分から突っ込んで行ったりして！」

とんだ食わせ者ですよ、と不満をぶちまけるカーラの前で、アマリーはため息をついた。

「突っ込んで行ったところを見たわけでもないのに、滅多なことを言わないの」

「でもあのタイミングはできすぎですよ！」

アマリーはマチューが倒したのではないか、と疑いを持っていた。だがそれこそ、見たわけでもなくアマリーの妄想でしかない。

昨日のダンスは決して褒められたものではなかったが、今日またジュールと外出できるのだ。名誉挽回をするチャンスだ。

「──勝負に出るわよ、カーラ。二億バレンを狙いにいくわよ」

仏頂面をしながらアマリーのドレスを持ち上げていたカーラは、主人の真剣な声に、真顔に戻る。

「私を最高の美女に仕上げて頂戴」

「お任せください！」

カーラはドレスごと自分の胸に手を当てて膝を揃えた。

アマリーの顔に化粧を施していくカーラの顔は、気合いが入りすぎて、いっそ怖いほどだった。

絶対に崩れない下地を丁寧に塗り、アマリーの肌色に合わせた粉をムラなくはたいていく。

アマリーの大きく魅力的な青い瞳は、アイラインによってより際立ち、その上にアイシャドウを乗せることでさらにひき立った。

「アマリー様の瞳という青い海に、吸い込まれてしまいそうなくらいです」

「――ありがと。これでこの国の王太子も吸い込めるかしら……？」

「吸い込んで閉じ込めちゃってください‼」

唇に紅を乗せてみれば、そこへ色っぽさが加わる。

眉の流れと形を整え、健康的なチークを乗せてぼかすと、もはや芸術品のような出来栄えであった。

カーラは数歩下がり、少し離れてアマリーの全身をくまなく観察した。

なにもしなくとも充分に美しい黄金の髪は綺麗に結い上げたし、ドレスは本物のリリアナ王女所有の上等なものだ。身を飾り立てる宝石たちも、カーラのこれまでのパッとしない地味な人生の中では、一度たりとも見たことがないような、高価なものだ。――もしかして中ノ国の王女の方がいいものを持っているかもしれないが。

アマリーはカーラが今まで見てきた中で、最も美しく見えた。

「――王女様です」

「えっ？　なにか言った？」

「これ以上はないというくらい、立派な王女様ですよ！」

おまけに締め上げたコルセットが功を奏し、アマリーの白く豊かな胸が、とてつもなく魅惑的なふたつの丘陵を描いている。

「王太子様も悩殺間違いなしですよ……‼」

エルベの中央広場に向かう馬車の前に最初に現れたのは、エヴァだった。

エヴァは紫色のドレスを身に纏い、先に待っていたジュール王太子と目が合うなり、にっこりと微笑んだ。

その春の花が一斉に咲いたような愛らしい笑顔に、居合わせた兵士や外務大臣も、頬を緩める。

「ジュールお兄さま！　お待たせしてごめんなさい」

「私が早く来すぎただけだ。気にするな」

エヴァはかわいらしく首を左右に振って、キョロキョロと視線を彷徨わせた。

「リリアナ様はまだいらしてないのね」

「遅いですねぇ、西ノ国の王女は」

聞こえよがしにそう呟いたのは、馬車の後ろで騎馬に跨がるマチューだった。

「あらっ、マチュー。貴方も行くのね。嬉しいわっ」

「こちらこそ、エヴァ様に我が国随一の祭りにご参加いただけて光栄です。——来年からは毎年ご参加いただくことになるかもしれませんがね。ふふふ」

意味深にマチューがそう微笑むとエヴァはあらっ、と漏らして頬を赤らめた。

エヴァが到着してから少し経った頃。アマリーの登場によって、馬車の周囲は水を打ったように静まり返った。皆がアマリーを見つめていた。

最高のタイミングである。少し遅れて出ていって大正解だ。

アマリーはドレスの裾に躓かないよう、しっかりと裾さばきをしながら、けれど美しく微笑みつつ、馬車へ歩いた。ジュールの瞳はアマリーが彼の目の前にやって来るまで、一度たりとも離されなかった。ほんのひと時であっても、彼女から目を離してしまうのがもったいなく感じられたのだ。

そしてジュールの隣にいたエヴァは、彼が吸い寄せられるようにアマリーを見つめていることに気が付き、不安そうに表情を曇らせていた。

アマリーが近くまで来るとジュールが手を差し出し、彼女が馬車に乗り込むのを手伝う。

三人が乗り込むと、閉められた馬車の扉の向こうからマチューがアマリーを見つめたまま、呟くのが聞こえた。

「エヴァ様とリリアナ様。まるでダイヤモンドとサファイアのよう」

それはアマリーにしか聞こえなかったのかもしれない。

だがアマリーはそのひと言に西ノ国の王女に対する棘を感じ取った。

両者の宝石のどちらにより価値があるかは、明瞭だったからだ。マチューの失礼な発言を不快に思いながらも、平静を装う。反応する価値などないのだから。ニセモノなりの王女としての誇りがそれを許さない。

エルベ城を出ると、馬車は中央広場を目指した。

兵たちに前後を囲まれ、広場に通じる太い目抜き通りに到達するとアマリーたちは下車した。

屋台の並びはそこから既に始まっており、売り子や客らで太い道がごった返している。兵たちに周囲を警護されながらも、アマリーは祭りの賑わいを楽しんだ。アマリーたちの登場に人々は本来の目的を束の間忘却し、普段ならあり得ない近さにいる王族たちに見入っている。

屋台には婦人向けの髪飾りや子ども用の玩具など、様々な物が並べられていた。だが目を輝かせて自分たちの欲しいものを物色していた群衆が、今や一様にアマリーたちを見つめているのだ。

その注目をさらに一手に集めたのは、誰あろうエヴァだった。

エヴァは広場までの目抜き通りを歩きながら、いつの間にか肘から下げていた紙袋から、なにやら赤い物体を取り出して、道すがら沿道の人々に配り始めたのだ。

「皆さんに、中ノ国の花の香りをお届けしますわ」

同行していたエヴァの侍女たちも、各々同じく配布しだす。

（――なにアレ⁉）

ゴクリと生唾を飲み込みつつ、エヴァの紙袋の中身を凝視する。

どうやら丸めて花を模した小さな赤いタオルのようだった。丸めた端に緑色の葉の刺繍があり、遠目に見ると、本物の花に見える。いい香りでも薫《た》きしめられているのか、受け取った人々がタオルを鼻のそばにやると感激したように騒いでいる。

隣国のかわいらしい王女からの、予期せぬ粋なお土産に、受け取った人々は歓喜の声をあげて、タオルをまるで財宝かなにかのように両手で捧《ささ》げ持っていた。

いったい何枚タオルを南ノ国まで持ち込んだのか、とアマリーは目を丸くした。

中ノ国の一行は小さな荷馬車を引かせ、そこにタオルを山と積んでいたのだ。エヴァの周囲はたちまち歓声と笑顔に包まれ、通り過ぎる頃にはエヴァ王女を褒め称える声で溢れた。

アマリーの少し後ろを歩いていたオデンは、後悔にギリギリと歯をくいしばった。

「リリアナ様、動じる必要はありませんよ……！」

「ええ……。でも私たち、なにもあげられるような物を持ってきていないわね」

盛り上がるエヴァコールの中で、猛烈に立場がない。今この場で注目を浴びる主役は紛れもなくエヴァであり、アマリーは脇役にすぎなかった。

「民衆の人気をモノで得ようなどという真似《まね》は、恥ずべき行為です！」

憤慨するオデンを尻目に、アマリーは近くにいたひとりの老女に注目した。プレゼントを受け取った老女は、皺《しわ》だらけの顔をさらに皺だらけにして、タオルの香りを嗅ぐなりそれを幸せそうに頬に擦り寄せた。

（お婆《ばあ》さん、嬉しそう……）

不意に熱心な視線を感じて目を上げると、ジュールがアマリーのそばを歩き、彼女の顔を見ていた。

この騒ぎにもかかわらず、自分が見られていたことに少し恥ずかしくなったアマリーが、照れ隠しに笑う。

「手ぶらで来てしまって、ごめんなさい」

アマリーがそう言うと、ジュールは豪快に笑った。

「私も同じく手ぶらで来てしまった。――今すぐ菓子屋にでも飛び込んで飴を買い占めて配るべきか悩んでいる」

意外な返答にアマリーは一瞬驚いた後で、心から笑ってジュールに釘を刺す。

「抜け駆けはさせませんよ」

ジュールはさらに声を立てて笑った。

王太子たち一行が中央広場に到着すると、葡萄酒祭りの高揚は頂点に達した。

ふたりの隣国の王女たちには南ノ国の外務大臣とエルベの商工会長が付き従い、祭りの由来やエルベ名産の葡萄の説明をした。

もはやここまでの道すがら集めた注目とは比較にならないほど、アマリーたちは人々の好奇の目にさらされていた。

数えきれないほどの瞳が、アマリーを見ている。皆、それだけ西ノ国の王女に興味があるのだろう。

広場には屋台がひしめき、祭りを楽しむ人々で結構な混雑ぶりであったが、エヴァとジュールはにこやかに案内されるまま、その喧騒《けんそう》の中、広場内を練り歩いた。彼らのような余裕を見せることができず、アマリーは気後れしてしまう。

広場の中心には舞台が特設されており、膝丈くらいの高さの木製の巨大な桶《おけ》が置かれ、十人ほどの人々が中に入ってなにやら足踏みをしていた。

「あれはなんですか？」

気後れして仕方がないアマリーが舞台を指差しながら外務大臣に尋ねる。すると、外務大臣は破顔一笑した。

「葡萄の搾汁をしております。あのように足で踏み潰し、果汁を集めるのでございます」

アマリーは目を見張った。

どうやら木桶の中には葡萄の果実が詰められているらしかった。その中に人が入り、足の裏で踏むことにより、果汁を出しているのだ。なるほど、ひとりの女性が交代のために桶から出ると彼女が高く上げた足がアマリーにも見えた。女性の足はくるぶしまで紫色に染まっている。

足で踏んだ果汁から酒が作られるのは知っていたが、目の前でその作業を目撃するのは初めてだった。

アマリーの無言の驚きを敏感に察知したのか、ジュールが後ろから声をかけた。

「希望者は誰でも参加できる。エヴァとリリアナ王女もいかがか？」

エヴァはぷっと頬を膨らませて首を左右に振った。

「まぁ、ジュールお兄さまったら……。わたくしたちの足を葡萄まみれになさりたいの？　――それに膝まで足を見せるなんてできませんわ」

この言動はアマリーの対抗心に火をつけた。葡萄酒を作るのに必要な工程を披露しているだけで、なにも恥ずかしがるようなことではない、と思ったのだ。

（――コレができない、ですって？）

木桶の中の女性たちは、一生懸命だし楽しそうですらある。祭りの参加者たちにも人気のイベントらしく、足踏み体験をするために、女性や子どもたちが列を作って順番を待っている。

「お言葉に甘えてやってみますわ」

気が付くとアマリーは高らかにそう宣言していた。

一瞬聞き間違いかと思ったジュールは、冗談だから忘れてくれとアマリーに言おうと口を開きかけた。だがその前にアマリーは兵たちの間を擦り抜け、舞台下に駆けつけていた。

慌てて追いついたジュールが、アマリーに詫びる。

「悪戯心で申し上げた。王女様方にお勧めするものではない」

「あら、なぜ？　楽しそうだからやってみたいわ。見ているよりやる方が数倍おもしろそう」

舞台周辺にいた人々はこれに大喜びし、競ってアマリーに順番を譲った。そうしてあっという間に木桶の前まで辿り着くと、彼女は舞台の上にいる人々に歓迎され、皆に促されて靴を脱ぎ始めた。

舞台下にいるジュールは、予想もしないアマリーの行動から目を離せなかった。

葡萄は紫と緑の二種類があり、木桶もふたつあったが、流石に皆王女のドレスを汚すことを危惧したのか、緑色の葡萄の方へアマリーを案内した。

カーラの手を借りて靴下を外すと、颯爽と足を踏み出して、木桶の中に入っていく。

ぶしゅっ、と足の下で葡萄の粒が潰れる感触があった。

片足を上げると足裏に葡萄の皮が貼りつき、くすぐったい。初めて経験するその奇妙な感触に、自然と笑みが溢れ、笑い声が転がり出て止まらない。

木桶の中の葡萄はほとんどが既に踏み潰されていたが、係の者は気を遣ったのか、次々に新鮮な葡萄の果実を投入していった。アマリーは律儀にそこへ向かっていき、ドレスの裾を両手に絡めて懸命に踏み潰した。

その姿に舞台の周囲がどよめき、沸き立つ。

大人たちは両手を叩いて大喜びし、子どもたちは歓声をあげて舞台の周りを走った。

（こんなことで喜んでくれるなら、やってよかった……！）

ベシャッと音がしてアマリーが顔を上げると、後ろにいた若い女性が葡萄に足を滑らせ、尻餅をついたところだった。

「大丈夫？」

すかさずアマリーが手を差し出したが、女性は感激に打ち震えたように涙目になり、かえってアマリーを困惑させた。

わずかも経たないうちに再び舞台下がどよめき、アマリーはなんだろうと振り向いた。

見ればジュールが舞台の階段を上がってくるではないか。風にマントを靡かせ、口元に笑みを浮かべていかにも堂々とこちらへ向かってきている。

目を白黒させるアマリーの近くへ歩いてくると、ジュールは挑戦的な眼差しを彼女に送った。

「私もやることにした」

「えっ……!?」

「貴女の仰る通り、やる方が楽しいのだろう」

ジュールは敢えて紫色の葡萄の木桶に向かった。

裸足になったジュールが葡萄に体重をかけ始めると、舞台下からは王太子の名が連呼された。

女性たちの悲鳴じみた黄色い歓声も聞こえる。

アマリーは服が汚れるのも構わず、リズミカルに足を動かすジュールを見て呆気に取られた。

(――だって、この人は王太子様なのに?)

王太子が祭りに興じる民と交ざって果汁まみれになっていく様がとても新鮮で、アマリーの胸を衝撃で満たした。西ノ国の白光り王太子ならば、天地がひっくり返ってもやらないだろう。

我知らずアマリーは呟いた。

「おもしろい人……」

葡萄を踏みしだくジュールを驚いて眺めながら、ようやくアマリーが木桶から出ると、カーラが首尾よく濡れたタオルでアマリーの足を拭ってくれた。

「か、カーラ……そのタオルって……」

赤いそのタオルには見覚えがあった。

端に葉の刺繍がされたそれは、間違いなく中ノ国の王女が先ほど往来で配っていたものだ。

「エヴァ様の侍女が、紙袋からいくつか落としてたんです」

カーラはなに食わぬ顔で続けた。

「落とし物はちゃんと拾わないと」

「偉いわ、カーラ」

アマリーたちが舞台から降りると、中央広場には男たちに担がれて大きな樽《たる》がたくさん運ばれてきた。男たちは樽の上部を木槌で破り、中身の葡萄酒を腕の太さほどの筒に汲《く》み上げていく。時を同じくして、腕まくりをした男たちが荷馬車を回してきて、山と積んだ葡萄を広場に運び込みだした。

アマリーたちはその邪魔にならないよう、広場の隅の方へ移動した。

「いよいよ、葡萄酒祭りの見せ場だ」

ジュールがアマリーとエヴァにそう告げた。

どんどん運び込まれる葡萄と葡萄酒を見つめながら、アマリーは尋ねた。

「あんなにたくさんの葡萄をどうするの？」

「早摘みの葡萄は酸味が高い。食べるにも、酒にするにも適していない」

「じゃあいったい……」

ジュールは眩しい笑顔を向けた。

「皆で投げ合い、かけ合うのだ」

きゃー、どうしましょうとかわいらしく慌てるエヴァをジュールが宥めた。

「広場の真ん中に近寄らなければ、被害を受けることはない。もっとも、交じりたければお止めはしない」

とんでもない！とエヴァはかぶりを振った。

やがて老若男女問わず葡萄の山に群がり、腕いっぱいに抱えると互いに投げ合い始めた。それは雪合戦さながらの葡萄合戦だった。

耳が痛いほどの歓声の中、広場は瞬く間に葡萄まみれになっていく。

落ちた葡萄の実は群衆に踏み潰され、さらにそれが拾い上げられてまた投げ合いに使われる。

そうしていくうちに広場にいる人々は上から下まで、葡萄の果汁で汚れていった。終いには汚し合うのが目的となったようで、大の大人が潰れた葡萄を両手に持って、通りすがりの人々に塗りたくりだす。

さらに驚くべきことに、気付けば葡萄酒の水鉄砲があちこちで撃たれていた。大きな筒に細い棒を押し込み、その先から勢いよく紫色の液体が押し出される。人々は黄色い声をあげて逃げ惑い、その中を筒を持つ若者たちが走り回る。敢えて葡萄酒鉄砲の前に飛び出し、全身を紫色に染め上げる強者までいる。

「葡萄酒祭りには、捨ててもいい服で臨む者が多いのだ」

「そうでしょうね……」

「我が国の祭りに呆れてしまわれたかな?」

ジュールはアマリーに尋ねた。

「いいえ。でも驚いています」

アマリーが答えると、エヴァが花のように微笑んでジュールを見上げた。

「とても楽しいお祭りですわ!」

じきにどこからか楽器隊が登場し、軽快な音楽を奏でる。その音に乗り、広場の人々はダンスを始めた。

葡萄を投げ合う人々。その間を踊る人々。時折飛び散る葡萄酒鉄砲。

もはや混沌《こんとん》としていた。そこにあるのは、ただ盛り上がろうとする人々の全力だった。

広場の隅から祭りの絶頂を眺めていると、ジュールが踊る人々に視線を投げながら口を開いた。

「リリアナ王女。そういえば昨夜は靴擦れで足が痛かったとか。思うように踊れなかったのでは？」

思ってもいなかったことを言われて、アマリーはジュールを見上げた。

「ええ……。そうですけど……」

「では踊り直そうではないか。今、お相手願えるか？」

「えっ……⁉　今？」

つい動揺して広場の光景を凝視してしまう。

そこで踊る人々はペンキでも被ったように、葡萄まみれで踊っているのだ。

「どうせ貴女のドレスは既にかなり汚れている」

釣られて視線を落とせば、確かに裾に果汁らしき染みが点々と飛んでいる。

（――アマリー。ここで引いたらこの勝負、負けよ……！）

高級品であるリリアナ王女のドレスが何色に染まろうと、大した問題ではない。どうせ自分のものではない。二億バレンが、アマリーの背中を力強く押した。

「ジュール様と踊れるなら、もっと汚れようと構い……」

アマリーは最後まで言えなかった。

突然腹のあたりに軽い衝撃を感じた次の瞬間、それは冷たさに変わった。ギョッとして見下ろせば、ドレスに紫色の巨大な模様が出現している。

「な、な、な……」

(なんなの、これ!)

どこからか葡萄酒鉄砲をかけられたのだと頭の片隅では理解しているのだが、現実を認めたくない自分がいて言葉にできない。ここにいれば安全と言ったのは誰だ。

「なんと。援護射撃があろうとは」

どこまでが冗談なのかわからぬ口調でジュールはアマリーに言った。

ジュールはアマリーの手を取ると、大股で広場の中央に向かっていった。警護の兵たちがざわついたが、ジュールは動じることなく進んだ。

人々の波に飛び込むと、ふたりは向かい合った。

ジュールの手がアマリーの背中に回され、もう片方の手を繋がれた。夜会で貴人たちが踊るようなダンスではなく、皆が踊っているのはふたりでステップを踏みながらぐるぐると回る、もっと単純なものだ。ふたりも見よう見まねで、踊りだす。

足元には潰れた葡萄が散乱し、時折流れ弾のように葡萄酒が飛んでくる。おまけに足元に散乱する葡萄の皮で滑り、何度も転んだ。だが何度目かの転倒をすると、なにかが吹っ切れて途端におかしくて仕方がなくなった。あとはひたすら、滑るたびにアマリーとジュールは大笑いをした。

なにより、皆で葡萄まみれで踊るのがたまらなく愉快だった。

人口密度の高さのせいで、次々に周りの人にぶつかる。そのたびにドレスも汚れていくのだが、そのうちまったく気にならなくなった。

そこに王侯貴族の別はなく、ただ皆で祭りというイベントを全身で楽しんだ。

広場の隅から外務大臣や侍女たちが、両手を叩いてふたりのダンスを応援しているのが見えた。エヴァはただ、立ち尽くしている。

「実は一度でいいから葡萄酒祭りで踊ってみたかったのだ」

笑いを含んだ声でジュールにそう言われ、ハッと顔を上げる。

ジュールの鋼色の瞳と目が合うとドキンと胸が騒ぐ。

顔は飛んできた潰れかけた葡萄のせいで、濡れていた。あれだけ入念にやった化粧が水の泡だ。ドレスの襞《ひだ》にも、葡萄の皮が貼りついている。

でも今アマリーにはそんなことはどうでもよく思えた。

ただ、楽しくて目の前のジュールに微笑みかけた。

どうして目が合うだけで、こんなにも楽しいのだろう。こんなにも嬉しいのだろう。

ジュールと見つめ合っているだけで、気持ちが高揚するのは……、——不思議だ、自分はよほど二億バレンが欲しいらしい、とアマリーは思った。

「私ったら汚いわ……」

思わずそんなひと言を漏らすと、ジュールは笑った。

「それはお互い様だ。加えて酒臭い」

確かにジュールも首から胸の辺りが、葡萄の残骸で汚れている。

「ジュール様、お衣装がひどいことに……」

「貴女こそ、ドレスはとうに見られたものではない」

「まあ、なんて言い方……！」

「――貴女は美しすぎるから、これくらいでちょうどいいくらいだ」

褒められたのか、よくわからない。

アマリーは返事に窮した。

ジュールは笑顔をおさめると、一転して真面目な顔つきになった。

「……貴女は私が今まで会ったどの女性とも違う」

「……ジュール様も、違うわ」

「できればまた来年もここで踊っていただけるだろうか？」

「あら、来年はお妃様とご参加なさるのでは？」

アマリーが少し皮肉めいた言い方で水を向けてみると、ジュールはアマリーをジッと見つめた。

「――妃として、参加する気はないか？」

アマリーはからかわれているのか、と疑った。だが見上げればジュールの眼差しは非常に真摯なものだった。そして、その鋼色の瞳がとても好きだ、とアマリーは感じた。

爆発的な喜びが胸の底から溢れてくるのを、なんとか押し隠す。

「私でよろしいのなら、喜んで」

「貴女が、いいのだ」

もう喜びを隠し切れない。アマリーは花がほころぶように微笑み、――けれど心の深い部分だけがギュッと痛むのを感じた。

葡萄酒祭りの翌朝。

部屋の扉がノックされたことに気付き、アマリーは扉を開けた。意外にも彼女を訪ねてきたのは、ジュールだった。

「ジュール様！　お、おはようございます」

王太子の突然の訪問に驚きを隠せない。それに朝食を食べ終え、まだゆったりとした部屋着を着ているのだ。太って見えないだろうか、と思わず腰回りに手をやり、ごまかす。

ジュールは控えめな笑みを浮かべて言った。

「予告もなく急に来て、申し訳ない。嫌がられたらどうしようかと、これでも悩んだんだが……」

いつもは自信に溢れているジュールが狼狽えている様子を、アマリーは意外に思った。

「夕方から祝典が始まるが、それまでは特にご予定がないと聞いている。どうだろう、ピッチィに乗ってみないか？」

「ピッチィに？　私に竜の乗り方を教えてくださるの？」

エヴァ王女が竜に乗りたがるとは思えないから、きっとジュールとふたりきりになれるということだ。自分だけ特別に教えてもらえるのだ。そう思うと、アマリーは頬を綻ばせ、喜びが滲み出る声で答えた。

「少々お待ちを――。すぐに乗馬服に着替えてくるわ」

アマリーは扉を閉めると、カーラに飛びついた。

「ジュール様が竜の乗り方を教えてくれるって！」

カーラは目を剥いた。

アマリーは驚くカーラをよそに、至極嬉しそうに支度を始めた。クローゼットから乗馬服を引っ張り出すと、そのまま素晴らしい速さで服を脱ぎ去るアマリーを見て、カーラは少し不安を覚えた。

「アマリー様。大丈夫ですか？」

アマリーは両袖を通しながら、なにが？と問い返す。

「……そんなにこの国の王太子殿下と親しくなられて、大丈夫なのでしょうか？」

「親しくならないと、妃に選んでもらえないわ。それにリリアナ王女には顛末《てんまつ》をすべてお話しして、後々困らないようにするわよ」

「そういう心配ではありません」

アマリーはボタンを留める動きを止め、カーラを見た。カーラはいつになく神妙な顔つきをしていた。

「――ジュール様のお話をなさるアマリー様は、本当に楽しそうです」

「そうかしら？」

カーラは昨夜、ジュールと踊っていたアマリーの様子を思い出した。葡萄のカスや果汁まみれなのに、アマリーはとても幸せそうに見えた。ジュールを見上げる青い瞳は、カーラがこれまで見たことがないほどの、輝きと喜びに満ちていた。

「おわかりですよね？　――アマリー様は、ジュール様のお妃様にはなれないのですよ」

「ええ。わかっているわよ……。これは西ノ国王の命令で、仕事であって。私はリリアナ王女の代役だもの」

わかっているはずなのに、言葉にすると胸が苦しくなる。鈍い痛みを感じ、息苦しくなってしまうのはなぜだろう、とアマリーは心の中で首を傾げた。だが深く考えてはいけない気がした。余計な雑念が、本来の目的の達成を遠ざける気がしたのだ。

（自分の使命を思い出して。私は、王太子を騙しに来たのよ。――二億のために！）

胸の痛みを無視し、アマリーは俄に表情を曇らせつつも、残るボタンを留め始める。

少し震える声でアマリーはカーラに言った。

「だからカーラお願い。着るのを手伝って。――お待たせしたくないの」

「アマリー様……」

アマリーは着替えながら鏡の前に立ち、自分が綺麗に見えるかを一生懸命確認していた。

「私はやっぱり、少し不安です。どうかミイラ取りが、ミイラになったりされませんように」

「なにを言っているの。私は大丈夫よ、カーラ」

すぐに仕度を終えアマリーが部屋から飛び出してくると、ジュールは鋼色の目を微かに見開いた。

見慣れたドレス姿ではなく、ジャケットとズボンを纏ったアマリーの姿が、とても新鮮に感じる。

当の本人は視線を受け、少し気まずく感じた。

「あの、似合ってないかしら……？」

なにせ本物のリリアナ王女という、他人の乗馬服だ。

ジュールは目尻を下げて微笑んだ。

「いや、お似合いだ。とてもお綺麗だ」

（綺麗、ですって――!?）

予想もしなかった唐突な賛辞に、アマリーは赤面した。そのわかりやすい照れ方にジュールはさらに気をよくした。

「貴女はなにを着てもかわいいのだろうな」

「あ、あの……、ありがとう」

アマリーは青い瞳を激しく瞬かせ、その直後に逸らした。爪先と靴底の一部に硬い鉄板の入った乗馬靴は重くて歩きにくく、そのぎこちない動きすら、ジュールの目には愛らしく映っていることに本人は気付いていない。

ジュールはアマリーに手を差し出した。

「さあ、裏の森に行こう。――ピッチィも、貴女が来るのを楽しみにしている」

差し出された手にアマリーが自分の手をそっと乗せると、ジュールはそれを握った。指先を取るような握り方ではなく、指と指を絡ませるような、まるで恋人同士を思わせる繋ぎ方だった。


城の裏手にある森では、ピッチィが竜騎士の手で鞍を装着されて、アマリーたちを待っていた。

ピッチィはふたりを見るなり、グォォン、と鳴いた。

その響きの大きさに思わずアマリーの身体がびくりと震える。

「ピッチィ、リリアナ王女を脅かしてどうする」

ジュールが手を伸ばすとピッチィは頭を下げて、撫でてもらおうと彼の前に突き出した。ジュールがぐしゃぐしゃと頭の上の角をかき回すと、ピッチィはグルグルと喉を鳴らした。

「ピッチィ、どうぞよろしくね。私を乗せてくれるかしら？」

アマリーはおずおずと近付き、ピッチィの頭部に触れた。すると、すかさずピッチィは頭をジュールからアマリーの方へと動かし、アマリーの胸に存外柔らかなその灰色の耳を押しつけた。

顔を引きつらせて硬直し、けれどもなんとかその場を退かずに竜の頭を触るアマリーの姿に、ジュールは苦笑した。

だがすぐにピッチィの頭部がアマリーの胸を突いていることに気付き、急速に腹が立った。

「そこまでにしろ、ピッチィ」

角を掴んでアマリーから引き離す。

「竜に乗る時は、名を呼んでから、竜笛を短く吹き、地面を指差すのだ」

ジュールの説明を受けてアマリーはピッチィの名を呼んだ。ピッチィは耳をピクリと動かし、その緑の瞳をアマリーに向けた。さらにジュールが竜笛を吹いて足元を指差すと、ピッチィはアマリーの前に腰を落とした。人が自分の背に上りやすくするための姿勢だ。

アマリーは拳を握って気合いを入れると、そのゴツゴツと硬い背によじ登りだした。

自分から竜の背に上ろうとする日が来ようとは、少し前までは思いもしなかった。

灰色の岩を彷彿とさせるその背に跨がりながら、自分の身に起きている非現実的な展開に今さらながらもめまいがする。

「竜笛は短く吹くと上昇し、長く吹くと下降を命じることになる」

ジュールがそう教えると、アマリーは力強く頷いた。

安全のためにジュールもアマリーの後ろに跨がる。アマリーは真後ろに座ったジュールを振り返り、不安げに尋ねた。

「ピッチィはまだ小さいけれど、私たちふたりを乗せて大丈夫かしら？」

「子竜でも男ふたりを担ぐ。心配無用だ」

「強いのね、ピッチィ！」

グエッ、と短く鳴くとピッチィはその尾を激しく左右に振った。途端にグラグラと背が揺れ、アマリーは鞍にしがみつく。

「歩かせてみよう」

ジュールが背を蹴ると、ピッチィはノロノロと動き出した。

馬より格段に高く、馬の歩みより速いのだが、揺れはあまり変わらないように思えた。

手綱と足で望む速度を竜に伝える方法をジュールから教わりながら、アマリーはピッチィを乗りこなした。ピッチィは時折アマリーの指示を無視し、草むらに顔を突っ込んだりあらぬ方向に行きかけたりしたが、それもご愛嬌だった。気を大きくしたアマリーはふざけて言ってみた。

「私も竜騎士になれそうかしら？」

「――どうかな？　お手並み拝見しよう」

ジュールはそう言うとピッチィの脇腹を強かに蹴った。それを受けてピッチィが急に駆け足になる。

「ま、待って。無理、無理だから……！　調子に乗って悪かったわ！」

ジュールは後ろから手を伸ばすと手綱をグッと引き、速度を落として楽しそうに笑った。

森の中を散策しながら、ジュールは後ろから話しかけた。

「今夜の建国記念祝典では、私もダルタニアンの背に乗る」

「まあ、そうですの。楽しみだわ！」

雄壮なダルタニアンに乗って現れるジュールは、さぞ見応えがあるに違いない。なにせ初めてジェヴォールの森でその姿を見た時、アマリーは腰を抜かしそうになったのだから。

ふたりがピッチィの背に乗って森を行くと、途中で出くわす衛兵や竜騎士たちが、目を丸くして驚いた。

それが煩わしかったのか、ジュールがアマリーに提案する。

「リリアナ王女。ピッチィに少し城の外まで飛んでもらって、空の散歩をしてみないか？」

「――ええ、お願い」

ジュールが竜笛を吹くと、アマリーは勇気を振り絞ってしがみついた。ピッチィはゆっくりと翼を広げた。ジュールがアマリーの身体を後ろから支える。

両翼を高く上げてから、雄々しく風を切るとピッチィは地を蹴り、高く駆け上がった。

一気に重力が頭から下にかかって重たく感じた次の瞬間、ふたりは宙に浮いていた。

次の瞬きで木々はもう眼下にあった。

「乗るのが上手になられた！」

本当に？と弾けるような笑顔でリリアナは後ろを振り返った。と、その思わぬ近さに慌てて顔を元の位置に戻す。ジュールの左手が鞍から離れ、アマリーのお腹に回され、彼女を抱き寄せる。

「ジュール様……、あ、あの……」

「貴女とふたりきりになりたかった」

ドキンドキン、とアマリーの心臓が激しく鼓動する。

「貴女がいれば、きっと毎日が楽しいのだろうな」

ふたりはそうして黙って身を寄せ合い、空の旅を束の間楽しんだ。

ピッチィはエルベの街を出て、特にどうという指示もないので、自由に川沿いを飛んだ。時折近くを飛ぶ鳥を見つけるたび、追いかけて一緒に遊びたい衝動に駆られたが、背の上に乗せている女性が乗竜に不慣れなのがわかっているので、ピッチィなりに気を遣って我慢した。

空高く飛ぶ竜の背の上にいるというのに、アマリーの意識は景色や手綱からすっかり離れていた。彼女の頭の中は、霞《かすみ》がかかったように半ば朦朧《もうろう》としていた。それはとても甘く心地いい霞だった。

ジュールとふたりきりで身を寄せ合うのは、彼女を夢心地にさせた。

「リリアナ王女。祝典が終わったら、ローデルに行かないか？」

ローデルとは、南ノ国の首都だ。祝典の後はエルベの周辺を案内してもらってから帰国の途につく予定であり、その中にローデルは含まれていなかったはずだ。

アマリーが解釈に苦しんでいると、ジュールは付け加えた。

「滞在を延ばしてもらえないだろうか」

それは願ってもいなかった申し出だった。

アマリーの胸中に喜びが溢れる。――滞在が長引けば、それだけジュールと長く共にいられるということだ。だが同時に、重たい石が胸に詰められた気分がした。

「貴女さえよければ、私から西ノ国にも伝えておこう」

アマリーはふと思った――そうなれば、きっと西ノ国の国王は快哉《かいさい》を叫ぶだろう。西ノ国の王女が選ばれた、と。

ジュールは空いていた方の手もそっとアマリーの身体に沿わせ、両手で彼女を抱きしめた。

アマリーの身体はジュールの胸の中にすっぽりと収まり、それでいて微かに身を固くさせる。

「貴女ともっと一緒にいたい、リリアナ王女」

（――私は、リリアナじゃない……）

喜ばしいはずの台詞が、ちっとも嬉しくない。

（――私の名前は、アマリーなのに）

他の女性の名で甘く囁かれることが、ジュールに呼ばれることが、なぜか今さらとても歯痒《はがゆ》い。彼は自分ではない別の女性に呼びかけているのだ。

こうしてジュールの温もりをしっかりと感じられる距離にいるのに、アマリーは彼の前にいる幻のような存在であった。そう思うと、目の奥がジンと熱くなってくる。

（どうして泣きそうになっているの？　しっかりしなさい！）

アマリーは山と積まれる札束を思い浮かべ、なんとか自分をコントロールしようとした。

震える声で尋ねる。

「中ノ国のエヴァ王女も……ローデルに誘われているのかしら？」

自分が行かなければ、ジュールはエヴァとふたりでローデルに行くのだろうか？　その光景を想像するだけで不愉快になる。

「誘っていない。貴女だけだ」

喜びに打ち震えて天にも舞い上がりそうな気持ちと同時に、足元を何者かに暗い地の裂け目に目かけて力強く引き摺り下ろされるような感覚を覚える。

「――迷惑だっただろうか？　もしそうなら、遠慮なく断ってくれ」

「迷惑だなんて、思ってないわ」

アマリーは慌てて上半身ごと後ろのジュールを振り返った。

両手を離したその行為を咎めてジュールは危ない、と呟いたが、言葉とは裏腹にとても優しい言い方だった。

第八章　向けられた疑いの目

建国記念祝典では、南ノ国の象徴である竜が野外のパフォーマンスで用いられる予定であった。

国王は準備の様子を見学しようと執務の合間を縫って、エルベ城の裏の森にやって来た。

竜騎士たちが、竜の大きな身体に装飾の金属製プレートや色鮮やかな綱をかけていく。

見栄えのいい竜だけが選ばれたため、ピッチィは選抜対象とはならず、木陰から仲間の竜たちが飾り立てられていく様を羨ましげに眺めていた。

竜たちは竜騎士の短い命令に従って、翼を広げたり首の向きを変えたりした。

満足げにそれを眺める国王のもとにやって来たのは、王太子のジュールであった。

「父上、こうして竜たちを改めて見ると圧巻ですね。今夜が楽しみです」

「お前のダルタニアンは、取り分け立派だぞ」

国王はふと気付いた。開けた土地で竜騎士と共に今夜の練習をする竜たちの背後の森の木立の中に、もう一頭の竜がいた。まだ子どもの個体と思しきその竜は、他の竜の動きに合わせて動き、離れたところから勝手に練習に参加していた。

「妙な子竜がいるな」

ピッチィですよ、と言いながらふとジュールの頭の中によぎったのは、リリアナ王女の顔だった。

リリアナ王女がここにいたら、きっとピッチィのことをまたおもしろがって笑うに違いない。

そんな想像をしただけで、口元が緩んでしまいそうになる。リリアナ王女は怖がる割に人一倍竜に興味を示すのだ。

　ふたりはしばらくの間、竜騎士たちと竜を見ていた。国王はやがて腕を組むと視線だけは竜に向けたまま、ジュールに尋ねた。

「昨日は西ノ国の王女と葡萄酒祭りで踊ったそうではないか」

「ご存じでしたか」

　国王は苦笑した。その上、今朝はジュールが西ノ国の王女を誘い出し、直々に竜の乗り方を教えたということも国王の耳に既に入っていたが、敢えて言及しなかった。それ以上は野暮だろうと思えた。

「……ガーランド公爵が嘆いておった」

「陛下も中ノ国との結びつきの方をより重視されますか？」

　ジュールにとってエヴァは幼い頃からたびたび遊び、慣れ親しんだ王女だ。

　エヴァはかわいいし、大切な女性のひとりだ。昔からエヴァを将来ジュールの妃に迎えてはどうか、と推す声は耳に届いていた。だがリリアナ王女と出会った今となっては、エヴァに対する気持ちが恋愛とはまた違うものだと明確に自覚していた。

　幾分不安な面持ちで国王の反応を窺う。

　国王は淡々と答えた。

「北ノ国に西ノ国を取られるわけにはいかぬ。我が国への足がかりを作らせるつもりはない。今は西ノ国も同じくらい我らにとっては重要だ」

　国王は目を細めると、髭の生えた顎を摩りながら誰にでもなく呟いた。

「西ノ国の王太子にはまだ子がいなかったな。国王には甥と姪がひとりずついるだけだとか。――ことによれば、労せずして西ノ国の玉座が我が系譜に転がり込んでくる可能性もあるな」

父上、とやや非難がましい声をジュールがあげると、国王は豪快に笑った。

「いや、軽口がすぎたな。冗談だ」

冗談ではなく半分本気だろうとジュールは感じたが、敢えてなにも言わなかった。

国王はようやくジュールの方に顔を向け、穏やかに言った。

「最終的に決めるのはお前だ。世継ぎができないのが一番困るのだから」

王太子という立場では、個人の感情だけで妃を選ぶことはできない。とはいえ、最後の決め手となるのは、結局相手をどう思うかという気持ちだと国王に言われた気がした。

王位を継承させる存在は不可欠だ。いずれにしても、ジュールはもうアマリーの顔しか、思い浮かばなかった。

「それならば、なおさら答えはもう出ております」

ジュールははっきりとした声でそう言うと、真っ直ぐに前を見つめた。

※　※　※

建国三百年記念祝典は、夕方に発せられた一発の大砲の音によって開幕した。

国内外からの招待客が駆けつけ、国王への贈り物を手にした彼らは、謁見の間で長い列を作る。

エルベ城の前庭に広がる人工の大きな池には、船が浮かべられて野外のパーティが始まった。日が沈むにつれ、暗くなっていくのに反比例して、池の周囲にはかがり火が煌々と灯され、その明かりを反射して池自体が夕暮れの中で輝いているように見える。

着飾った招待客らが歓談に精を出す中、アマリーもオデンに連れられて、南ノ国の要人に次々と紹介されていった。

アマリーは心を込めて飛び切りの笑顔を披露していったが、次第に頰の筋肉が悲鳴をあげ始める。

「ねえお願い、カーラ。貴女の扇子を貸して頂戴！」

「持っているはずないじゃありませんか。リリたんじゃあるまいし」

「左の頰が痙攣《けいれん》し始めたのだけど……」

「もうすぐ竜のショーが始まるはずですから、あと少しお待ちを」

アマリーが頰の痙攣を両手を使って押さえねばならなくなった頃、竜笛が辺りに鳴り響いた。

場が一瞬にして静まり返り、その上空を黒い影が横切る。

見上げれば長い尾を靡かせた竜たちが、一列になって飛翔している。下から見上げるとわかりにくいが、その背に竜騎士が乗っているのがなんとかわかった。やがて竜たちは円形を描いて池の上空を舞い、旋回を続けた。

その統率の取れた動きに惚れ惚れと人々が見上げていると竜たちは円陣を崩し、それぞれ異なる方角へと飛び始めた。

十頭ほどいた竜が、城のバルコニーや屋根、または門の上、などと別々の場所に降り立つと、彼らは静かに翼を閉じた。竜たちが池の近くからはいなくなってしまい、どこに注目したらいいのか迷いだした矢先、アマリーはあっと声をあげた。

城の一番高い塔の屋根の上に、黒い影があった。

（私が、前にジュール様と止まった屋根……！）

瞬きをして目を凝らすと、黒い影の輪郭がより明瞭に見えた。

あの美しい線を持つ竜は、ダルタニアンだ、とわかった。それでは、その背に乗るのは——？

アマリーはキョロキョロと目を動かしてジュールの姿を探した。池のほとりにいる人々はその頃には大半が塔の上の竜に気付き、そちらを見上げていた。

ジュールはパーティが始まってから、国王の隣にいたはずだ。

国王はすぐに見つけられた。国王は池の端、船のすぐそばにいてグラスを片手にしていた。驚くことに国王はアマリーを見つめていた。

てっきり周囲と同じくダルタニアンを見ていると思っていたアマリーは、目が合った瞬間ややたじろいだ。ジュールは国王のそばにいない。ということは——。

「竜がこっちに来ます——！」

カーラがあげた声に我に返り、アマリーは慌てて視線を塔の上に戻した。

ダルタニアンは屋根を蹴ると、急下降した。城の前に広がる庭を目がけて、まるで池に飛び込むかのような鋭い角度を描いて飛び下りてくる。目を見張る人々の前で彼らの真上近くにまで迫ると、ダルタニアンは大きな翼を力強く羽ばたかせ、再び上方を向いた。

その翼はまるで見上げる人々の顔に触れそうなほどの近さで、巻き起こした風は皆の頬を揺らし、恐怖と興奮の入り混じった歓声があがる。

アマリーは風が当たった頬に手で触れた。まるでダルタニアンに翼で触られたような錯覚を覚える。

ダルタニアンが巻き起こした風は、いくつかの篝火《かがりび》を消し、それと同時に城の建物の周りについていた明かりも、不意に消された。

突如真っ暗になったことに動揺する間もなく、パン！と破裂音のようなものが響き渡り、次の瞬間には空高く鮮やかな花火が咲き誇った。

「まぁ！　なんて綺麗なのかしら！」

アマリーが隣に立つカーラに同意を求めるも、カーラが返事をする前に次の花火が打ち上がる。長く上空にとどまるものや一瞬で消えるもの、複数あるが小ぶりなもの。

形も色も様々な花火が打ち上げられ、皆天を仰いでその短い命の芸術を堪能する。アマリーも夜空を彩る音と光が織り成す迫力に、束の間酔いしれた。

その時、アマリーの背後で何者かが囁いた。

「アマリー様」

低い男の声によるその囁きを耳にした時、アマリーの瞳には夜空を覆う赤と黄の花火が焼きついていた。その美しさに半ば心奪われたまま、なにげなく後ろを振り返りかけ、――しかしすぐに硬直した。

彼女は意味するところと、事態の悪さに気付いた。

なぜその名をここで、自分に呼びかける者がいるのか。

アマリーは首をそれ以上動かせなかった。

聞き間違いかもしれない。だが、その名に反応したとは断じて思われたくなかった。

上空で美しい花火の爆音が連続して響く中、アマリーは凍りついたように立ち尽くした。

そうしていると、やがて何者かが、ゆっくりとアマリーの肩に触れた。

びくりと肩が震える。

指先の一部が剥き出しの肩に触れており、その指の冷たさに、身体の芯が震える。肩先にサラサラとした髪が当たるのを感じた。――アマリー自身の髪のはずがない。金色の髪はカーラに結い上げてもらったのだから。

アマリーは視線で隣に立つカーラに助けを求めたが、カーラは花火に夢中で気付く気配もない。

「小耳に挟んだのですが……」

今度は声と共に漏れた吐息の温もりを耳孔に感じる。

誰かが、アマリーに後ろから耳打ちしていた。

「リリアナ王女様には、瓜ふたつの従姉妹がいらっしゃるとか」

花火が弾ける大きな音に消されそうなその声を、聞き漏らしはしなかった。夜空を埋め尽くす大輪の花々は、もはやアマリーの瞳に意味なく反射しているだけだった。

恐ろしさに振り返ることができない。頭が真っ白になった。首を動かせばその場ですべてが――文字通り一切が終わる気がした。

ざわざわと全身に鳥肌が立つが、声も出ない。

侍女の手によって丁寧に紅が引かれた唇が、恐怖に小刻みに震える。

すると、くつくつとした抑えた笑い声が耳元に響いた。男が、アマリーの反応を見て楽しんでいるのだ。その独特な笑い声に聞き覚えがあった。

マチュー・ガーランドだ。

その無遠慮な手を振り払おうと鋭い目つきで振り返ると、アマリーの真後ろには、果たせるかなマチューが立っていた。

　明かりがすべて消されたために表情がよく見えなかった。だが次の花火が打ち上げられると、束の間明るくなりマチューの顔をきちんと確認できた。

　彼はゆっくりと笑みを浮かべた。頭上の大演出を忘れるほどのその妖艶な笑みに、再び鳥肌が立つ。

　皆が首を反らして花火を観賞する中、アマリーとマチューはふたりで見つめ合っていた。

「……なんのつもり？」

「——貴女は私が聞いていたリリアナ様とは随分と違うようだ。いっそ別人かと思えるほどに」

「——手をどけてくださる？」

　いまだ肩にかけられたその手から離れようと一歩退こうとすると、マチューは手にグッと力を込め、逆にアマリーを引き寄せた。

　アマリーの呼吸が止まる。

「まさかここにいる貴女はそのアマリー嬢ではないでしょうね？」

（動揺を見せてはダメ！）

　アマリーは気をしっかり持とうと強気にマチューを睨み上げた。

「どういう意味かしら。言おうとしていることが、まったくわかりませんわ」

　予想外にもマチューは不敵な笑みを浮かべた。そのまま撫でるようにアマリーの首筋に手を這わせ、言った。

「貴女は、非常に危険な状況にいらっしゃる。もはや首の皮一枚で繋がっているようなものです」

「どういう意味かしら？」

「そのうち、ご理解いただけますよ」

マチューが意味深な笑みを浮かべる。

アマリーはどうするのが一番いいのかわからず、恐怖から歯を食いしばった。

やがてマチューはアマリーに背を向け、彼女から離れていった。すぐにその身は人々の間に隠れ、アマリーの視界から消える。

捜そうにも次の花火はもう上がらず、闇に包まれる。

「綺麗でしたねぇ、花火！」

目を輝かせたカーラに話しかけられ、アマリーは上の空で返事をした。

「リリアナ様？　どうかされたんですか？」

「……まずいわ。とってもまずいことになったわ」


オデンはアマリーの部屋に呼ばれると、先ほどつつがなく終了した祝典の感想を話し出した。

池に浮かべられた船の美しさ。竜の雄々しさ。クリームチーズタルトの美味しさ。竜を操った王太子の精悍さ。串刺し肉の美味しさ。花火の素晴らしさ。

「薔薇の花弁のゼリーは召し上がりましたか？　あれもまた――」

「オデン、悪いけど祝典の話は明日にしましょう」

オデンは口を噤み、長々と話してしまった非礼を詫びた。アマリーは気にするな、とヒラヒラと片手を振った。

「今夜は大事な話がしたくて、貴方を呼んだの」

オデンはたたずまいを正し、畏まった表情でアマリーを見つめた。

しかしこの王女は耳にしていた前評判と随分人となりが違うものだ、と彼は改めて思った。話し方は明瞭で断定的だし、オデンを見つめる目は真っ直ぐだ。

王女は扇子を愛用していて、目が合う機会がないと聞いていた。だがそもそも扇子すら持っていないようだ。西ノ国に忘れてきてしまったのかもしれない。

思案に暮れるオデンに、アマリーは言い放った。

「驚かないで聞いてね。実は貴方に相談したいことがあるの」

「――どのようなお話でしょうか……？」

「祝典の最中に、私に大変な失礼を働いてきた者がいたの」

オデンはアマリーの発言を消化しようとゆっくりと瞬きをした。そして一転して険しい表情を浮かべた。

「それは聞き捨てなりませんな。詳しくお話ください」

「私は本物のリリアナじゃないのではないか、と言ってきたのよ」

オデンの目が点になった。

やがてオデンはフヘハッ、と妙な声を漏らすと激しく瞬きをし、かなりの動揺を露わにした。どうすべきなのかを一瞬悩み、とりあえず無理やり口角を引き上げて笑った。

「それは驚きました！　あははは……」

「おもしろくないでしょ。貴方をからかっているのでも、冗談で言われたのでもないの。真剣な話なの」

ぎこちない沈黙が部屋に広がる。オデンは気持ちを整理しようと、一度咳払いをした。

「ええと、つまりリリアナ様」

「驚く気持ちはよくわかるわ。私も耳を疑ったから」

怪訝そうに顔を曇らせてオデンは尋ねた。

「そんな失礼極まりないことを言ってきたのは、何者ですか？」

「南ノ国の次期公爵、マチュー・ガーランドよ」

オデンの眉間に深い皺が寄る。ガーランド家といえば、西ノ国のライバルである中ノ国の王女エヴァをジュール王太子妃にと頑迷に推してきた家だ。

「あの男ですか。まさかそこまで手段を選ばないとは……」

この困った男をどう処理すべきか。

それを検討した結果、アマリーはオデンを呼んだのだった。

本当は無視しようかと思ったのだ。だがもしリリアナ本人だったら、無視をするのもおかしい。反論しなければそれが事実だと宣言するようなものだ。

アマリー・ファバンクのことをどこで知ったのかわからないが、マチューはカマをかけているだけだ。ここで過剰に反応するのも、静観するのも不自然だ。マチューはおそらく確信は抱いていない。確たる証拠があれば本人に疑惑をぶつけたりせず、王太子に訴えるだろう。

「お父様がこのことを知れば、我が国との国際問題になるわ。マチューに会って、釘を刺してきて頂戴。今のうちに戯言を封じなければ」

その深夜。

アマリーは寝台の上で膝を抱えて、考え込んでいた。

そもそもマチューはどうやってアマリーの正体を知ったのだろう？　リリアナもアマリーも南ノ国に来たことがなかった以上、西ノ国からなんらかの情報がもたらされたとしか思えない。

アマリーは握りしめていた手を開いた。手のひらに乗る金色の指輪に視線を落とす。

自分を攫おうとした近衛騎士のアーネストに無理やりはめられた指輪だ。

ファバンク邸に今残っているのは、信頼できる数少ない古参の使用人だけだ。そもそも彼らはアマリーが出張に行ったと思っている。こうなると、やはりリリアナ王女の周辺から話が漏れているように思えてならない。しかも、王女と極めて近しい人物に他ならない。

「誰なのよ、まったく！　いい迷惑よ‼」

アマリーは枕を拳で叩いた。

もしニセモノだとバレたら。その先は恐ろしくて想像を絶する。

静かな部屋の中で、アマリーは指輪を見つめた。

指輪の台座には煌めく光を放つ透明な石が乗っている。――きっと、ダイヤモンドだろう。なかなかの大きさだ。近衛騎士の給料がいくらなのか知らないが、安くない買い物だったに違いない。

指輪をつまんで目に近付け、注意深く観察する。

輪の内側にふたりの名前と、ふたつの小さな字が刻まれていた。

二文字は絡み合うように配置され、リリアナとアーネストの頭文字だとすぐに気付く。

本来の主人に辿り着けなかった指輪をしばし見つめた。

その夜はほとんど寝られなかったために、翌朝、鏡台の前に座ると目元に濃いクマができていた。櫛を入れてくれるカーラに向かってアマリーは呟いた。

「私のせっかくの美貌が台無しだわ」

「………………」

「――なにか言って。言った私が恥ずかしいじゃないの」

「あ、すみません。聞いていませんでした」

「もっと恥ずかしいじゃないの」

オデンはその後、間もなくアマリーを訪ねてきた。

朝食の途中だったアマリーは、膝上のナプキンをテーブル上に放り出して彼を迎えた。

「マチュー・ガーランドと会って話をして参りました」

アマリーはカーラにカップを持ってこさせ、オデンにも茶を勧めた。

オデンは丁寧に頭を下げて礼を言い、ありがたく一杯を頂戴してから顛末を伝えた。話し出すと彼は眉根を寄せた。マチューのことを思い出すだけで不快になるのだろう。

「あの男は、私が指定した時刻の三十分以上前から、待っていたようでした」

そうとわかるということは、オデン自身も三十分以上前に着いたのだろう。アマリーは頭痛を覚えた。オデンの気合いの入れように、彼を面倒なことに巻き込んでしまい、申し訳なく感じる。

「ニセモノ呼ばわりするなど、どういうことかと苦情を入れたところ、かなり焦っていましたよ」

オデンはアマリーに言われた通り、これ以上妙なことをしでかしたり、リリアナ王女に手を出したりしないよう、キツく注意をしてきた。

「戯言を吹聴するならすぐに両国の国王陛下に直訴すると言ってやったところ、あの綺麗な顔を青くして黙りましたよ！」

フン、と鼻を鳴らすオデンにアマリーは胸を撫で下ろした。

とりあえずはこれで球はマチューに投げられたのだ。果たしてこれで黙るだろうか。出方を見るしかない。

西ノ国王がアマリーを王女として送り出している以上、王女はアマリーだ。ニセモノである証明など、逆にしようがない。

彼がどれくらい確信を持っているのか次第で、流れは変わりそうだった。

今すぐ西ノ国に帰りたい気持ちも湧いた。だが予定を短縮して逃げ帰れば、戯言に屈したと吹聴するようなものだ。予定通りこなしていくしかない。

――最悪の事態だけは、避けねばならない。

第九章　リリアナ王女とアマリーは揺れる

自然に囲まれた離宮の静寂な世界を、一台の馬車が打ち破る。

黒塗りの小型の馬車から素早く降り立ったのは、西ノ国の王妃だ。

王妃は顔をヴェールで隠したまま明かりも持たずに廊下を歩き、娘であるリリアナを見舞った。

突然の訪問に驚いたリリアナは、乳母の手を借りて寝間着からドレスに着替えて母親を出迎えた。

「リリアナ、具合はどう？　急に訪ねてごめんなさいね」

王妃は離宮の小振りな客間のソファに腰かけ、ようやくヴェールを脱いだ。向かいのソファに座ったリリアナが、遠慮がちに答える。

「熱はかなり下がって、今は微熱です」

王妃は安堵のため息をつき、出された茶をひと口飲んでから人払いをした。王妃はそれでもまだ隅にいた乳母をひと睨みし、彼女も追い出した。

「あの、お母様……？」

外の暗闇を不安げに一瞥してからリリアナが目の前に座る王妃を見る。

時刻を考えれば、ただ娘の体調を案じてやって来たとは思えない。

王妃はジッとリリアナの顔を観察してから口を開いた。

「南ノ国に向かった我が国の隊列を襲った愚か者がいたのを、知っているかしら？」

リリアナが頷く。王妃はソファから腰をずらし、少し前に座り直して距離を詰めた。ふたりの間に置かれたランプの明かりが揺れる。

そうして、王妃は賊を雇った不届き者は捕らえられ、今は王宮の北の塔に監禁されて取り調べを受けているのだと教えた。

北の塔、と聞いてリリアナはかわいらしく首を傾げた。

王女の隊列を狙ったとはいえ、王宮の敷地内に捕らえているという点に少し違和感があった。

王妃はいつもより低い声で尋ねた。

「貴女はアーネストと別れたのよね？　まだ付き合っていたの？」

リリアナはなぜアーネストのことを今聞かれるのか、わかりかねた。息を瞬時に吸い込んだ後、口を固く噤んで首を左右に振る。

「別れました……！」

「――貴女の気持ちももう、アーネストにはないのよね？」

暗い部屋の中でさえはっきりとわかるほど、リリアナの顔色が変わった。まるでそれ以上王妃の顔を見続けるのは困難だとでもいうように、目を逸らして己の膝を見る。

乳母に助けてほしいが、今この場にはいない。

リリアナの手がぷるぷると震え、青い瞳は動揺して客間の中を彷徨う。

「リリアナ……」

王妃は感情的にリリアナ王女を問い詰めてしまいそうになる自分をどうにか抑えた。

南ノ国に向かった隊列を襲った賊の黒幕はすぐに判明し、あろうことか辞めたばかりの近衛騎士だとわかった。近衛騎士が王女の南ノ国の祝典への参加を妨害しようとしたという、公表するにはあまりに不都合な事実は、外部に漏洩《ろうえい》することがないよう徹底された。取り調べは秘密裏に行われたのだ。

そうして発覚したアーネストというその近衛騎士の名に、王妃は聞き覚えがあった。リリアナ王女が隠れて交際していた男の名だった。だが捕らわれたアーネストは口を噤み、拷問を伴う苛烈《かれつ》な取り調べに対しても、一切動機や背後関係を話さなかった。

王妃は頭痛にでも襲われたかのように、片手で側頭部を押さえた。

「いいですか、リリアナ。――北の塔に捕らえられているのは、貴女の秘密の恋人だったアーネストです。――隊列を襲ったのは彼なのです。貴女を攫うために」

王妃に告げられたその意味をリリアナが理解するまで、少し時間が必要だった。そして理解すると、リリアナは眉根を寄せて小さく首を横に振った。

(嘘だわ。お母様は作り話をしているんだわ)

王女を襲ったのは身代金欲しさの連中であって、アーネストだったはずがない。彼はただ、姿をくらましているだけだ。

そう信じたかった。

「そんな……」

そんなはずはない、と言おうとしたが続かない。

アーネストの名を聞けば、彼と過ごした日々が押し寄せる波のように思い出される。リリアナは彼とふたりきりになりたくて、王女という不自由な立場を散々嘆いた。

――私を攫って自由にして。

――貴方と一緒に誰も知らないどこかへ行きたい。

そんな言葉を幾度となく吐いた。

（まさか。本当に、……アーネストが私のために……⁉）

胸が苦しくなり、リリアナは自分の胸を押さえた。

「彼は、無事なのですか？　どこかに怪我を？」

王妃は伝えるべきか悩むように自分の膝の上に視線を落としてから、口を開いた。

「足に怪我を負ったそうよ。かなり深くて大きな傷で、後遺症が残ると聞いているわ。自力では歩けなくなる可能性もあるとか」

リリアナが両手で顔を覆い、その華奢《きゃしゃ》な肩が小刻みに震えだす。

「もうそんな男には、未練などないでしょう？」

王妃はリリアナの隣まで来ると、彼女が座るソファに共に腰かけた。

「泣いている場合ではなくてよ。この国の唯一の王女たる貴女が、近衛騎士などとは結ばれようがないとわかっているわね？」

ましてや今や大罪を犯した男だ。

「貴女は南ノ国に嫁ぐのよ。アーネストなどという男など、知らなかった。いいわね？」

リリアナは涙に濡れた顔を上げ、王妃を見つめた。

「お母様。彼に寛大な処置をどうかお願いします」

なにを言うのか、と王妃は娘を睨んだ。

ジェヴォールの森で賊と戦い、犠牲になった兵たちの遺体は、皆英雄として讃えられて王宮の教会に運び込まれ、国王列席の上で葬儀が行われた。犠牲者たちはその勇敢な行動を評価され特進をしたが、その棺に縋りつく家族たちの悲痛な顔を思い出すと、王妃は胸が締めつけられた。

彼らは王女を守るために戦い、破れたのだから。

馬車から連れ出され、攫われかけたアマリー・ファバンク公爵令嬢が味わったであろう恐怖も、察するに余りあった。

それなのにリリアナはアーネストただひとりの身を案じているだけに思えた。

「リリアナ。このことは絶対に知られてはならないのよ。アーネストは秘密裏に処分されるでしょう」

(嫌……そんなのは嫌よ……!)

リリアナは激しく首を左右に振った。

「彼を助けてくれないのなら、私は南ノ国の王太子様のもとへ嫁ぐつもりはない、とお父様に伝えて」

リリアナ、と王妃は喘いだ。

アーネストの愛がこんなに深いものだったなんて、とさめざめと泣くリリアナを前に、王妃は己のこめかみに手を当て、うな垂れた。

※　※　※

祝典の翌日、アマリーとエヴァはエルベの街を観光した。

馬車に乗せられ、主要な名所を案内してもらったのだ。

女性同士で丸一日一緒に出かければ交友関係が深まりそうなものだが、ふたりの関係はそんな温いものではない。車内は相当気まずい雰囲気であった。

ジュールがいればまた違ったのかもしれない。だが残念ながら、彼は同行しなかった。

旅程を終えて馬車が城への帰路につくと、車内の重たい沈黙を破ってエヴァが口を開いた。

侍女たちが話しているのを耳にしたのだ。ジュールがリリアナをローデルに誘ったと。

声をかけられなかったエヴァは、自尊心を傷つけられながらも、尋ねた。

「リリアナ様はローデルに誘われているのですってね」

「ええ」

「――わたくし小さい頃からこの国に遊びに来ていましたの」

そのようですわね、とアマリーは返事をした。

（どうしたのかしら。なにを言おうとしているの？）

確かなのは、狭い車内の空気がさらに悪くなった、ということだ。

「……その頃から、六歳の時からジュールお兄さまをお慕いしているの」

アマリーはやや表情を硬くし、エヴァと目を合わせた。エヴァは真剣そうに見開いた緑色の瞳を向け、膝の上の手を握りしめている。

「リリアナ様は、お兄さまのなにをご存じかしら？　南ノ国に初めていらしたリリアナ様は、まだなにもジュールお兄様のことをわかってらっしゃらないはずです」

「エヴァ様。お慕いしている年月の長さがすべてではないのではないかしら？」

「わたくしはジュールお兄さまを心からお慕いしているの。心からジュールお兄さまをお幸せにしたいと思う気持ちがないのなら、お妃様になる資格はないわ」

「私もお慕いしています」

その台詞はリリアナ王女としての芝居のつもりだったが、思った以上に口から滑らかに出た。

だがそれを受けてエヴァは顔を怒張させた。

「西ノ国にとっては南ノ国と縁戚関係を結ぶことが有益だから、そのためにリリアナ様はお兄さまと結婚なさりたいんでしょう？　お慕いしている、だなんて……嘘よ」

アマリーはなにも言い返さなかった。

嘘ではないと反論しても、水かけ論になるだけだと思ったのだ。

車内の雰囲気にいたたまれなくなり、窓の外に目をやる。

嘘よ、というエヴァの高い声が、アマリーの耳の中にこびりついて離れなかった。


城に戻ると、オデンがアマリーに駆け寄ってきた。

その表情を見て、なにか悪い知らせがあるのだろうと察する。

「リリアナ様、大変です。先ほど我が国から使者が来たのですが……北ノ国の軍隊が昨日サバレル諸島に上陸し、西ノ国系の島民たちを追い出し始めたそうです」

アマリーは絶句した。

サバレル諸島を狙っていた北ノ国が、ついに実力行使に出たのだ。

西ノ国は相当舐められているらしい。

概要を伝えると、オデンは言いにくそうに切り出した。

「……実は、国王陛下からのリリアナ様へのご伝言も預かっております」

なぜかオデンは言うのをためらっている。アマリーが続きを促すと、オデンはアマリーの顔色を窺いながら、声を落とした。

「陛下が、絶対に王太子妃の座を射止めよ、と」

「……簡単に言ってくれるわね」

アマリーは苦笑したが、すぐに笑みは消え失せた。

眉根を寄せ、厳しい表情で廊下の先を見つめるアマリーの白い顔をオデンは見つめた。彼女が右手に握る銀色に輝く小さなクラッチバッグが、小刻みに震えていることに気付く。

「リリアナ様……、どうかあまり気負わずに。――それに、王太子殿下からはローデルにも招待されているではありませんか」

それは素晴らしい兆候だとおずおずとオデンは笑顔を見せたが、アマリーの険しい表情に変化はもたらせなかった。

アマリーの柔らかな金色の髪を伝い、彼女の頬に汗が滲んでいる。

この王女はなにやら自分が考えている以上に、困難に直面しているようだとオデンは彼女をジッと見つめた。


気が付くとアマリーは城の裏手をぶらぶらと彷徨っていた。

城の中にいると落ち着かなかった。常に周囲に人が侍り、アマリーの一挙手一投足を見ているのだ。気が休まらず、とても窮屈に思えた。

外の空気を吸うと、とても開放的な気持ちになった。

森を歩きながらアマリーは考えた。王太子に誘われたローデル行きを、どうすればいいのか。

「はぁぁ、どうしよう……」

ため息まじりに漏らすと、身体から力が抜ける。すぐ横にちょうどゴツゴツした木の幹のようなものが見え、なんの気なしにそこに寄りかかる。

だがアマリーが体重を預けた瞬間、木はゆらりと揺れた。

「えっ……!? なに？」

度肝を抜かれて急いで身体を離すと、すぐ後ろからグエエ、と鳴き声がした。木の幹が動いたと思うとその緑色の目に射貫かれる。

なんとアマリーが寄りかかったのは、木ではなく一頭の竜だった。心臓が縮み上がるかと思った。

自分は相当疲れているらしい。

よく見れば竜はピッチィだった。知った竜だとわかって少しホッとする。

ピッチィ、と呼びかけると竜は嬉しそうに唸った。

「どうしてここに……？　さてはどこからか私をつけてきたのね」

ピッチィは頭をやや傾げて、そのままアマリーの前に頭を突き出した。アマリーはほんの少しの恐怖を覚えながらも、手をそろそろと伸ばし、ピッチィの頭の上を撫でた。

「また今度私を背に乗せてね」

ピッチィは頭を撫でられながら、低く甘えるように唸った。

「いつの間にか随分と仲よしになられたようだ」

木々の間から低い声がして、アマリーはあっと驚いた。

ピッチィとアマリーから少し離れたところにジュールがいたのだ。

「ジュール様こそ！　いつの間にここに？」

「貴女を追うピッチィを見つけて、つい追いかけてしまった」

「まぁ。私ったら人気者ね」

軽い冗談のつもりで言ったのだが、ジュールは穏やかな笑みを浮かべたまま、黙っていた。

ジュールはアマリーに一歩近付くと、言った。

「リリアナ王女。昨日貴女に提案したローデル観光の件だが……。オデンと相談してもらえただろうか？」

ぎくりとアマリーの胸が痛む。返事の内容がまだ決められずにいるのに。

アマリーが躊躇していると、ジュールは彼女の手を取った。

「悩んでいるのなら、貴女に見せたいものがある」

ジュールと手を繋ぎ彼に先導されると、アマリーの頭の中が頼りなく舞い上がる。考えないといけないことが山積みで、歓喜に酔いしれている場合ではないのに。

「ジュール様……。いったいどこに向かっているの？」

「すぐに着くから、なにも聞かないでくれ」

ジュールは城の裏にある、竜騎士たちの訓練場へアマリーを案内した。

城の裏手にある森を切り開いたその場所には、三十頭近い竜たちが揃い、竜騎士を背に乗せていた。

筋骨隆々とした竜騎士が竜を走らせ、片手で手綱に掴まったまま飛翔する。アマリーは首を仰《の》け反《ぞ》らせてその動きを追った。竜はその後すぐに急降下してくると、訓練場の中央に設置された敵を想定した木製の模型を、剣でなぎ倒した。

その凄まじい音と迫力に気圧され、肩が震える。

「竜の飛ぶ勢いが加わって、ひと太刀の威力が格段に上がっているのね」

アマリーが感心してそう呟く。

しばらくそうして竜たちを眺めていると、やがて竜たちは地上に降りて休憩を始めた。

背中から竜騎士を降ろした竜のうちの一頭が、なぜか急に動きを止めた。竜騎士がどうしたのかと竜の様子を窺うようにその頭を優しく撫でる。

その直後、竜は竜騎士に向かって、長い首を傾けて顔を突き出した。

アマリーがハッと目を見開く。

「竜珠が、……竜珠が光っている！」

竜は特定の人間を主人に選ぶと、自分の耳に付いている竜珠を光らせてそれを主人に知らせるのだという。よく晴れていて明るいのでわかりにくいが、竜の耳の付け根辺りが白く輝いている。

「凄いわ！　ああやって光るのね！」

竜騎士の両手が、主人に触れてもらうのを待つ竜の頭に近付いていく。やがて彼が竜珠に触れると輝きは収束した。

目を凝らしながらもアマリーは小さなため息をつく。――もう少し、竜珠が光っている様子を眺めていたかった。

この国には、本当に不思議なものがたくさんある。

短い休憩が終わると、今度は飛んでいる二頭の竜の背から背へと、ひとりの竜騎士が飛び移る練習を始めた。その身体能力の高さに、尊敬を通り越して唖然《あぜん》とする。

「南ノ国では竜だけでなく、騎士たちも超人的だわ」

アマリーがため息まじりにそう言うとジュールは笑った。豪快な笑い声をひとしきり立てていたが、その後すぐに笑いを収める、竜騎士を見つめるアマリーに視線を移す。その鋼色の瞳に、珍しく傲慢さを感じさせる強気な表情が宿っていた。

ジュールはアマリーに一歩近付き、ゆっくりと話しかけた。

「実は我が国が竜騎士の訓練を外部の人間に見せることは滅多にない。だが今どうしても、その必要があると感じたんだ」

アマリーは黙ってジュールの続きを待った。

「リリアナ王女。もうご存じだろうか……？　――北ノ国がサバレル諸島に軍勢を押し進めたとか」

「え、ええ」

動揺したアマリーは数回瞬きをしながら、円陣を組んで飛ぶ竜騎士を見上げる。

「我が国の竜と騎士たちをどうご覧になる？　北ノ国と竜騎士が戦えば、必ず勝利するだろう」

びくりとアマリーの頬が引きつる。それこそが、リリアナ王女を輿入《こしい》れさせたがっている、西ノ国の最終的な目的に他ならない。

西ノ国王は、竜を切望していた。

ジュールはアマリーの横顔を見つめながら、続けた。――自分が底意地の悪い笑みを浮かべていることを自覚しながら。

「リリアナ王女。私の妃になれば、我が国の竜騎士をサバレル諸島にすぐにでも送ろう。援軍として」

もはやこれでは脅迫だ、と自嘲しながらもジュールは発言を撤回しなかった。それどころか不安げに揺れる青い瞳を、無理やり自分に向けさせた。彼女の顎に手をかけることによって。

「貴女は私の妃になるべきだ」

アマリーは目の前に迫るジュールの端整な顔に、平静ではいられなかった。心臓はばくばくと高鳴り、頭の中が焦りのあまり弾けそうであった。

(落ち着いて。落ち着くのよ……！)

ここで舞い上がっても、逃げ腰になってもダメだ。

アマリーは密かに呼吸を整えると苦心して挑戦的な表情を作り、ジュールに視線を返した。

「サバレル諸島のためだけに、私に嫁げと仰るの？」

ジュールは黙っていた。その表情はひどく読みにくい、とアマリーは思った。

はっきりしているのは、彼は続きを待っているということだろう。

「私が国益のための繰り人形だと？」

「それは違う」

「ではなぜ、私を脅すの？」

ジュールはやや乱暴にアマリーの二の腕を取り、そのまま力強く自分の方へ引き寄せた。アマリーの顔がジュールの胸板にぶつかる。

「貴女が好きだからだ」

両腕ですっぽりと抱きしめられ、アマリーは一瞬にして頭まで血が上った。

その言葉は待ち望んだものだった。おそらく西ノ国の王城を出た時から。

そしてそれをジュールに言ってもらうことは、想像していたより遥かに大きな喜びをアマリーにもたらした。胸がはち切れんばかりの嬉しさに、アマリーは狼狽する。

どうしても、自分の手を彼の背に回し、もっとその温もりを感じたくなった。――リリアナ王女のフリをしているからでも、勿論サバレル諸島のためなどでもない。ましてやお金のことなど、もうアマリーは思い出しもしていなかった。

ただ、ジュールとアマリーとして抱き合いたいと強く思ったのだ。

けれど、この一線を越えてはならない、と頭の中でもうひとりの自分が警鐘を鳴らしていた。

（この人は王太子よ。――強国、南ノ国の次の王になる人よ……）

そんな人と抱き合う資格など、自分にはあるはずもない。そんなことをしてどうするつもりなのか。

ニセモノの王女としての今の自分は、抱きしめられれば十分だ……。

けれどダメだとわかっていながらも、両手をそろそろと上げてしまう。

込み上げる愛しさを我慢できないような、深いため息をジュールがアマリーの耳元で漏らし、アマリーは思わず釣られたようにジュールの身体に腕を回し、抱きしめ返してしまった。それはリリアナ王女としてではなく、ただひたすらアマリーとしての行動であった。

――嘘よ、と呟くエヴァ王女の声が脳裏に蘇る。だがアマリーはギュッと両目をつぶってその声に抵抗した。

（嘘じゃないわ。この気持ちは、……私だけのものよ……）

そう自覚するのは、なにひとつ嬉しいことではなかった。

なぜならアマリーはリリアナ王女ではない。

妃になるのは今ここにいるアマリーではなく、西ノ国にいるリリアナ王女だ。

リリアナ王女、とジュールが優しい声で耳元に呼びかける。今やその偽りの名が、アマリーには辛かった。

（私の名前は、アマリーよ。貴方にアマリーと呼んでほしい……）

ジュールに抱きつきながら、アマリーは猛烈に切なくなった。

こんなに近くにいるのに、彼が抱きしめているのはアマリーではないのだ。自分には彼に求められる資格など、ありはしない。

自分の気持ちを自覚すればするほど、心がぐちゃぐちゃに震える。

ついた嘘が大きすぎて、今さらどうしようもなかった。

（私ったら、呆れるほど馬鹿だ……）

腕の中のアマリーの混乱になど気付くはずもなく、ジュールが畳みかける。

「ローデルに共に来てくれるか？」

心のままに答えるのなら、行くと即答したい。だが、これ以上ジュールと同じ時間を過ごせば、リリアナ王女と入れ替わった時に、ふたりの違いに気が付いてしまうかもしれない。

「――待って。考えさせて」

アマリーはそう答えるのが精いっぱいだった。

第十章　ニセモノ王女の正念場

膝の上に座らせていた侍女は、マチューの手の中のグラスを奪うと、婉然《えんぜん》とした笑みを浮かべてからそれを飲んだ。

カラン、と氷がグラスに当たる涼しげな音に続き、よく冷えたグラスの表面から水滴が滴り落ちる。

転がり落ちた水滴は侍女の豊満な胸の上を滑り落ち、谷間に消えていく。

「ふふふっ、くすぐったいわ、マチュー様」

舌先でその水滴を舐め取るマチューの頭に手を当て、侍女は首を反らせて笑った。

「奥様に言いつけますよ。いけない人」

そう言えば妻が自分にもいたのだな、とマチューは久しぶりに妻のことを思い出した。もっとも名ばかりの妻は、その顔すら朧《おぼろ》げにしか思い出せない。

ガーランド公爵家は数代にわたり中ノ国の王族から妻を娶ったせいで、国内の有力貴族との繋がりが薄れてしまっていた。それを挽回すべく、マチューは南ノ国の歴史ある公爵家の令嬢を妻に選んだ。

義父は高利貸しとしても名を馳《は》せており、巨万の富を築いた人であった。

だが義父は商売を手広くやりすぎた。彼は貴族にまで融資をし、借金を踏み倒そうとした彼らの企みにより、失脚した挙句に公爵としての地位も失った。

義父の実弟までが彼に不利な証言をし、爵位を狙ったのだ。

マチューは甘えてくる侍女の手からグラスを取り返すと、残りの酒を一気に喉に流し込んだ。

最後に妻と会った時のことを思い出した。

妻は泣いていたように記憶している。

父は無実です、と妻は何度もマチューに訴えた。だがそのたび、妻の浅はかさに苛立った。無実だろうが関係ない。重要なのはその妻自身にもはやなんの価値もなくなった、ということなのだ。

「私につまらないことを思い出させるんじゃない」

酒のついた口元を手の甲で拭い、マチューは膝に横座りする侍女を見上げた。自分を見上げたその妖艶な眼差しに、侍女の身体がぞくりと震える。

マチューはグラスをソファの前に置かれたローテーブルに乗せ、侍女の長いスカートの裾をめくり始めた。くすぐったげな侍女の笑い声が喉元から転がり出る。

侍女の柔らかな太腿に指が到達した頃、部屋の窓が微かに叩かれた。

マチューの手が止まる。それはマチューだけが聞き取れるくらいの小さな音だった。

「――マチュー様?」

太腿に触れる手の動きが止まったことを不審に思った侍女が、マチューの顔を覗き込む。

「少し席を外せ。今から来客がある」

侍女はえっ、と驚きを露わにした。急にそんなことを言うマチューにがっかりしながらも、そろそろと膝から下り、名残惜しそうに彼の頬に口づけてからその場を後にする。

侍女が部屋を出ていくのと入れ替わるように窓が開くと、背の低い男がヒラリと部屋の中に身を滑り込ませてきた。

男は茶色い瞳を閉まったばかりの扉に向け、下卑た笑みを浮かべた。

「お楽しみのところ、申し訳ありませんねぇ」

マチューは苛立たしげにソファから立ち上がり、腕を組んだ。戯言に付き合うつもりはない。

「……なにかわかったのか？」

男はひひひ、と笑い、胸ポケットからなにやら包みを取り出し、顔の高さに掲げた。

「ご注文の品が入手できましたよ。こちらがその扇子で、もうひとつはとあるデッサン画です。へへ」

マチューが大股で近付くと、男はサッと後ろに飛び退き、マチューが触れぬよう包みを遠ざけてニヤリと顔を歪《ゆが》めた。

その俊敏な動きにマチューはいくらか腹を立てた。まるで猿のような奴だ、と。

「いくらだ？　どちらも買い取ろう。こちらに寄越せ」

「毎度ありがとうございます。へへ。扇子の方は二十万バレン、絵は五十万バレンになります」

マチューは眉根を大きく寄せ、高すぎると声を荒らげた。扇子も十分高いが、デッサン画の対価が論外だ。

今までこの情報屋から様々なモノを仕入れたが、価格が異常だと感じたのはこれが初めてだった。

西ノ国がリリアナ王女を妃に、と推し始めた頃、マチューはリリアナ王女の情報収集を始めた。勿論、リリアナに不利な情報を集めて破談に追い込むためだ。

王宮は親西ノ国派と親中ノ国派にわかれているが、近年はマチューが属する親中ノ国派の貴族が減り、宮廷への影響力が低下している。遠縁に当たるエヴァが将来南ノ国の王妃になれば、マチューも要職を任される可能性が出てくる。

名門だったはずの妻の実家が傾きかけている今、彼はエヴァに希望を見出していた。

情報収集によって聞こえ漏れたリリアナ王女の人となりから考えれば、王太子のジュールが好む女性だとはとても思えなかった。この時点でマチューは相当安堵し、ジュールがリリアナを選ぶことはないだろうと高を括った。

だが近年、中ノ国と接近しすぎたことに反発する勢力や、北ノ国が南進を積極的に始めたせいで、西ノ国の重要性が増してしまった。国王やジュールも次第にリリアナ王女に興味を示しだし、雲行きが怪しくなったのだ。

こうなるともう手段を選んではいられなかった。王室の情報はそう簡単には漏れなかったが、金を積めば擦り寄ってくる者がいたのだ。

そんな時、別の情報屋から仕入れたのが、リリアナ王女は身体が丈夫ではないという話だった。マチューは天に感謝した。世継ぎが産めなさそうな軟弱な王女であれば、国王が妃としては認めないかもしれない、と期待したのだ。

ところが実際にやって来たリリアナ王女は、至って健康そうだった。しかも途中、森で賊に襲われるという惨事すらものともせず。聞けば既に初日のうちに竜にまで乗ったのだという。

健康どころか随分と気骨があるようだ。

おまけに肖像画で見る以上に美しく、エルベに着く頃にはジュールの気をすっかり引きつけていた。

西ノ国からやって来たリリアナは、マチューが集めた王女の情報や、ドリモアから伝え聞いた人物と同じとは到底思えないほど表情豊かで、よくしゃべる女だった。

おまけに、気の強さすら窺えた。

軽く脅すつもりで手の甲を吸ってやったところ、怯えるどころか顔色ひとつ変えずに平然としていたのだから。

　この女は本当にリリアナ王女なのか、というあり得ない疑念が首をもたげた矢先。

「西ノ国の国にはリリアナ王女にそっくりな従姉妹がいる。今回南ノ国に行ったのは、その従姉妹の方だ」

　この腕利きの情報屋がもたらしたのは、驚愕の話だった。

　俄には信じられない。だがそれに一縷《いちる》の望みをかけた。

　これ以上の出費と保身を天秤《てんびん》にかけ、マチューは逡巡する。

　疑いの込められた視線を感じたのか、男は舌舐めずりをしてから、マチューを扇動し始めた。

「この絵を入手するには、ちと危ない橋を渡ったんでね。ですが出所はこれ以上ないほど、確かでございますよぉ」

「……どこから仕入れた？」

　男が黙って口元を歪める。

　買ったとしても、教えるつもりはないのだろう。情報源の秘匿は絶対だ。

「では扇子を買おう。二十万バレン分だ」

　マチューは近くにあったキャビネットに歩を進め、苛立ちを隠せない様子で乱雑に引き出しを開け、革製の巾着を取り出した。両手で開口すると煌めく金貨が顔を覗かせる。そのうちの数枚を取り出し、男に向かって放った直後、彼は見事な動体視力で一枚残らず受け取った。

　早く扇子を寄越せ、と急かすと男は金貨をカチャカチャと手の中で鳴らしながら、さらにマチューを苛つかせることを言った。

「旦那ぁ。ここのところ、金の相場が下落していましてねぇ。これではちと足りませんねぇ」

「北ノ国と西ノ国に軍事的な衝突があったのを知らないのか？　じきに金の価値が上がるだろう。それで十分なはずだ」

「未来の相場を語られましてもねぇ。お支払いは現時点での公表相場でお頼みしますよ」

男は包みをヒラヒラと動かしてから、さらにマチューから遠ざけた。マチューは舌打ちしながらも、金貨を追加で放る。

金貨を受け取るとほぼ同時に男は包みをマチューに向かって投げた。床に落ちたそれを、急いでマチューが拾う。

腰を落としてマチューが拾い上げるその様子を、男は目を細めて見つめていた。自分の行動は棚に置いて、なぜわざわざ床に放るのかと苛立ちつつ顔を上げたマチューは、自分を見下ろす男の目の奥に隠された蔑みの感情に気が付いた。

(食えない男だ。ほんの一瞬の立場の逆転に、快感でも覚えているのか？)

マチューは平民の遥か上に立つ公爵だ。地を這いつくばるような惨めな暮らしをしている平民から見れば、貴族など踏ん反り返って傲然とした存在なのだろう。そんな彼がこの時ばかりは頭を下げて膝を折るのだ。

幻にすぎない一瞬の逆転を楽しむ男を逆に哀れに思いつつ、マチューは手に入れた包みを開く。

中身は一本の美しい扇子だった。香木と繊細なレース飾りがついた高価なものだ。マチューの依頼内容はこの貴重な扇子を、その持ち主から拝借してくることだったのだ。無論、無断で。

扇子の要の下にはリリアナ王女個人の紋章と、名前が刻字されている。これは彼女が作家のドリモアにあげたものなのだ。

マチューは男に説明を求めた。

「これは……本当にドリモアのもとから？」

「そうです。ドリモアがリリアナ王女からかつて下賜されたものです。滅多にないことらしいので、リリアナ王女ご本人なら、忘れるはずはありません」

マチューの薄い唇に笑みが広がる。

ジュールの隣で微笑んでいたあの娘にもう一度カマをかけてみる価値は、十分あるだろう。

「それからやはり例の公爵令嬢とは接触できませんでした。なんでも今出張中とかで。これは怪しいですねぇ。ひひひ」

笑い声に苛立ちながらも、マチューはその情報を聞き逃さなかった。手元から目を上げるといまだ窓際に立つ男を睨む。

「――で、お前が見つけてきたそのやたらと高額なデッサン画とやらはどこにある？」

男は待ってました、とばかりに歯を見せて笑った。

胸ポケットに指を入れ、丸めた画用紙の端だけを露出させ、マチューに見せる。これ以上は金貨を受け取ってからだ。なにせ男はこの絵を得るために、ある女に大金を支払ったのだから。

マチューは仕方なく男の言い値を支払った。

男は真ん中を赤い紐《ひも》で結んで丸めた画用紙を放り、屈むマチューの後頭部を見ながらニヤついた。

デッサン画はリリアナ王女の侍女のアガットから仕入れたものだった。

男は大金を吹っかけてきたその侍女を思い出した。リリアナ王女を貶《おとし》める情報を売るのが楽しいのか、なぜか嬉々としてデッサン画を売ってくれた。差し詰めワガママ放題をされて、日頃から恨みでもあるのだろう。

赤い紐を指先でサッと解き、丸められていた画用紙を広げるとマチューは目を見開いた。絵の隅々まで見入るに従い、その口角が上がっていく。

「これは――」

「リリアナ王女がある近衛騎士に描いてもらった絵だそうですよ。なんとその近衛騎士は王女の恋人で、今も愛し合っているのだとか。この世にたったひとつしかないものです」

よくやった、お前は本当に使えるな、と言おうとマチューが顔を上げると、男はもう姿を消していた。

後にはただ、半分開いた窓から吹き込む風にレースのカーテンがはためいているだけだった。

※　※　※

エルベ城の大広間では、西ノ国と中ノ国の王女が帰国する前の最後の賑やかなパーティが開かれていた。前日にエデンでの観光も終わり、王女たちは南ノ国での旅程をこれですべて終えるのだ。

広間に集った貴婦人たちは皆着飾り、とても見応えがあったが、誰も主役の王女たちには勝てなかった。

リリアナ王女とエヴァ王女、どちらも巨匠の描いた絵画から飛び出てきたように美しい。

大広間は花の香りで溢れるほどの量の花々で飾りつけられ、すべての明かりが灯されたその内部は夜にもかかわらず、豪奢な天井の装飾が細部にわたるまで見えるほど明るかった。

軽やかな音楽を管弦楽隊が奏で、和かな歓談が進む中、人々の視線は遅れて登場したジュールに釘付けになった。今宵、ジュールが誰を最初のダンスの相手に誘うのか、皆の注目を集めていた。

その相手こそが、彼が気に入った女性だと推察されるからだ。

ジュールが大広間の奥に向かって歩き出すと、人々は割れるように道を開けた。

その先に立つのは、国王と歓談するふたりの王女だ。

ジュールはゆっくりと歩いていった。やがてふたりのそばまで来ると、彼はもうアマリーしか見ていなかった。アマリーは自分の纏うドレスの腰の辺りの生地を、震える手で握りしめていた。

「リリアナ王女」

ジュールがアマリーにそう呼びかけ、マントを後方へと払って膝をつく。

大広間にいる皆が、息を呑む。

「私のダンスのお相手をお願いできますか？」

アマリーが震える手をジュールに差し出す。

「勿論ですわ」

ふたりが踊り始めるや否や、エヴァは泣き出しそうになった。結果は既に予想できたものだったが、それでも現実に目の当たりにするショックは大きかった。

顔色を失いかけたエヴァを、中ノ国の大臣が懸命に慰める。彼女があまりに落胆していたので、彼は自分が若かりし頃の、三年も交際したのに五分で別れを告げられ、三日寝込んだ経験談すらした。

それでも目に涙を溜めるエヴァの前に現れたのは、マチューだった。

「マチュー、わたくしはジュールお兄さまのお妃様になれないの？　こんなのってないわ」

「まだ決まったわけではありませんよ、エヴァ様。諦めてはなりません。……私がどうにかして差し上げますから」

本当？とエヴァが甘えるようにマチューを見上げる。

とっておきがございますゆえ、と呟きながらマチューはその視線をジュールと踊るアマリーに向けた。アマリーは照れに頬を紅潮させながら少しぎこちなく踊っていた。そのアマリーの顔をひたと見つめる。

マチューはジュールと見つめ合うその輝く青の瞳が、絶望の海の色に染まるのを想像した。顔をアマリーに向けたまま、言い聞かせるようにエヴァに言う。

「本当ですよ。私はエヴァ様の味方ですから。まだ勝負はついていませんし、手がございます」

マチューの話を聞くうちに、エヴァの顔色が元に戻っていく。

「やっぱり、マチューはただ者じゃないわね。心強いわ。――この恩は忘れないわ」

将来の王妃が、この国で最も信頼する家臣のひとりになること。まさにそれが、マチューの狙いだ。

マチューは言っていることとは対照的に、晴れやかな笑顔を見せた。

「間もなく、彼女のあの幸せに溢れた笑顔は消え失せ、代わりに恐怖に顔を歪ませて恐れおののくことになりますから。いかがです、想像するだけで愉快でございましょう？」

「あら、彼女とはどなたのことかしら。気になるけれど、これ以上探るのはやめておくわ」

エヴァは無垢《むく》そうに小首を傾げてから、ふふと笑った。

ジュールとのダンスが終わると、アマリーはたくさんの人々に一斉に話しかけられた。皆、未来の王太子妃になるかもしれない王女と今のうちに懇意になろうと必死なのだ。

そんなアマリーと手を繋ぎ、常に彼女と寄り添ったのはジュールだった。

やがて宴もたけなわといった頃になると、城に招かれた旅芸人たちがその芸を披露し始めた。この日のために各地から選抜された芸人たちは、それぞれの趣向で王侯貴族たちの目を惹きつけ、なかなかの盛り上がりを見せている。

アマリーもジュールと一緒に旅芸人の一角に行くと、東ノ国から来たという旅芸人たちが、興味深い芸を披露していた。長い棒の先に何枚もの皿を重ね、落とさぬようクルクルと回転させているのだ。

「凄いわね。私なら怖くて一枚でもできないわ」

驚くべきことに、芸人たちはその棒を手のひらから顎先へと移し替え、さらに回転速度を上げながらアマリーたちのそばを練り歩いた。

楽器や舞で芸人たちが場を盛り上げ始めると、歓談もそこそこに人々は芸人たちの技に見入った。人々の注目が逸れるその頃合いを見計らったのか、ジュールがアマリーに耳打ちする。

「少しふたりで外さないか？」

ジュールはアマリーの返事を待つことなく、彼女の手を取って大広間の出口に向かった。

「あの……ジュール様、どちらへ？」

「すぐ近くに中庭があるのだ。小さいが、とても居心地がいい」

「でも主役の貴方が中座するなんて」

「どちらかといえば主役は貴女だろうに」

ジュールは少し強引だった。

進むのを躊躇するアマリーの手を少し強く引き、歩かせる。ジュールは途中で話しかけてくる人々に気さくに笑顔を見せ、挨拶をしていたが、アマリーの手を決して離さなかった。

大広間を出ると中の喧騒が別世界のように、廊下は静かだった。

廊下を少し先に進むと、簡素な木製の扉があり、外へと通じている。

城で働く者たちの休憩用に作られたその空間は簡素な作りをしており、四方を飾り気のない建物の外壁や物置きに囲まれていたが、その雰囲気にアマリーはかえって落ち着いた。

狭い中庭の床は石畳が敷き詰められ、端には草木が茂る植木鉢がいくつか並んでいる。奥にたたずむのは長いベールを被って首を傾けた女性の像だ。

エルベ城の中のアマリーの寝室より狭いくらいの小さな中庭だったが、見上げると大層綺麗な満天の星が頭上に広がっている。

「私がダンスに誘ってから、ずっと緊張されていたのでは？　少しここで休もう」

ジュールはそう言うとアマリーの顔に手を伸ばし、彼女の金色の後れ毛を指にかけ、耳の後ろに流した。ピクリ、とアマリーの瞼《まぶた》が動く。

もう後れ毛はないのに、ジュールが何度も髪を耳にかけ直してくるので、アマリーの胸はドキドキと鳴って仕方がない。

そのままアマリーの両頬に指先を当て、彼女を正面から覗き込む。

「――ダンスに誘い、迷惑だったか？　ダンスをしてから表情が硬い。顔色もよくないようだ」

アマリーはジュールの少し不安そうに揺れる声色にハッとさせられ、彼を見上げた。その鋼色の瞳と目が合うと胸の奥深くが熱い感覚で満たされていく。

「ジュール様……」

不安げなジュールを安心させたかった。

アマリーは爪先立ちになり、ジュールの頬に唇をそっと当てた。それだけで彼女の心が温かな幸福感で溢れていく。

まるでお返しのように、ジュールがアマリーの額にキスをした。

どちらからともなく、ふたりは少しぎこちない動きで抱き合っていた。

ジュールの広い胸に顔を押し当てれば、ドクドクと彼の心臓が鼓動する音が聞こえる。

（――ずっとこうしていたい……）

全身を支配していく充足感に、アマリーは抗えなかった。

アマリーを抱きしめたまま、ジュールは囁いた。

「五代前の国王は、遊びに行った貴族の館にいた令嬢と恋に落ち、彼女をそのまま強引に連れ帰って妃にしたという」

アマリーを抱きしめたまま、少し身体を離して彼女を覗き込む。青い瞳がほんの少しの困惑を含んでジュールを見上げている。

「――当時の国王の気持ちが、今は痛いほどよく理解できる。人を愛するとは、こういうことなのだな。ひと時であれ、貴女を西ノ国に帰したくない。このままここにいてほしい」

アマリーが恥ずかしそうにぎこちなく微笑み、ジュールは彼女を一層強く抱きしめる。

「貴女が西ノ国の王女で本当によかった」

「……もし王女でなかったら、好きになってくれていなかった？」

アマリーがそっと尋ねると、ジュールは軽やかに笑った。

「そんなことはない。勿論、王女だから惹かれたわけではない」

嘘だ、とアマリーは思った。

もし自分がただのアマリーとしてジュールと出会っていたら、彼はアマリーを歯牙にもかけなかったに違いない。存在すら意識されなかったはずだ。

そう思った直後、途方もなく虚しくなった。

（そうじゃない。嘘つきは、私なんだ）

ジュールは誠実な声で語った。

「もし貴女が私の妃になってくれたなら、貴女をとても大切にする」

その誠実さが辛い。

ジュールは幻に向かって愛を告白しているのだ、とアマリーは思った。そしてそうさせているのは私だ、と。

（自分はなんてひどいことをしているのだろう……）

「西ノ国に帰国したら、リリアナ王女専用の竜の鞍を作らせよう。ローデルの城にも、手の込んだ部屋を作らせておこう」

それはすべて本物のリリアナ王女が享受するものになるだろう。私じゃないのだ、と思いながらもアマリーは礼を言った。

次にこの国でジュールと会うのは、リリアナ王女だ。自分はニセモノなのだから。

アマリーは顔を上げてジュールを見つめた。

その磨き上げた剣を彷彿とさせる鋼色の瞳が、好きだった。少し強引だけれど、思いやりを感じさせてくれる彼の性格に、切ないまでに惹かれる。出会ったばかりの頃は恐ろしいと思いさえした、その強さと比類ない精悍さに、心を奪われた。

——もう今は、彼のマントが風にたなびく様にすら、心揺さぶられてしまう。

アマリーが心のままに言う。

「ジュール様、好きです」

ジュールがアマリーの頬に触れ、指を滑らせる。

指先が近付くとアマリーの青い瞳がピクリと動き、その動きに吸い寄せられるようにジュールは彼女の目元に唇を押し当てた。そのままアマリーの唇にもキスをしようと角度を変えて顔を寄せる。

不意に腕の中のアマリーの身体が強張った。

「待って……！」

アマリーは腕を突っ張り、ジュールの身体を自分から少し遠ざけた。

ドクドクと心臓が激しくなった。キスはしたくなかった。お互いのために。

「次に会う時まで、取っておきたいの」

なんとか声が震えずに済んだ。

ジュールを直視できなかったが、次に発せられた彼の声は少し笑いを含んだ穏やかなものだった。

「貴女は貞淑なのだな」

アマリーは引きつった笑みを浮かべる他なかった。槍《やり》でも呑み込まされているような気分がした。

ジュールを先に大広間に帰すと、アマリーは胸の奥の痛みに耐え切れず、中庭のベンチに座り込んだ。足元の石畳に入った小さなヒビに視線を落としながら、深いため息をつく。

立ち上がろうと両足に力を入れた時——彼女の前に何者かが立ちはだかり、影が差した。

急いで顔を上げると、目の前に立つのはマチューだった。

マチューはアマリーが口を開くより先に、顔を歪めて笑い出した。

「貞淑、ですか」

その不気味な登場に怯え、アマリーは素早く立ち上がった。この怪しい男から一刻も早く逃げようと身体を反転させると、マチューは後ろからアマリーの二の腕を掴んだ。

「なにするの⁉　離して！」

マチューはくつくつと喉を鳴らして笑った。アマリーはこの笑い方が全身の鳥肌が立つほど嫌いだった。

「外務大臣を使ってシラを切れば、私が諦めると思いましたか？」

理不尽な拘束から逃れようと暴れていたアマリーが、動きを止める。その反応に満足し、マチューが舌舐めずりをする。

「リリアナ王女は、うなじに黒子《ほくろ》があるそうですね」

「なにが、言いたいの……？」

硬い声色でアマリーは言い返した。実際はリリアナに黒子があるかなど、アマリーには知る由もない。

マチューはアマリーの結い上げた金色の髪に留まる青い花の飾りを見つめた。そうして、彼女の後ろへと回り、時間をかけて視線をうなじへと下げていく。

「おかしいですねぇ。黒子どころかシミひとつありませんね。――見つめていると、噛みついてやりたくなるほど綺麗なうなじではありませんか」

アマリーは動揺を必死に隠した。

ひたすら強気に出る他ない。

「生まれた時から、ありませんわ」

そんなはずはないでしょうと呟いてからマチューは掴んだ腕を己の方へ引き寄せ、顔を近付けて囁く。

「だって貴女の恋人はそのうなじの黒子に口づけをするのが、好きだったのでしょう？」

「なにを……」

「近衛騎士のアーネストですよ、もうお忘れに？」

アマリーの目が見開かれ、次いで白い顔が目に見えて青ざめる。

上出来な反応だ、とマチューはほくそ笑んだ。

「そんな貴女のどこが、貞淑なのです？」

この男はアマリーとジュールの会話を、コソコソと盗み聞きしていたのだ。そのいやらしさに、反《へ》吐《ど》が出そうだった。マチューは人工物のように美しい容貌をしているが、そんな彼が顔を歪ませて笑うと不気味さが際立った。

「――なにが目的なの？　私をどうしたいの？」

マチューが腕にさらに力を込め、アマリーを引き寄せる。

恐怖に震えるアマリーに対して、マチューは幼な子に言い聞かせるように言った。

「西ノ国と対立したいのではありません。ただ、王太子殿下のお妃になられるのは、エヴァ様でなければ。……ローデルに行くのを断りなさい」

「貴方に言われて決めることではないわ」

「まったく、公爵令嬢というのは、常に私を苛立たせますね」

耳を疑った。実家のファバンク家が公爵家だということも、マチューは知っているのだ。だが国王が自分を王女として送り出している以上、王女は自分だ。マチューひとりが騒いだところで、なんの説得力もない。

アマリーは泣き出しそうなほどの恐怖をこらえ、どうにか平静を保って強気に言った。

「つまらない妄想で私の名誉を傷つければ、お立場が悪くなりますよ」

「私の立場を憂えてくださるのですか？　なんともありがたい」

喉を鳴らしてマチューが不気味に笑う。

拘束されて小刻みに震えるアマリーの腕の柔らかな肌に、マチューが指先を曲げて爪を食い込ませた。アマリーは微かに眉を寄せ、痛みをこらえる。

「貴女は持って生まれた美貌だけで、殿下のお心をかっ攫っている」

（中ノ国贔屓のマチューは、私にどうしても王太子妃になってほしくないんだわ。こんな風に弑虐《しいぎゃく》したいほどに憎らしいんでしょうね……）

「全部貴方の妄想よ」

「妄想ではなく事実を申し上げております。――ローデルに行かず、予定通りお帰りいただければ結構。ですが、従っていただけないのなら、貴女がニセモノだという証拠をジュール様にお見せします」

「そんなことは、不可能よ。私はリリアナ本人なのだから」

きっぱりと言い切ってから、アマリーは蛇のように腕に巻きつくマチューの手を振り払った。そうして大急ぎで大広間へと戻った。


「ローデル行きはお断りください。予定通り明後日の朝、帰りましょう」

中庭での顛末を打ち明けると、カーラはアマリーを説き伏せ始めた。外に声が漏れぬよう、ふたりは寝台にうつ伏せになり、頭から寝具を被って話した。

アマリーは寝具に顔を埋め、唇を噛む。

ここで正体をジュールに明かされてしまうくらいなら、大人しく帰る方が安全だ。どうせマチューはアマリーが帰国したらその後でジュールに、『来ていたリリアナ王女はニセモノだった』と言うに違いない。彼の最終目的は破談なのだから。

それにこれ以上ジュールと多くの時間を共有しては、後で本物のリリアナに成り代わった時に危険だ。なにより、アマリー自身が辛かった。

カーラは真っ暗でなにも見えない寝具の中で、アマリーの手を握った。

「とにかく今は、無事に西ノ国に戻れることだけを考えましょう」

「そうね……」

祝典に参加し、王太子と踊った。やるべきことはやったのだ。

カーラはアマリーに言い聞かせるように言った。

「あとは帰国後にマチューとやらがなにをしでかそうが、私たちには関係のないことです」

「ええ。そうね」

アマリーは力なく答えた。


翌朝、朝食を終えたアマリーはバルコニーから景色を見渡していた。

もうこのエルベ城も見納めなのだ。帰国したらここに来ることはもう二度とないだろう。そう思うと、西ノ国に帰れる安心感と同じくらい、寂しさが募った。これまでは南ノ国に来たいとさえ思わなかったのに、不思議だ。

城の奥に見える緑深い森や、朝靄にまだかすむ灰色の城壁をしみじみと眺める。

「南ノ国は緑が多いですよねぇ」

隣に立ったカーラがなにげなくそう呟く。

アマリーはテーブルにゆっくりと戻り、食べ残した葡萄の房に手を伸ばして丸く瑞々しいそのひと粒を口に放り込んだ。

その時、カーラがぎゃっと短い悲鳴をあげた。

「どうしたの？」

葡萄を口に含んだまま振り返ると、カーラは手すりからやや身を乗り出して、目を剥いて斜め上を見上げている。

「あ、あそこ！　竜がいますよっ」

流石南ノ国ね、と独りごちながらカーラの真横に向かうとアマリーは絶句した。見上げれば、すぐ近くの小さな塔の上に本当に竜が座り込んでいたのだ。

朝日を浴びて輝く丸い塔に巻きつくその尾は、それほど長くない。子竜だ。

ピッチィかもしれないが、ここからではよく見えない。アマリーは試しに小声で呼んでみた。

「ピッチィ！」

「呼んでどうするんです⁉」

カーラが目を剥いてアマリーを振り返るのと塔で休んでいた竜が翼を広げたのは同時だった。竜は小さな塔から滑り降りるように飛び立つと、こちらへ向かって羽ばたいた。

カーラが段差もないのに躓き、バルコニーのタイルの上に尻餅をつく。

竜はバルコニーの手すりの上に降り立った。

アマリーはカーラを助け起こしながら、目の前にやって来た竜の首元を確かめた。灰色のゴツゴツとした肌に、赤い模様が幾筋か入っている。

間違いなく、ピッチィだ。今朝は早めに鎖を解いてもらったらしい。

ピッチィはクエッと鳴くと口角を上げた。多分笑っているつもりなのだろう。そう思うとこの大きな子竜が愛らしく見えてくる。

「ピッチィ、おはよう。こんなところに止まっていいの？」

アマリーがそう尋ねるとピッチィはキョトンと首を傾けて、なにを思ったか手すりを蹴ってバルコニーの中に入り込んで来た。

情けない声をあげながらカーラがバルコニーの端まで後ずさる。

ピッチィは急に手狭になったバルコニーの中で身体を反転させると、アマリーに背を向けた。そのまま後ろ足を折って腰を落とす。

アマリーは思わず噴き出した。

「違うわよ！　背に乗せてほしくて呼んだんじゃないの。……お前、こんなところに来て竜騎士たちに叱られないの？」

既に背に鞍を装着済みなところから察するに、もうすぐ竜騎士による朝の訓練の時間だったのだろう。今頃ピッチィを捜しているかもしれない。

ピッチィはしばらく待ってもアマリーが自分に乗ってくれないので、やや困惑した様子でその場に座り込んだ。ふとその視線がテーブルの上に残された葡萄に止まり、そこから動かなくなった。ピッチィは幾度かゆっくりと瞬きをし、小さく口を開け閉めした。何度目か口を開けた時に、その口元から涎《よだれ》が溢れ落ちそうになり、慌ててピッチィは首を激しく左右に振った。

「……食べたいのね」

「餌づけしちゃダメですよ！」

カーラが物凄い高速で頭を振る。

アマリーはピッチィの背を軽く叩き、森に戻るよう身振り手振りで伝えたが、通じない。

「私、急いで竜騎士をここに呼んできます！　お待ちください」

カーラがそう言うなり、バルコニーを飛び出す。

残されたピッチィとアマリーは、バルコニーで見つめ合った。やがて風が吹き、朝食のトースを包んでいた紙が、カゴの中から転がり出てテーブル上を舞った。

ギュウン、と不思議そうに唸り、ピッチィが風に舞う紙を見つめて顔を寄せる。やがてピッチィの鼻息に煽《あお》られた紙は、テーブルの奥へと進み、床に落ちた。

アマリーが屈んでそれを拾い、カゴに戻す。すると紙が戻るや否や、ピッチィはカゴに鼻先を突っ込み、またしてもふっと鼻息を吹いて紙を押し出した。

「こら、ピッチィ！」

アマリーは思わず大笑いしてしまった。ピッチィは間違いなくわざとやっている。落ちた紙をカゴに戻す代わりに、手を伸ばしてピッチィの鼻先を撫でる。

「ダメじゃないの。散らかしちゃ」

ピッチィはアマリーに大人しく撫でられていたが、不意にその大きな耳がピクリと横に動いた。次いで森の方に微かに顔を向けると、またアマリーの方を見た。

もしかして竜騎士に森の中から呼ばれたのかもしれない。竜は耳がいいのだ。

「竜騎士たちがお前を捜しているんでしょう？」

ピッチィは黙ってアマリーを見ていた。その緑色の大きな瞳は、銀色を溶かし込んだような神秘的な色合いで幻想的だ。

「もう行きなさい。重さでバルコニーの床が抜けるかもしれないわよ？」

グルルと低い唸り声が聞こえる。ピッチィはテーブルに顎を乗せたまま、動こうとしない。

「お前にも、もう会えなくなると思うと寂しいわ」

言葉にすると感傷的な気持ちが溢れ出し、アマリーはピッチィの耳元に顔を寄せ、小さな声で子竜に伝えた。

「竜を見たことは一生忘れないわ。――お前だけはここにいる私を覚えていてね。ここに来たのは、私よ」

ピッチィはそんなアマリーをジッと見ていた。

やがてゆっくりとテーブルから顔を上げると、ピッチィは翼を広げ、森へと帰っていった。

竜騎士を引き摺るようにして連れてきたカーラがアマリーのもとに猛ダッシュで駆け戻ったのは、その数秒後だった。

第十一章　暴かれた真実

朝食を食べ終え、カーラが荷物の整理をしている間、アマリーはジュールに散歩に誘われた。

ジュールには既にオデンを通じて、ローデルには行けないと伝えてあった。そのため、少々の気まずさを感じながらアマリーは彼と歩いた。

アマリーはエルベ城の裏手の小道を進みつつ、ローデルへのお誘いを断った件について、ジュールを傷つけぬように語った。

「とても残念だけれど、急には滞在を延ばせないの。荷物のこともあるし」

気落ちした様子のジュールを慰めるように続ける。

「またローデルに招待していただけたら、必ず来るわ」

きっと、リリアナ本人が来るだろう。

「次は私が貴女を西ノ国にお尋ねしよう。——オリーブ好きの国王陛下にもお会いしたい」

アマリーは歩きながら隣を行くジュールを見上げ、頷いた。だがたとえ西ノ国にジュールが来ても、彼と会えるのは自分ではない。そう思うと胸が少し苦しくなる。痛みを振り切るように、アマリーは笑顔で言った。

「お土産にトースをたくさんいただいたの。きっと父もトースを気に入るわ」

ジュールは声を立てて笑った。

トースを恋しく感じるのは自分だ、とアマリーは思った。

小道を行くとその先には、紫色の小花が一面に咲き誇っていた。木々の根元を隠すように隙間なく絨毯のように広がる花々は幻想的で、心が洗われる。

どこからか、優しい歌声が聞こえてくる。辺りを見渡すと、揃いの制服を着た城の下働きの女性たちが、花々の間で中腰になり、大きな布袋に花を摘んでいた。

染め物にでも使うのだろう。

女性たちは歌に合わせて花を摘み、その様子は実に楽しそうだ。

そうして優しい歌声を聴きながらふたりで手を繋ぎ、ゆっくりと歩く。

やがて小さな噴水の前に辿り着くと、ジュールはそこで立ち止まり、アマリーと向き合った。

「渡したい物がある。受け取っていただけるだろうか？」

なんだろうと驚くアマリーの目の前に、ジュールが小さな木の箱を差し出す。戸惑いつつも受け取って中を開けると、そこには銀色に輝く小さな筒と、それを首から下げるための鎖が入っていた。

「これは、――もしかして竜笛？」

「貴女に差し上げる。リリアナ王女専用の、竜を操る笛だ」

竜笛をもらえるとは思ってもいなかった。一子相伝の技術で製作する貴重なものだからだ。

アマリーは竜笛からゆっくりと視線を上げ、ジュールを見上げた。その嬉しそうな笑顔につられてジュールも満面の笑みを浮かべる。

ふたりで見つめ合い、笑みを交わすこの瞬間の胸の熱さを、アマリーは今まで知らなかった。これほど充足感に溢れ、心を焦がす出会いを彼女は初めて知った。

恋に落ちるとはこういうことを言うのだろう。たまらず切ない思いが込み上げる。

留め金を外して装着し、竜笛の表面に刻まれた蔦と花々の模様を、人差し指の腹でそっと撫でる。

（でも、これは私のじゃないわ。帰国したら、リリアナ王女に渡さなきゃ……）

ジュールが腕を伸ばし、アマリーを抱きしめた。一瞬アマリーの息が止まる。

「また必ず我が国に戻ってきてくれ。そして、その竜笛でピッチィと飛ぶといい」

「……きっと、そうします」

「王太子殿下。竜笛を贈られるのはお待ちください」

唐突に木々の間に響いた低い声に、アマリーとジュールは身体を離して首を巡らせた。

花の絨毯を踏みしだきながら、ふたりのもとへと歩いてくるのはマチューだった。片手に女物の扇子と、なにやら紙の筒を持っている。

ジュールはわずかに眉間に皺を寄せ、棘のある声で問いかけた。

「マチュー・ガーランド。なんと申した？」

「時期尚早というものです。竜笛は我が国の竜騎士か、王族だけに所有が許可されております。――それだけはなりません」

南ノ国では古来、竜笛を贈るのは求婚の印でもある。そんなことはこの国の王太子であるジュールとて、百も承知だ。

「知った上で贈っている。――なぜいけない？」

マチューは薄ら笑いを浮かべつつ、ふたりの目の前に立った。その目が、大きな秘密を暴露する興奮に爛々と輝く。

片手に持っていた扇子をゆっくりと開くと、描かれた赤い薔薇が咲くように広がっていく。扇子の骨に使われた香木の落ち着いたいい香りが、風に乗ってアマリーのもとにまで漂う。

マチューはアマリーの正面に立つと、扇子を彼女の目の高さまで掲げた。

「これがなんだかわかりますか？」

アマリーにはわからない。幾分硬い声でアマリーは答えた。

「――なにが聞きたいの？」

マチューは乾いた笑いを立てた。

「おやおや。少しも驚かれないのですね。これはもともとリリアナ王女様が長く愛用されていた扇子ですよ？　しかも希少な香木を材料にしている」

マチューは扇子をジュールに手渡した。受け取ったジュールはそのまま扇子を一旦閉め、そこに刻まれた紋章をジッと見ていた。

そんなジュールの顔を覗き込むようにして、マチューが続ける。

「これはリリアナ王女様がドリモアに下賜した扇子なのですよ。ドリモアに言わせれば家宝とのことですが……」

マチューは値踏みするような視線をアマリーにやった。

「それなのに貴女はまるで覚えていない、とは」

いい加減にしろ、とジュールがマチューを一喝する。もっともマチューは薄ら笑いを浮かべるだけだった。

「これで確信が持てました。――貴女はリリアナ王女ではない。西ノ国の王が立てた王女の代役です。――よほど我が国の王太子妃の座が欲しかったらしい」

空白の時間が流れた。

ジュールは隣に立つアマリーの顔を一瞥してから、再び視線をマチューに戻した。

「マチュー。お前は自分がなにを言っているのか、わかっているのか？　――お前こそ、よほど中ノ国の王女を私の伴侶に据えたいようだな」

マチューが目を細めて微笑み、首を左右に振る。

「おかしな点は多々あったではありませんか。この王女には淑やかさや気品がない」

アマリーはムッとしたが黙っていた。

「同行した侍女もごく最近、西ノ国の王宮に召し上げられたとのこと。おかしいではありませんか」

この男はカーラのことまで調べていたのか、とアマリーはゾッとした。

だがジュールは苛立って声を荒らげた。

「無礼なことを言うな。ではここにいるリリアナ王女は、誰だというのだ、マチュー！」

「アマリー・ファバンク公爵令嬢ですよ」

マチューはアマリーを鋭い目つきで睨んだ。

「ここにいるのは、リリアナ王女のフリをした、王女の従姉妹であるアマリー・ファバンク公爵令嬢なのです」

頬を白くさせたアマリーを視界の端に捉え、マチューがほくそ笑む。

「――アマリー・ファバンク？」

ジュールが発した声は、地を這うほど暗かった。

「リリアナ王女と似ていると以前から西ノ国で噂があった令嬢ですよ。不思議なことにアマリー嬢はリリアナ王女の出国と時を同じくして姿をくらましている」

これはなぜでしょうねぇ、と嫌みたらしくマチューが呟く。

手に持つ筒を開き、次にマチューが引っ張り出したのは丸められた画用紙だった。その上下を持ち、ふたりの視線を集めていることを確認してから、一気に開く。

そこに描かれていたのは、椅子に座るひとりの女性と、彼女を片手で抱き寄せながらカンバスに向かう男性の絵だった。アマリーとジュールは等しく目を見開き、食い入るようにそれを見つめる。

（これ、私……？）

一瞬アマリーはそれが自分かと思った。ゴブラン織りの椅子に横座りになり、自分を抱き寄せる男の方に身体を傾け、しな垂れかかるようにして微笑むその絵は、自分にそっくりだったから。

だが違うとわかったのは、その絵の女性のあられもない格好からだった。彼女はドレスの胸元を大きくはだけさせ、肌を大胆に露出させていた。

次に絵に描かれた男の顔を見ると、アマリーの心臓がドクンと強く打った。その女の肩を抱き寄せ、筆を片手に持つのは誰であろうアーネストだった。

キツくカールを巻いた黒髪に、少し憂いを帯びた暗い色の瞳。その姿は、着ている衣装こそ違うものの、間違いなくアマリーをあの国境の森で連れ去ろうとした人物そのものだ。

強張るジュールの表情に満足してから、マチューは続けた。

「本物のリリアナ王女はこちらです。些《いささ》か煽動的《せんどうてき》な格好をなさっていますが……。――ちなみにこれを描いたのは、この絵にもいる王女の恋人の近衛騎士です」

アマリーの肩がびくりと揺れる。マチューがリリアナ王女の元恋人の存在まで掴んでいたとは、驚愕する他ない。

画用紙を裏返すと、そこには【愛しい我がリリアナ】という達筆が記されていた。

アマリーはその字に腹わたが煮えくり返りそうだった。なぜあの近衛騎士は、こうも足を引っ張るのか。なぜリリアナはこんな絵を描かせたのか。

（いったいどんな状況になれば、淑やかな王女が近衛騎士の前で胸を出すっていうのよ‼）

マチューは予想に反して顔を赤く怒張したアマリーに向かって尋ねた。

「これは貴女ですか？」

ジュールの鋼色の瞳は感情を失ったまま、アマリーに向けられていた。思わず否定の言葉が飛び出す。

「違うわよ！　私の胸はもっと大きいから！」

マチューとジュールの目がはたと見開かれ、絵とアマリーの胸の辺りを往復する。ふたりはどう見ても両者の胸の大きさを見比べていた。

ややあってから、ジュールが呟く。

「なるほど。よく見れば確かに違うな」

よく見られたことが恥ずかしく、アマリーは胸を隠すように腕を組んだ。さらに谷間が強調されたことに本人は気付いていない。

マチューはどうにかそこから目を離すと、言い放つ。

「似ていないのはご本人ではないからですよ」

ジュールは手を伸ばして画用紙をマチューから受け取った。しばらくの間、そうして無言で絵を見下ろしていた。

自分の絵ではないが、その絵をジュールにじっくりと見られるのは、居心地が悪い。

「――それでこの絵がなんだというのだ、マチュー」

「それが肝要なのです。リリアナ王女には愛する恋人がいた」

すると、ジュールは厭《いと》わしげにマチューを睨み、ではお前にはいったい何人恋人がいるんだ、と吐き捨てる。マチューは苦笑しつつ、続けた。

「リリアナ王女はこちらへ来る気がなかったのです。そのアーネストという名の想い人がいるために。だからこそ、代役が準備されたのです。本物はおそらくは今頃、その近衛騎士と一緒にいることでしょう」

（一緒に、ですって？）

マチューの言葉にアマリーは目を瞬いた。リリアナ王女が今どうしているのかはわからないが、近衛騎士のアーネストと共にいるはずがない。

そもそもアーネストはアマリーが代役をしていることも知らなかった。

マチューは勘違いをしている。

マチューの情報に抜けがあると気付くと、アマリーは気を強く持った。

ここでリリアナ王女でなくなってしまえば、今までの努力が水の泡になってしまう。

「ひどい侮辱ですわ」

そう言い放ち、アマリーがマチューの目の前に進み出る。

「私がリリアナではないと主張するのなら、斬り捨てるか牢《ろう》にでも入れてもらって結構よ」

アマリーはマチューの腰からぶら下がる剣の柄に指を巻きつけ、腹を据えた。

（――引き下がったら最後よ）

握りしめた剣を、マチューの正面でサッと引き抜く。抜刀されたマチューは思わず一歩退いた。アマリーはその隙に手の中の扇子を奪うと、間髪を容れずに剣を彼の手に押しつける。

マチューは剣を手にしたまま、アマリーに憎悪に染まる視線を投げた。

「どうしたの？　その覚悟があってこそ、それほど思い切った疑いをこの王女である私にかけているのでしょう？」

堂々と反論するアマリーに対し、マチューは歯ぎしりをした。

「いいでしょう――かくなる上は、国王陛下にもこのことをお伝えします」

「ガーランド公爵家を終わらせたいのか？　これは完全にお前の誤解だ。彼女がリリアナ王女本人だということは、私が誰より知っている。絵を描いた近衛騎士が彼女を攫おうとした現場に居合わせたのだから」

アマリーは面食らった。ここでジェヴォールの森の話が出てくるとは思ってもいなかったのだ。絶句するアマリーの視線をしっかりと捉えて、ジュールは言った。

「リリアナ王女の隊列はこちらへの道中、賊に襲われている。――この男は、私が森で斬り捨てた男に間違いない」

アマリーは無言で頷いた。

ジュールは感情が見えない鋼色の瞳をマチューに向けた。オデンの報告によれば、王女一行を襲ったのは賊だとのことだったが、近衛騎士の存在は知らされていなかった。だがデッサン画の男が、あの時剣を合わせた人物であるのは間違いない。

歯ぎしりをする勢いでマチューは言った。

「そのようなでまかせを仰らないでください！　なぜニセモノを庇われるのです？」

「私が知る事実のみを話している。お前の主張が正しいのなら、なぜその男は隊列を襲ったのだ？道理がない」

その時、木立の彼方から絶叫が響いた。

「マチュー・ガーランドォォォ！」

芝を蹴散らし、瞬足で杖を駆使して彼らのもとへと駆けてくるのは、オデンだった。

そばまでやって来るとオデンは身体全体を揺らして息をしながら、マチューが握る剣を睨み上げた。

「なんという無礼者！」

マチューが負けじと反論する。

「ここにいるのは、ニセモノのリリアナ王女です！」

「なにを言うかっ！　この期に及んで血迷ったか？」

マチューはその冷たく整った容貌を歪め、その顎先でジュールが手に持つデッサン画を示した。

「本物はこちらだ」

あられもないリリアナとアーネストの絵を認め、オデンの顔が頭皮に至るまで真っ赤に染まる。

だがそのすぐ後で、彼はマチューを睨みつけた。

「なにを言うか、ガーランド家の坊主め！　この男は長年リリアナ様に横恋慕していた近衛騎士だ！一方的な想いを勝手に募らせ、王女の南ノ国行きを妨害した罪で、今は王宮に囚われている！」

ここへ来てマチューは顔を引きつらせた。

まさかジュールとオデンが口裏を合わせているとは思えない。

「……だが、ここにいるリリアナ様は、愛用の扇子がわからないなど」

「リリアナ様は千本を超える扇子を愛用されている。いちいち記憶になどない！」

マチューが次に発すべき言葉を思いつかずにいる一方で、アマリーも内心当惑していた。

オデンは既にアーネストの身元を知っていたらしい。

不意にジュールが動いた。

彼は持っていたデッサン画の上部を指でつまみ、一切のためらいもなくそれをふたつに破いた。

今度はマチューが目を見開く番だった。縦に真ん中で裂かれたその画用紙を、ジュールは纏めて持ちさらに半分に破いた。たまらずマチューが叫ぶ。

「殿下！　なにを……！」

対するジュールは至極平然としていた。ビリビリとさらに細かく破いていく。最後は小さな紙片になったそれを、手のひらを広げて空中に撒《ま》いた。

「王女に恋した近衛騎士が、王女を手に入れようとして起こした誘拐未遂だったのだろう。――お前のお陰で真相が究明できてめでたいことだ」

マチューは勢いを失い、散らばった紙片を拾うべきか迷いながら、声を震わせた。

「そんなはずは……」

「絵が似ていないのは、描き手の妄想にすぎないからだ」

ジュールがアマリーから目を離し、再びマチューに向き直る。

「騙されたのは私ではないし、騙したのも彼女ではない。——マチュー。お前ひとりが、ガセネタを掴まされたのだ」

マチューの美貌が翳《かげ》っていく。彼は情報屋に大金を支払っていたし、それにこの娘とドリモアから聞いていた王女とでは、あまりに個性が違いすぎた。

「ですが、そんなはずは……。ここにいる王女は、聞いていた話とあまりに……」

ジュールはマチューを瞳に捉えたまま、ドリモアの扇子を顎で指した。

「お前は自分が泥棒だと公言して憚らないのか？　墓穴を掘りたくなければ、その不敬極まりない絵も忘れよ」

マチューは剣をギリリと握り直し、アマリーから扇子を取り返そうと腕を上げた。それをアマリーが遠ざけ、マチューが強奪するために乱暴に彼女の右手首を掴む。

だがその時、咲き誇る花々の花弁を揺らすような咆哮が轟《とどろ》いた。

信じ難いものを視界に映しているといった風情で目を大きくするマチューに釣られ、アマリーは後ろを振り返った。緑深い木々の間に、灰色のものが見え、すぐにそれはこちらに向かって走ってくる一頭の竜だとわかる。

ピッチィ、とジュールが声を漏らす。

ピッチィがアマリーたちの方に向かって、走ってきていた。

今やドスンドスンと足音を立て、喉を唸らせてこちらへ向かってくるピッチィの表情は、お世辞にも友好的ではない。彼は明らかになにかに怒っていた。

アマリーが呆然と立ち尽くしているのを、マチューは見逃さなかった。

彼は今だとばかりにアマリーの手から扇子を奪い返そうと手を伸ばす。だがその直後、ピッチィが短く強く吠え、大股で地面を蹴ると、四人の方へと飛び出してきた。

「これはどういうことだ！」

ジュールがピッチィの後方に向かって大きな声を出した。ピッチィの後ろから、数人の竜騎士たちが慌てふためいて走ってきているのに、その時アマリーもようやく気が付いた。彼らは息を切らしながら答えた。

「申し訳ありません！　急に昼寝から飛び起きて、寝屋から駆け出してしまいまして……！」

ピッチィは昼寝をするのか、とアマリーが別の情報に気を取られていると、ピッチィが目の前に迫る。

次に起こったことはアマリーの想像を遥かに超えていた。

危ない‼という叫び声だけは当惑するアマリーの耳に明瞭に届いた。

ピッチィは見たことがないほど大きく口を開けた。

その白く輝く歯ばかりか、喉の奥の赤黒い空洞さえも視界に捉えられた。一歩も動けぬうちに、その口は眼前に迫った。ピッチィは限界いっぱいまで口を開けると、アマリーの腹部にかぶりついた。

夢だと思った。

それも、とびきりの悪夢だ。竜が大口を開け、自分にかぶりついたのだ。悪夢以外のなんだろうか。

アマリーは自分がなにを叫んだか——いや、そもそも叫んだのかすらわからなかった。

ただ凄い質量の物体が自分の腰の辺りを襲い、熱さを感じた。続いて重力の感覚が失われ、足から地面の感覚が奪われる。頭に血が上り、視野が逆転して初めてアマリーは自分が置かれた状況を曲がりなりにも理解した。

アマリーはピッチィに咥え上げられていた。

周囲にいる男たちがなにやら叫んでいるが、皆がいっぺんに叫んでいるせいでなんと言っているのかわからない。右肘は完全にピッチィの口の中に入り込んでおり、ザラザラとした舌を皮膚に感じる。左手は自由だったが、振り回すしかできない。

可憐な花々の上に落ちる大きなピッチィの影が見える。そしてその影が、大きく横に広がっていく――ピッチィが、両翼を広げたのだ。

ガクンと揺れたかと思うと、ピッチィが地面を蹴ったのがわかった。お腹にピッチィの下顎が強く食い込む衝撃を感じた直後、見下ろしていた花々が急に遠ざかった。

「待て‼　ピッチィ……！」

はっきりと聞き取れたのはジュールの声だ。

その声も急激に遠ざかった。見上げていたはずの木々が、いつの間にか足の下を通過していく。上から見下ろす緑の木々の葉が、まるで絨毯のようだ。

（飛んでいる――‼　浮いている‼）

ピッチィはアマリーを咥えたまま、空へと舞い上がっていた。

足が揺れた勢いで靴が抜け落ち、虚空へと落ちていく。自分の靴がなす術なく空気を切りながら落下していく光景を目の当たりにし、気が遠くなる。

防御を失った足の裏に当たる風が、異様に冷たく感じられ、それは鳥肌と共に瞬く間に上へと駆け上がり、空の上でアマリーは気を失った。

地上にいた竜騎士のうちのひとりは、急いで矢を構えた。

「よせ‼　落としてどうする⁉」

その動きに気付いたジュールが慌てて矢を押し下げる。

「ダルタニアンで追う！　鞍の準備をしろ」

ジュールの命令を受け、竜騎士が竜のいる森の方角へ走り出し、それをジュール自身も追う。

ジュールの視界の端に、時間が止まったかのように立ち尽くすマチューの姿が捉えられた。マチューは急速に遠ざかっていくピッチィの後ろ姿を目に焼きつけながら、緩慢に穏やかな笑みを浮かべていた。

マチューの異様な様子に舌打ちしたい心境になりながらも、ジュールはダルタニアンのもとへと急いだ。

「大丈夫だ。あれは親竜が子どもを運ぶのと同じやり方だ。なによりピッチィがリリアナ王女に、危害を加えるはずがない！」

ジュールは自分に言い聞かせるようにそう言い、アマリーの無事を必死に願った。


生暖かく、ザラザラとした濡れたものが、自分の顔を擦っている。

――おまけに猛烈に臭い。

その気絶しそうなほどの臭いに、アマリーは目が覚めた。

薄い白雲がかかる青空が見え、次いで視界を埋め尽くしたのはゴツゴツとした灰色の皮膚。緑色の瞳がびっくりするほど近くに見えて、アマリーはギョッと目を見開いた。

横たわる自分の顔をピッチィが、せっせと舐めていた。背中の下には柔らかな草の感覚がある。

アマリーは見覚えのない野原に寝転がっていた。

（ここ、どこ⁉）

ガバリと起き上がるや否や、全身の節々が激しく痛む。おまけに髪の毛と顔面がピッチィの唾液でベトベトだった。恐る恐る腹部を確認するが、出血どころか傷もなさそうだ。

「生きてる……、私、生きてる！」

安堵のため息を漏らすと、ピッチィも嬉しそうにグルルと唸った。アマリーはどうにか立ち上がりながら辺りを見回すが、周りには誰もいない。野原には柔らかな風が吹き、近くに小川があるのかキラキラと陽の光を反射して輝いている。人家も見当たらない。

ピッチィは大人しくアマリーの隣に佇んでいた。今は閉じられた口からは歯が一本も見えないが、ついさっき開かれた大口が自分に突進してきたことを思い出すと、ゾッとして怖くなる。

腰の辺りを押すとひどく痛むから、痣《あざ》になっているのは間違いない。アマリーは鋭く睨み上げると、自分を見下ろすピッチィに文句をつけた。

「どうしてこんなことをしたの？　死ぬかと思ったじゃない！」

怒られたことを察したのか、ピッチィは数歩後ろに退き、カクッと小首を傾げた。緑色の円らな瞳が微かに曇って、瞼が下がる。

「食べられちゃうのかと思ったわ」

すると、ピッチィは不服そうに喉の奥を鳴らした。

よく見ると、ピッチィはモゴモゴと口を動かし、なにやら咀嚼している。

「――なにを口に入れているの？」

ピッチィの顎の動きがぴたりと止まる。

パッと開かれたピッチィの口から、ボロボロの木片が転がり出て、草むらに落ちた。ピッチィが噛んで遊んでいたそれは、拾い上げなくてもなにかわかった。

アマリーがマチューから奪った扇子だ。

摘み上げて元の形に広げようとすると、濡れた箇所からポロポロと崩れていく。アマリーは思わず笑い出し、ポイッとそれを放った。

「――ドリモアの家宝だったのに」

次に顔を上げた時、アマリーは硬直した。

ピッチィの耳の付け根が、輝いていたのである。

「えっ、……それ、お前……」

アマリーは時が止まったようにしばらくピッチィの耳元を凝視した。

耳の付け根の水晶のような鱗が、白く光を放っている。目に焼きつくような明るさではなく、雲間から覗く優しい陽のような穏やかな光だった。

輝いているのは間違いなく、竜珠だ。

竜が心を許した人間にだけ、輝く竜珠。

アマリーはガバリと身体ごと己の背後を振り返った。だがやはり、この場にいるのは自分ただひとりだ。ピッチィは間違いなく、アマリーだけを真っ直ぐに見つめていた。

「私？　私なの!?　まさか……」

なにをすればいいのかはわかっていた。竜珠に触れてやればいいのだ。だがアマリーはもうすぐ帰国してしまう。生涯のたったひとりの主人として、自分がピッチィに選んでもらっていいのだろうか。

アマリーとピッチィがそうして音もなく見つめ合っていると、やがて遠くから竜の咆哮が聞こえてきた。

視線を漂わせたアマリーは、空の向こうに浮かぶ一頭の竜を見た。――ダルタニアンだ、とすぐにわかる。あれほど均整の取れた美しい姿形の竜は二頭といない。

それはあっという間に近付いてきて、竜は翼を畳むと轟音と共に野原に降り立った。ダルタニアンが完全に翼をしまう前に、その背から滑り降りたのはジュールだった。

その光景にアマリーは初めてジェヴォールの森でジュールと出会った時のことを思い出した。あの時もこうして、ジュールは上空から滑空してきて、すぐさま竜から滑り降りたのだ。

ジュールはアマリーを早々に見つけられたことと、彼女が一見して無事そうなこととの両方に安堵し、地面に足を着くなり膝から崩れそうになった。肩で息をしながらアマリーの近くまで駆けてくる。

「リリアナ王女――！　お捜しできてよかった」

そうしてちらりとピッチィを見て、そのまま絶句した。

「ジュール様、ピッチィの竜珠が光っているの。触ってあげて」

アマリーのすぐ隣までやって来ると、ジュールはそれを断った。

「……それはできない。ピッチィが選んだのは私ではない」

アマリーは思わず輝く竜珠を観察した。それは触れてもらうのを待ち、いまだ輝いている。ピッチィは緑色の瞳をしっかりとアマリーに向けていた。

手を伸ばす勇気が出ないアマリーに、ジュールが声をかける。

「触れてやらねば、その美しい竜珠はそう遠くない未来に、ピッチィの耳から転がり落ちてしまう」

「そうね……。本当に、私でいいのなら」

ゆっくりと腕を上げ、ピッチィに向けて伸ばす。ピッチィはアマリーの動きに反応して頭を下げ、顔を近付けた。

アマリーの指がピッチィの柔らかな耳に当たり、輝く竜珠に触れた。その瞬間に、光はより強く輝きを放ち、アマリーが眩しさに目を細めて見入る中、徐々に収束していった。

もう片方の竜珠にも同じことをすると、ふたつの竜珠の輝きは失われ、後には元通りの透明な輝きだけが残された。

「おめでとう。ピッチィに認められたな」

ジュールはアマリーにそう言いながら、彼女の肩に手をかけた。

「でもいいのかしら？　私はこの国の人間じゃないのに」

「竜は人の本質を見抜くと言われている。きっと、貴女はまたこの国に戻ってくるのだろう」

アマリーは返事に困った。きっと自分がこの国の地を踏むことはもうない、と思っていたからだ。ピッチィと自分は多分、二度と会えない。

感傷に浸っていると、ジュールが硬い声で尋ねた。

「ピッチィはマチューに貴女が襲われていると思ったのだろう。助けようとしたのだ。――怪我はないか？」

気遣わしげな視線を受けてアマリーは首を左右に振る。

「怖い思いをさせて、すまなかった。我が国の馬鹿な竜が、大変な無礼を働き申し訳ない」

アマリーが気にしないで、と言おうとすると、その前にジュールは腰を落とし、膝を野原についた。

そのまま黙って首を垂れる。広い野原にしばらく沈黙が流れ、動揺するアマリーの前で膝をつくジュールは微動だにしなかった。

やがてジュールは頭をさらに深く下げた。己の不甲斐なさと、ピッチィに咥えられた彼女がおそらく感じたであろう恐怖を思い、ジュールは苦悶《くもん》に表情を歪めた。

「すぐそばにいながら、ピッチィの暴走を止められなかったことを恥ずかしく思う」

王太子が地に膝をつけ、頭を下げる様をアマリーは痺れたように見つめていた。

「……頭を下げないで。謝らないといけないのは、私の方だもの」

アマリーは膝を折り、ジュールの正面に片膝をついた。

「私はなんともないわ。だから顔を上げて」

ジュールが顔を上げ、ふたりは目を合わせた。しばらくそうして見つめ合う。

風が野原を渡り、サラサラと乾いた葉擦れの音がする。

「悪いのは私の方だから」

「――なぜ貴女が？」

言葉は続かず、ふたりは再び無言で見つめ合った。

先に口を開いたのはジュールの方だった。

「リリアナ王女、貴女が好きだ」

真っ直ぐに見つめられ、アマリーはその嘘のない気持ちに、泣き出しそうになった。

「だから、話してくれないか……？　本当のことを――」

淡々とした話し方ではあったが、アマリーは少なからず衝撃を受けた。

本当のこととは、先ほどマチューが指摘した点についてに違いない。

ジュールはアマリーに一歩近寄ると、彼女の左手に軽く触れた。

「ジェヴォールの森で出会った時、貴女は薬指に指輪をはめていた」

ぎくりとアマリーの胸がひと際強く鼓動し、そんなことをしても意味はないのに、彼女は左手をサッと後ろへ回して隠した。

「――だが気が付くともうしていなかった。私はあの時、それを妙だと感じた」

ジュールは両手を伸ばし、アマリーの二の腕を掴むと、急に力を入れて彼女を引き寄せた。

驚いて見上げたアマリーの唇に、ジュールが顔を近付ける。

（キスされる……!?）

有無を言わせず降ってくる唇を避けようとアマリーは慌てて首の向きを変え、身体を強張らせる。

すると、呆気ないほどすぐにジュールはアマリーを放した。

怯えながらも見上げると、ジュールの悲しみに傷ついた、投げやりな笑みが目に飛び込む。

「私のことを好きだと言いながら、貴女はこんな風に、私を拒絶する」

「それは……」

それは――？　なんだというのか。

アマリーは自分で自分に呆れた。

本物のリリアナ王女ではないから、ジュールと近付きすぎまいとしたのだ。

息苦しさを覚えながらも、ジュールに尋ねる。

「ジュール様……。私を、疑っているの？」

ジュールは軽く目を閉じた後、答えた。

疑いたくないのだ、と。

マチューを言い含めはしたが、ジュール本人も納得できない点があったのだ。

ここにいるリリアナはマチューの主張通りニセモノなのか、もしくは本物だけれど本当は恋人がいるのか……？

「ジュール様……」

口を開きながらも、アマリーは自分がなにを言おうとしているのかわからなかった。

言うな、うまく嘘をつけ――自分はリリアナだと言い張れと己に強く命じる。

今が正念場なのだから、ここでバレないよう踏ん張れと。

だが、ジュールの鋼色の瞳に真っ直ぐに見つめられると、その勇気はみるみる萎《しぼ》んでいく。

二億という巨額の報酬もサバレル諸島も、彼に嘘をつくことに比べればなんの価値もないのではないか？

弱気に呑み込まれそうな自分を、アマリーは奮い立たせる。

（ダメよ。騙し通すのよ……。だってあと少しで帰国じゃないの！）

そうして帰国したら、きっと二度と会うこともない。

そう思うとまた胸が痛んだ。

自分の強気が萎んでいくのに焦り、しっかりしろと己を叱咤《しった》する。

ここで暴露してどうするのだ、と。

「ジュール様。――貴方が好き」

偽りの上に吐く愛の言葉が、とてつもなく虚しい。突けば一瞬で崩れ去る脆《もろ》い告白に思える。

ジュールの鋼色の双眸が、甘く揺れた。

「貴女を私の妃にしたい」

その言葉はアマリーの胸中を喜びと幸せで溢れさせ、けれど幻にすぎないことをすぐに自覚させる。

アマリーが演じたリリアナという人物こそが、まやかしでしかなかったのだから。

嘘偽りのないジュールの気持ちを正面から受け、アマリーは罪悪感でいっぱいになった。

自分はなんて残酷なことをこの王太子にしたのだろう。

（私は、ジュール様を弄んでしまったんだ……）

そのことに気付くと、自分自身に激しい嫌悪感を抱いた。

ゆっくりとアマリーは口を開いた。

「私は、貴方の妃に――なれないの」

言うな。それ以上は口が裂けても言うな。殺される覚悟がないなら、口を噤んでシラを切れ。

頭の片隅でまだ強気な自分が喚き散らす。

だがアマリーは愛に屈した。

「私は――、リリアナ王女じゃないの。マチューの言う通りよ。陛下に命じられて、……いいえ、金に目が眩んでこの代役を引き受けた、汚い女よ」

溢れていた温かさが、ジュールの表情からかき消える。鋼色の瞳が、アマリーを拒絶する盾のような冷たい色に変わる。

アマリーはついに言ってしまった。そして最後まで言い切ろうとした。

「ただひとつ違うのは、本物の王女様は体調を崩されて来られなかったということだけ」

アマリーは密かに深呼吸をしてから、口を開いた。

「私は、騙して貴方を落とすためにここに来たの。本当の名前は――」

「もういい。十分だ」

それ以上は聞きたくない、といった風にジュールが首を素早く左右に振りながら、立ち上がる。

アマリーの名など、聞きたくもないのだろう。そう思うと、彼女の両目から涙が溢れた。

(泣いたらダメよ。だって、それは狡《ずる》い)

アマリーは俯いてキツく目を閉じ、やり過ごした。

傲然とアマリーを見下ろしながら、ジュールは怒りと困惑を隠しきれないひどく低い声で尋ねた。

「なぜ、こんなことをした？」

それはなぜだっただろうか。

思い返そうとしてもショックが大きすぎて、思考を論理的に整理できない。

(国王の命令だったから？　いいえ、違うわ……)

自分自身が、いかに積極的に王太子に気に入られようと努力したかは、アマリーにも自覚があった。

他人のせいにして逃げるのは卑怯《ひきょう》だとわかっている。

多分それは二億バレンのためだったかもしれないし、家族のためだったかもしれない。エヴァ王女と出会った途中からは、自尊心も拍車をかけた。

そうしてきっと、一番大きな理由は、アマリー自身がジュールを好きになってしまったからだ。

単純に彼に嫌われたくなかったし、選んでほしかった。

だからこそ、結果的に嘘を貫き通すことが困難になった。

(私は、なんて、馬鹿なことをしたんだろう……)

けれど嘘がバレた今、もはや理由などアマリーにはどうでもよかった。

大国の王太子とその妃候補の王女、という関係は脆くも消え去り、後には嘘だけが残された。

今ここに惨めにも座り込んでいるのは、ただの嘘つき女なのだ。

「私の父は公爵なのですが、――多額の借金がありました。南ノ国に行かなければ、屋敷を失うかもしれませんでした」

「父親に命じられたのか？」

はい、という言葉を咄嗟に呑み込む。

アマリーはこれ以上狡くて汚い女になりたくなかった。

代わりに痛みと共に、喉から震える声を絞り出す。

「いいえ。私は自分の意思でこの代役を引き受けました」

ジュールは静かな口調で言い放った。

「西ノ国に帰れ」

ズキン、とアマリーの胸が痛んだ。それは刃のように彼女の心に響いた。そしてそれ以上に自分はジュールを傷つけたのだ、と自覚する。

謝りたかったが、詫びれば許されると思っていると思われたくなくて、どうしてもできない。

「外務大臣のオデンや、その他の人たちはなにも知りません。これは国王と私の父の間で仕組まれたことなのです」

アマリーは屈んだまま、両手を差し出して先ほどジュールから贈られた竜笛を彼の前に出した。

「お返しします。私にはいただく資格がありませ……」

「私を侮辱したいのか？」

アマリーは目を見開いた。

その青い目が、困惑して揺れる。その哀れな青色を拒むようにジュールは冷徹に吐き捨てた。

「これ以上、私を侮辱するな」

アマリーの唇が震える。——抑えたくても、どうしてもできない。キツく噛みしめた歯列が、カチカチと音を立てる。

涙が溢れ、頬を伝う。

なんて汚い涙だろうか、と己の浅はかさを憎む。

ジュールは身を翻し、アマリーに背を向けた。分厚いマントが彼女の差し出したままの両手に強く当たり、手を薙ぎ払う。

竜笛はシャラ、と涼しい音を立てて芝の上に落ちた。アマリーはそれを拾うことができず、しばらく輝く竜笛を凝視した。

顔を上げるのは勇気が必要だった。恐る恐る見上げれば、ジュールはアマリーからさらに離れ、どんどん先へと歩き出していた。

ダルタニアンは腰を野原に落としたまま、主人の様子を訝しげに見つめている。

「ま、待って……」

アマリーは竜笛を拾い上げ、慌ててジュールの後ろ姿を追った。

すぐ後ろまで追いつくと、ジュールは立ち止まってくれた。

「私を落とすのは、さぞ簡単だっただろう？　企み通りに私をいともあっけなく夢中にさせ、……私は西ノ国王と貴女の思うつぼだったということか」

己を嘲るようなその呟きに、アマリーは返す言葉を失った。

「楽しかったか？」

「はい？」

ジュールは野原の地平線に視線を投げたまま、繰り返した。

「私を騙すのは楽しかったか、と聞いている」

ややあってから、アマリーは答えた。

「――ええ。楽しかったわ。とても」

怒りを溜めた険しい眼差しでジュールが振り返る。だがアマリーは構わず続けた。

「貴方と過ごすのは、生まれて初めて感じた喜びでいっぱいだったから。楽しくて仕方がなかったわ」

「……ならば、なぜお前が泣く」

「それはね――私の正体がバレたら、我が家が西ノ国の王様から報酬をもらえないかもしれないからよ」

ジュールはその後、長いことアマリーを見つめた。

そうしてただひと言、嘘をつけ、と彼は呟いた。

そうだ、自分は嘘つきなのだと思うが、涙が目に溜まりすぎて視界がボヤけてしまい、よく見えない。泉のように涙が次から次へと溢れ出て、止まらない。それを拭うのは恥だとばかりに、アマリーは目を見開いて顔を上げ続けた。

やがてふたりの後ろに二頭の竜が近付いてきて、気遣わしげに唸った。

ピッチィはアマリーの頬を、鼻でつついた。

「――王宮に戻ろう。予定通り明日帰るがいい」

「私を罰しますか?」

「屈辱を受けるのは私だけで十分だ。ここであったことは忘れろ。私も今聞いたことは忘れる」

それはリリアナがニセモノだった事実を黙っていてくれるという意味だろうか。

ようやく涙を拭うアマリーに、ジュールは目を細めた。

「それと、戻る前に川で顔と頭を洗え。――ピッチィの唾液で、物凄く臭い」

今や屈辱で真っ赤になるのはアマリーの番だった。

恥ずかしさのあまり、紅潮した頬を押さえながら、ジュールから遠ざかる。視界に入った川に向かって、急いで走り出す。

川はそれほど太くはなく、流れも穏やかだった。澄んだ水のために川底の丸い石もはっきりと見えるほど、綺麗な川だったが、それに見惚れるゆとりはない。

石を踏みならして川原へ急ぐと、アマリーは顔をそのせせらぎに突っ込んだ。

両手で水を掬《すく》い、バシャバシャと顔にかける。

(冷たい……)

暖かな陽射しにかかわらず、水温はかなり低かった。だがかえってその冷たさが、アマリーの涙を鎮める。

顔をひとしきり洗い、次は髪の毛を洗おうと水面から顔を上げると、後ろにジュールがいることに気が付いた。

彼はアマリーのすぐ後ろに立ち、水面に映ったアマリーの顔を見つめている。

「手伝おう」

ジュールが手を伸ばし、川原に座り込むアマリーの髪に触れた。彼女の髪に挿された真珠の髪飾りを取り去り、結い上げた髪を解いて下ろす。黄金色に煌めくその美しさに、微かにジュールの動きが止まる。

アマリーが俯いたまま髪を顔の横に流し、水に浸けて洗い始めると、ジュールは掬った水をゆっくりと彼女の頭の後ろにかけていった。頭皮にかかるその冷たさに、アマリーの胸がざわつく。

やがてジュールは手を伸ばし、アマリーの髪をかき分けながら洗うのを手伝ってくれた。その指の動きが、とてつもなく気持ちいい。

優しい水音を立てながら、彼は思わず漏らした。

「なぜ、貴女が王女ではない？」

びくり、とアマリーの動きが止まる。

「貴女がリリアナ王女であったなら、どれほど……」

その先は続かないようだった。しばらくの間、苦しげにため息まじりの呼吸を何度か繰り返し、ジュールは絞り出すように言った。

「私は愚かにも……、愛する女性も自分を愛してくれて、彼女を妃にできるかもしれない、という都合のいい夢を束の間見たのだ」

申し訳なさでアマリーの胸は詰まり、熱いものが喉元をせり上がる。なにか言わなくてはと思っても、彼女にはできなかった。

(私には、なにも言う資格がない……)

真珠の髪飾りがひとつ、音もなく川に落ち、流されていく。

アマリーは目だけでそれを追うと、ふと思った。かつてこの地をひとつの王国に纏め上げたジャンバール王は、川である娘と恋に落ちたのだった。その娘はやがて王の妃になった。

彼の愛は川で始まったが、自分のそれは川で終わったのだ、と。

再び目を濡らす涙を、川の水で流す。

アマリーの髪をすくジュールの手はとても優しく、その一瞬一瞬が彼女の胸を突いた。

(このまま、この時間が永久に続けばいい)

もう二度と今までのふたりには戻れないことを悟り、最後のふたりきりのこの時間を、アマリーは記憶に焼きつけたかった。


リリアナ王女が竜に咥えられた話は瞬く間に広がったが、同時にピッチィが竜珠を光らせた話もあっという間に広がり、南ノ国の人々は彼女を好奇の目で見た。

野原から戻るなりエルベ城の医務室に運び込まれたアマリーは、幸いたいした怪我もなく、周囲を――取り分け国王を安堵させた。

アマリーの正体がバレてしまった、その翌日。

祝典のために南ノ国を訪れていたふたりの王女のうち、自国へと帰るために先にエルベ城を発ったのは、西ノ国のリリアナ王女の一行だった。

南ノ国からのたくさんの贈り物を馬車に積み、行きの道中で痛い目にあった彼らはその時よりも多くの兵たちを引き連れ、帰国に挑んだ。

エルベ城の正面玄関には見送りに来てくれた人々で溢れ、賑やかだった。

前日に泣きすぎてまだ腫れが残る残念な顔で、アマリーは馬車まで歩いた。

オデンと歩く彼女の少し後ろには、ジュールとエヴァがいた。並んでいるその姿にアマリーは傷ついたが、もはや引き下がるしかない立場であることを十分認識していた。

ジュールは硬い表情のままだった。

「お元気で」

それはひどく簡素な別れの台詞だった。

ジュールの隣に立っていたエヴァは、ぎこちなく笑みを浮かべて挨拶をしてくれた。

「わたくし、てっきりリリアナ様はもう少しこちらに滞在なさると思っていたのに」

アマリーは力なく答えた。

「そうしたかったのだけれど、色々とあって」

「短い間だったけれど、お会いできてよかったですわ」

「ありがとう。エヴァ様」

アマリーは最後にもう一度ジュールを見上げた。だが彼はもうなにも言おうとはしなかった。

ふたりを交互に見た後で、エヴァがジュールの腕に自分の手を絡める。

エヴァはアマリーに対するジュールの態度が突然冷たくなったことに気付いていた。この隙を逃してなるものかと、甘えるように彼に身を寄せる。

ジュールはそっとエヴァの手を払うと、ゆっくりと歩いて馬車の扉を開けた。

それはエスコートにすぎなかったが、アマリーにはまるで彼に『早く帰れ』と言われているような気がした。

馬車の扉が閉まる音を聞いた瞬間、アマリーはジュールと自分の関係はすべて終わったと思った。

歓声の中、アマリーはただ西ノ国に帰ることだけを考え、己を保った。


西ノ国の王都までの道中をどう過ごしたのか、アマリーはほとんど覚えていなかった。

上の空で馬車に揺られていたように思う。

リリアナ王女を演じるならば、この時の彼女こそが最も本物の王女に近かっただろう。

なにかあったに違いない、とカーラは感じ取ってはいたが、敢えて自分からは尋ねなかった。アマリーが話したい時が来たらそうすればいい。その時が来なければそれまでで、一線を画すことは侍女と主人の立ち位置だと理解していた。

「よく戻った‼　お帰り、リリアナ！」

西ノ国の王宮に帰着すると国王自ら馬車停めの前に立ち、アマリーを出迎えた。

一行が王宮に入るなりまず一番に行われたのは、国王や重臣たちの前での簡易な報告会だ。

この場でオデンは南ノ国の王都へのお誘いを辞退した決断について、イリア王太子による叱責を受けてしまった。

正式な帰国報告はオデンが後日に行うことになっていたため、アマリーはその場で添え物のようにそばにいるだけだった。

先に王宮を後にするオデンにアマリーは廊下で追い縋り、気になっていたことを尋ねた。

「オデン、貴方は――ジェヴォールの森で私を襲ったのが、近衛騎士のアーネストだと知っていたの？」

オデンは目尻を下げ、少し情けない顔になった。

「申し訳ありません。兵から聞き、知っておりました」

「――私は、扇子を千本も持っていたかしら……？」

ふっ、とオデンは顔を綻ばせた。

「お持ちではないでしょうね」

しばしふたりの間を沈黙が流れる。

本当に聞きたいことは扇子の数などではない。だが核心に触れる勇気がアマリーにはなかった。

アマリーは言いにくそうに口を開いた。

「オデン、貴方は私が――」

「私は、貴女が大好きになりましたよ」

えっ、と目を丸くするアマリーの前で、オデンは子どものような無邪気な笑顔を披露した。そうして彼は丁重に一度頭を下げてから、アマリーの前を立ち去っていった。

足を庇うオデンのぎこちない後ろ姿を見つめながら、考える。

（オデンは途中で私が本物のリリアナ王女ではない、と気が付いていたのかもしれない）

オデンと別れると、アマリーは国王とイリア王太子の前に呼ばれた。

狭いその部屋は王族が私的に使う一室で、薄い緑地に白い小花と葉のついた小枝模様の壁紙が落ち着いた雰囲気を醸し出してはいたが、アマリーは緊張と気詰まりでいっぱいだった。

国王たちは西ノ国を発ってから南ノ国で起きたこと一切合切を聞きたがり、事細かに報告するのは容易ではなかった。アマリーが話すすべてを部屋の隅の席についた速記官が記録しており、後にリリアナ王女に手渡されるのだろうと思われた。

とりわけアーネストによる襲撃事件については微に入り細に入り質問をされたが、逆にアマリーが尋ねる権利はないようだった。

話がマチューの入手したデッサン画に及ぶと、国王たちは青ざめたが、どうやら事なきを得たらしいと知るや、大仰に胸を撫で下ろしていた。

捜査の過程で国王はリリアナとアーネストの関係を既に知っていたが、絵の緻密な描写をアマリーが敢えて伝えると大層なショックを受けたようで、葬儀の最中のような暗い表情を浮かべていた。

アマリーは滞在中に経験したすべてを話したが、最後の一日、ピッチィが竜珠を光らせてからジュールとの間に起きた出来事は、なにも話さなかった。

これだけは、ふたりの間だけの秘密だ。誰にも話すつもりはない。

そのため西ノ国はリリアナ王女が南ノ国の王太子に気に入られたと信じた。

報酬の一億バレンはすぐに支払われることになったが、それが二億になることはないだろうとアマリーは既にわかっていた。……ジュールをあれほど怒らせてしまったのだから。

ただひとつ国王にとって完全に計算外だったのは、アマリーが王太子とあまりに頻繁に接触してしまった点だった。


アマリーが西ノ国の王宮に戻ったその夜。

ふたりの女性がひっそりと使用人用の入り口から王宮へと足を踏み入れた。人目につかないよう、広い廊下を抜き足差し足進むのは、誰あろうリリアナ王女その人だ。静養先から共に戻ったアガットを従えて廊下を抜け、階段を上っていく。彼女たちが向かったのは、リ・リ・ア・ナ・王・女・の寝室だった。

「リリアナ様が王宮に戻られました！　間もなくここにいらっしゃいます。さぁ、起きて」

身体を揺さぶられて、アマリーは自分がいつの間にか寝ていたことに気付いた。

本物の王女と入れ替わるために、寝間着から動きやすい簡素なドレスに着替え、寝台の上に腰かけて寝ずに待っていたつもりだったのに。どうやら寝てしまっていたらしい。

瞬時に覚醒し、アマリーは隣で同じく軽くいびきを立てているカーラを起こすなり、寝室の扉へと向かった。

レーベンス夫人が急き立てる中、アマリーとカーラは寝室を後にして廊下を歩かされた。

廊下に敷かれた絨毯は分厚く、早歩きをしてもなんの足音もしない。

少し進んだところで来た道を振り返ると、開かれたままだった王女の寝室に人影がよぎり、すぐ後に扉が閉められた。

（リリアナ王女が戻ったんだ……）

誰に言われずともわかった。

「ほら、立ち止まらないで。貴女はもうここに不要なのですから、すみやかに出ていかなければ」

手を振って急かすレーベンス夫人を無視し、アマリーは閉まったばかりの扉を見つめた。

「リリアナ様と少しお話しさせていただけませんか？」

「できません！　リリアナ様のご負担となります。それにおふたりを会わせるなと陛下からも言われております」

リリアナは体調がやっと元に戻ったばかりだったし、なにより国王にとっては繊細な王女だった。

「さぁ、外で馬車を待たせているのですよ。立っていないで、早く行きましょう」

ようやくアマリーは扉から目を離し、用済みだとばかりにさっさとアマリーたちを王宮から放り出したがっているレーベンス夫人を見た。――彼女もこれが仕事なのだから仕方がない、とわかってはいても乾いた笑いが込み上げる。

「馬車を待たせている……？」

（だから、なんなの？　それはなんの理由にもならないわ）

アマリーは足を前に出し、元来た道を戻り始めた。苛立った声が後ろからあがるが、気にしない。

おそらく今を逃したら、リリアナ王女と会う機会はないだろう。

寝室の扉に手をかけた瞬間、レーベンス夫人がアマリーの腕を掴み、押さえた。

「なにをする気です！」

「お離し、無礼者」

ピシャリと肘を払うと、レーベンス夫人は固まった。リリアナ本人に命じられたかのような錯覚に陥ったのだ。

扉を開けると素早く中に入り、後ろ手ですぐに錠を下ろす。うるさい夫人に邪魔されたくない。

すると、寝室の中にいたひとりの女性がパッとこちらを振り返った。

驚いたように目を見開き、振り返るその顔は近距離で見つめても、あまりにも自分と瓜ふたつだ――誰に言われずともわかる。リリアナだ。

リリアナ王女が今、目の前に立っていた。

水色の簡素なドレスを着て、その上にヴェールを羽織って目立たぬ格好をしている。

ふたりは五歩分ほどの距離で、お互いを食い入るように見つめて立ち尽くしていた。

前髪のクセから睫毛のカール、少し赤みを帯びた唇の色艶まで、ふたりは瓜ふたつだった。

アマリーはわずかな間の後に我に返り、ドレスの裾を摘むと膝を折って挨拶をした。

「アマリー・ファバンクと申します。リリアナ様の身代わりをさせていただきました」

リリアナの唇がようやくゆっくりと開き、まるで歌うような柔らかさで言葉を紡いだ。

「まぁ、驚いたわ。そっくりね。ふふふ」

アマリーは面食らった。そこで笑われるとは思っていなかった。

だが少し面倒そうに発せられた次の言葉は、さらに理解不能だった。

「でも許すわ。よろしくてよ。お前なら似ているもの」

リリアナはそう言うと被っていたヴェールを脱ぎ、手近にあった椅子に腰を下ろした。

寝室の奥にいたリリアナ王女の乳母が早歩きでやって来ると、アマリーとリリアナの間に身体を割り込ませる。彼女はとても不安そうな顔をしていた。

「あの、……リリアナ様に、なにか……？」

「お渡ししないといけないものがあったんです」

アマリーは乳母を避けるようにして歩き、リリアナの目の前に立った。ふと彼女が腰かける椅子に目が留まり、心の中であっと声をあげる。

黄色と緑の糸を使ったゴブラン織りのその椅子に、見覚えがあった。リリアナはこの部屋で、まさにこの椅子に座ってアーネストに絵を描かせたのだろう。

（どうして――？　なぜ、そんなことを？）

手を伸ばせば触れるほどの距離にいるその王女の考えが、まったくわからない。

自分とまるで容貌が同じその女性の思考と行動が、理解できない。

乳母が前に出ると、もうアマリーと話す気はなくなったのか、リリアナはふたりに背を向けて窓の方を見るでもなく、そのやや虚ろな視線を宙に投げた。そうしてテーブルの上に置かれていた陶器の入れ物に手を伸ばすと、その蓋を開けなにやらクリームのようなものを手の甲に塗り始める。

コホン、とリリアナが小さな咳をした。空気に消え入りそうな微かなその咳に、乳母が狼狽える。

「リリアナ様！　どこかまだ痛みますか？　吐き気は？」

その言葉に気分が悪くなったのは、アマリーの方だった。

竜の咆哮を遠くで聞いた気がした。

バタバタと大粒の雨が馬車の屋根を叩く音が、耳の中でこだまする。

オデンの足から溢れた鮮血の赤が、はっきりと脳裏に蘇る。

今になって気付く。――アーネストの手で馬へと無理やり引き摺られた時に、踏みつけたなにか柔らかなもの。あれはきっと、死んだ兵士の身体だったと。

そして、暗い森の中に響いたアーネストの叫び声。

アマリーはたまらず口を開き、リリアナの名を呼んだ。

「ジェヴォールの森で、賊が私を攫おうとしたのをご存じですか？」

「知っているわ」

答えたリリアナの声は少し硬い。

「私を攫おうとしたのは、アーネストという名の近衛騎士でした」

リリアナの顔色が目に見えて変わり、辛そうに顔を歪めて目を逸らす。

だがアマリーは構わず進めた。

「驚くべきことに、アーネストは貴女と恋人だったと言っていました。本当ですか？」

ずっと、リリアナ本人に対して直接聞きたいと思っていた質問だった。

だがリリアナは答えず、代わりに乳母が震える声を発した。

「なぜそんな話をするのです。もうやめてください」

アマリーはリリアナの乳母を無視した。

「――それとも、あれはアーネストの妄言でしたか？」

アマリーが尋ねてもリリアナは視線を落としたままで、答えようとはしない。

だが答えないということは、肯定しているも同義だとアマリーは思った。

「私はみんなに嘘をつきました。でも貴女にだけは真実をお話ししたいのです。――アーネストは貴女の恋人でしたか？」

リリアナが辛そうに顔を背ける。

その拍子に、白い首筋にある黒子がアマリーの視線に飛び込んだ。

一瞬アマリーの息が止まり、鳥肌が立つ。

(この黒子……、これだわ。マチューが前に言っていたやつじゃないの)

対峙《たいじ》するふたりは互いに震え、顔立ちこそそっくりだったが、溢れ出る感情はまったく異なるものだった。

胸のうちに激しく渦巻く感情を、この時アマリーは怒りだと自覚した。

答えを催促するように、再度呼びかける。

「教えてください、リリアナ様」

「やめて……もう、結構よ」

リリアナは不安そうな目をアマリーに向け、怯えた表情のまま固まっていた。だがアマリーはそこで終わるのを許さなかった。リリアナは知るべきなのだ。

なにが起きて、なにを起こしたのかを。

「王女の隊列を襲うという愚かで不名誉極まりない行為の結果、たくさんの死傷者が出ました」

「おやめください！　なんのつもりですか！」

庇おうとする乳母には目もくれず、アマリーは一歩さらに踏み出し、リリアナの目を覗き込む。

「アーネストは貴女が攫うよう頼んだと言っていましたよ？」

リリアナの白い頬が一気に青ざめた。その細い指で、小刻みに震える口元を覆う。

――貴方と結ばれるために、ふたりきりになりたい。

――物語の王女のように、私を強引にお城から連れ出して頂戴。

初恋の熱に浮かされ、アーネストに縋って訴えたのは、確かにリリアナだった。

リリアナは震える頭を椅子の背に押しつけた。その様子を見て、アマリーの脳裏にはマチューに見せられたあの絵が蘇る。この椅子の上で身を寄せ合っていたふたりの姿だ。

「リリアナ様。この椅子の上で、胸を出して……アーネストに描かせた絵があったでしょう？」

虚をつかれたように見開かれた青い瞳が、アマリーに向けられる。

離宮で眺めていたスケッチブックの絵だ、とリリアナはすぐにわかったが、口には出さなかった。

「なぜ、それを……？」

「リリアナ様、それを知りたいのは私の方です。なぜあんな絵が、南ノ国にあったんですか？」

リリアナは急に寒気でもしたように身体をブルブルと震わせ、己を両腕で抱きしめた。

「ア、アガットよ……！　あの子がっ！　すべてアガットがけしかけたせいよ！」

アガットって誰よ、と思ったがいちいち問い返したりはしなかった。

「いいえ、貴女のせいですよ」

「リリアナ様はなにも悪くありません！　分不相応にも、あの近衛騎士が純粋なリリアナ様を誑《たぶら》かしただけなのです！」

乳母はリリアナの背をさすり、険しい形相でアマリーを睨む。

アマリーは複雑な心境でリリアナを見下ろした。

ジェヴォールの森で隊列を襲った男の本当の動機は、きっと公には明かされることはないだろう。

掘り起こすにはあまりに不都合な真実だからだ。

だが少なくともリリアナ本人は知るべきだと思った。

（私は、きっととても残酷なことをしている）

そう自覚しながらも、アマリーは続けた。

ポケットに手を入れ、取り出したのはひとつの指輪。

「アーネストは私を攫おうとした際、ふたつの物をくれました。ひとつはこの指輪です」

目を見開いて顔を上げるリリアナの前に、アマリーは指輪を差し出し、見せた。

渡された後処分に困ったが捨てることはできなかった。本当の持ち主は自分ではないからだ。どうすべきかは、リリアナが決めることだ。

「もうひとつ、彼は私に口づけをくれました」

リリアナの目が瞬く。返事に窮したのかもしれない。

「でもそれは、お渡ししようがありません。ですので、お伝えするに留めておきます」

リリアナは顔を歪ませると両手でそれを覆った。

「どうすべきだったというのよ！　そもそもお前が……お前が代役などやるからいけないのよ！　過ちがあったとすれば、本当はそこではないの？」

アマリーは咄嗟に答えられなかった。

今そこを指摘されるとは予想していなかったが、あるいは一理あるかもしれない、とも感じた。

「そうですね。私も非難を免れるものではありません」

リリアナからしてみれば、アマリーはただ報酬に目が眩んだ汚い従姉妹でしかなかった。

かわいそうなのは自分とアーネストなのだ。

「私は、だって……道具なのよ！　王女という、国家のための道具よ！」

だから仕方がなかったのだ、とリリアナは思った。自分は王女という宿命に従っただけだ、と。アガットに言われて一度は自分の心のまま、流れに逆らってはみたが、王女という宿命はそれを許してはくれなかったのだ。

対するアマリーは力なく囁いた。

「道具だったのは私の方よ……」

コトリ、と指輪を机の上に置くと、アマリーはリリアナに背を向けた。扉のノブに手をかけながら、たとえ似ていても、この王女とわかり合う日は絶対に来ないだろうと悟った。


久しぶりに戻ったファバンク邸は妙に閑散としていた。

暗い廊下を歩き、アマリーは異変に気付いた。

屋敷の廊下を所狭しと飾り立てていた、数々の馬の絵画が、なくなっているのだ。

カーラとアマリーはほぼ同時に顔を見合わせ、急いで大回廊へと駆けた。

「三代目だわ！　第三代目のファバンク公が復活している！」

屋敷を席巻していた馬の絵が元の人物画に戻ったことにふたりが驚いていると、踊り場にいた公爵夫人が声をあげた。

「アマリー！　帰ったのね」

アマリーはドレスの裾をたくし上げると、大急ぎで階段を上った。

「お母様！　ただいま」

公爵夫人はアマリーの頬を両手で挟むようにして、何度も娘の無事を確認した。

「馬の絵は、どうしたの？　一枚も見当たらないわ」

「お父様はようやく目を覚ましたのよ」

踊り場から顔を上げると、上階の手すりのそばに立ち止まる公爵の姿が目に入った。公爵はおずおずと口を開いた。

「お帰り、アマリー」

アマリーに近寄ってもいいのか迷っているらしく、拳を握りしめたまま遠慮がちに彼女を見下ろしている。

なんと言えばいいのか考えてしまったアマリーに、公爵夫人は教えた。ジェヴォールの森で馬車が襲われたことを知ると公爵は王宮へと駆け参じ、アマリーを返してくれと国王に懇願したのだという。

「でももう、貴女は国境を越えてしまっていて、不可能だと言われたの」

公爵はたまらずジェヴォールの森へ単身乗り込んだが、国境付近は王女の馬車が襲われたせいで大騒ぎになっており、兵たちに強制的に追い返されてしまった。

そんなことがあったのか、とアマリーは意外な気持ちで公爵を見上げた。公爵は沈んだ声を絞り出した。

「私が間違っていた。なにもかも。私のせいで家を没落寸前に追い込んでおきながら、お前にとんでもないことを押しつけた。挙句に怖い目にあわせて、父として失格だ。……本当にすまなかった……」

公爵がゆっくりと階段を下りてくる。

競馬にハマったせいでどれほど家族を窮地に追い込んでいたのかを、ようやくわかってくれたようだ。反省の色を見せる公爵に、この機会にもっと父を責めてやりたい、という気持ちがアマリーの中に芽生える。どれほど愚かだったのかをキツく言い立ててやりたい、と口を開きかけるがその勢いがみるみる萎んでいく。

近くで見る公爵は、少しの間で十歳は年を取ったかと思うほど、やつれてしまっていた。

公爵がアマリーを一時的に失って味わった苦痛の大きさは、十分すぎるほどよくわかった。

（お父様が、やっと本当の自分を取り戻してくれたんだわ）

目を覚ましてくれたことに、アマリーは心からホッとした。

第十二章　リリアナ王女の算段

ロレーヌ商会は船を他社と共同で所有していた。

西ノ国最大の貿易港から、父が営む商会の貨物を積んだ船が出ていくのを、アマリーは複雑な気持ちで見つめた。

あの船は海を渡って南ノ国に行くのだ。まだ小さな取引ばかりだが、ロレーヌ商会の商品が南ノ国に向かうだけでも、ジュールと微かに繋がれているような気がした。

アマリーが南ノ国から帰国して、ひと月が経っていた。

まだたったの一カ月だったが、エルベ城で過ごした日々は遥か昔の出来事に思える。あの時見た光景が、走馬灯のように頭の中に蘇る。

竜の背中の上から見た街並み。夕方の祝典。

――ジュールの鋼色の瞳。

この船に乗った靴や財布が、王宮の人に使われることはあるだろうか？

そうしていつか、ジュールの目に触れることがあるだろうか？

帆を上げて離れていく船を、護岸に立ち、感傷に浸りながら眺めてしまう。

アマリーのすぐ近くで台車を押す男が大きな声をあげ、我に返る。現実に引き戻されれば、そこは貨物と人々がごちゃごちゃと行き交う港の喧騒の中だ。

後悔と罪悪感を抱えて、アマリーは海に背を向け帰路についた。

ファバンク邸から少しの距離にあるロレーヌ商会の事務所に帰り着くと、商会最年長の職員であるダグラスが革靴を机上に乗せ、なにやら小型ナイフで切れ込みを入れていた。

ダグラスは新商品の靴が入ると必ずその解体を行うのだ。

これは事務所に子どもの頃から遊びに来ていたアマリーにとって、もはや見慣れた景色だった。

「靴の中に手を入れてご覧なさい、お嬢様。その靴の質が一瞬でわかりますとも」

口癖のようにダグラスはそう言ったが、アマリーには実のところよくわからなかった。

作業を邪魔しないようにそっと近付いて見ていると、ダグラスは針のように細い小さなナイフで、靴の甲にある糸の縫い目をチクチクと切っていた。そうして爪先や踵にある当て材や装飾の部材を剥がしていき、解体していく。

やがて甲部分を底から浮き上がらせると、彼はニヤリと笑った。

「最近王都にできた靴屋の職人が作ったものです。若いのに、素晴らしい」

靴職人にとって、いかに丈夫で歩きやすい靴を作るかは至上命題だったが、その両立が難しいのだ。頑丈を目指すと分厚く重くなるのが通常だったが、質の高い製品はそれを技術で軽く仕上げていた。

ダグラスは甲が底にいかにうまく取りつけられているかを、常に注視していた。

「中底の下に、実に丁寧に織り込まれて縫いつけられている。この縫い目をご覧ください」

ダグラスが片目にかけていた丸い眼鏡を外し、満足げにアマリーを見る。

「外見からはわかりませんな。化けの皮を一枚一枚、剥がしていくと本当の価値がわかるのです」

革や糸屑で散らかった机の上を掃除し始めるダグラスに、アマリーは曖昧に笑って相槌を打った。

（私はジュール様にとって、さぞ安っぽい靴だったことだろう……）

なにを見ても聞いても、南ノ国での一週間に気持ちが引き摺られ、そんな自分が嫌だった。

※　※　※

尖塔《せんとう》に上る狭く急な螺旋《らせん》階段をリリアナは上っていた。

階段の造りは粗かった。途中でやけに幅が狭くなったり、段ごとの高さにバラツキがあったり。手すりにしっかりと手をかけ、リリアナは上を目指した。

尖塔の上に出ると秋の涼しい風が吹き、リリアナの髪を弄ぶ。大人が数人ほどしか立てない狭い尖塔だったが、王宮の建物から突き出るように取りつけられており、見晴らしはいい。

リリアナは髪を押さえて北の方角を必死に見た。――その先にアーネストが幽閉されている北の塔があるのだ。

「アーネスト！」

叫んでも声は届かない。

だが日当たりが悪く陰気な灰色の北の塔の小さな窓は、この距離でもはっきりと見える。

時折廊下を歩く兵士の横顔が確認できる。

リリアナはアーネストがいるはずの最上階の窓に視線を走らせる。

ジェヴォールの森で負った傷はかなり快復し、今は杖を使ってなんとか歩く練習をしているらしかった。

「やはりここにいたのか」

背後から不意にした声に振り返ると、そこには国王がいた。

尖塔の外に視線を投げながら国王が歩き出したので、リリアナは少し横にずれて国王のために場所を空けた。

国王は腕を組んだまま北の塔を見つめた。

「今度、我が国に南ノ国のジュール王太子殿下がいらっしゃることになった」

リリアナの青い瞳がゆっくりと大きく見開かれる。リリアナは隣に並んで立つ国王の横顔を見上げたが、国王は外を見続けていた。

「今度こそお前は王太子殿下とお会いするのだ」

アマリー扮するリリアナ王女が西ノ国に戻ってから、二カ月が経とうとしていた。

西ノ国王は南ノ国の祝典に王女が招かれた返礼に、今度は南ノ国の王太子を西ノ国へと招待したのだ。表向きは単に友好親善を目的とした招待だったが、西ノ国王はこれを機会に一気にジュールとリリアナの縁談を進めるつもりだった。中ノ国の王女エヴァとジュールの話も特に進展がないと聞きかじっていたため、一気に攻めるべきだと思ったのだ。

リリアナはその白い手を胸の前で握り、国王に向き直ると嘆願した。

「ジュール様と会いますわ。……ですからお願い、アーネストを助けてくださいませ」

風が吹き国王の髪を揺らしたが、彼は瞬きひとつしなかった。元恋人の命乞いをいまだにするひとり娘に呆れ、そして失望していた。

リリアナは大人しく従順な王女のはずだった。それがいったいいつから、いつの間にこれほど強い光を灯した瞳で自分を真っ直ぐに見るようになったのだろう？

扇子で顔を隠し、よろしくてよ、と囁くばかりの身体の弱い王女は、どこへ行ったのか。

愛する人を手放した経験が、王女の精神を強くしたのだろうか？

そう考えるのは国王にとって苦痛でもあった。彼のかわいかったリリたんは、ある日気付くとまったく違うひとりの女性へと変貌を遂げていたのだ。

細かな皺が刻まれた瞼に力を入れ、国王はリリアナを睨みつける。微かに怯えた様子のリリアナに彼は非情な宣告をした。

「南ノ国に嫁ぐのならば、アーネストの命を助けてやってもいい」

南ノ国に嫁ぐ。それはすなわち、愛するアーネストとの永遠の別れを意味している。

だが、そうしなければ違う方法でアーネストとの別れが来るだろう。

「お父様がそう仰るのなら……」

リリアナは風に消え入りそうな声で答えた。


リリアナが南ノ国に嫁ぐことを国王に承諾してから、一週間後。

いまだリリアナの気持ちは揺れ、覚悟が決まらないまま、王宮は大事な日を迎えた。

「リリアナ様、起きてください」

女官が安眠を貪っていたリリアナに声をかける。

爽やかなレモン色の花柄のカーテンが開かれると、王女の広い寝室を一瞬で陽光が満たした。

ゆっくりと上体を起こしたリリアナの長い金色の髪は、あちこちに寝癖がついて広がっている。

「さぁ、今日は忙しくなりますから、お支度を始めませんと！」

一斉に大勢の女たちが部屋に入ってきた。

髪結い係に衣装係、靴係に化粧係。

起床直後の洗顔を女官が手伝うと彼女たちがリリアナを取り巻き、美しく飾り立てていく。

「リリアナ様、二カ月ぶりでございますものね？」

女官に尋ねられて、リリアナは一瞬なんのことか理解しかねた。すると、髪をとかしていた若い娘が、はち切れんばかりの笑顔で口を挟む。

「ジュール王太子殿下とお会いするのが、でございます！」

ぎこちなく笑みを浮かべ、リリアナはええ、そうねと答えた。

「王宮の門の前に大勢の民が集まっておりましたよ」

化粧係はふふっと微笑むと、朝の城門の前の様子を話した。

南ノ国の一行は今回、本国から二頭の竜を連れてきていた。表向きは王太子の警備のためとされていたが、南ノ国の国の国威をひと目で見せつける目的もあったのだろう。西ノ国の民が竜を目にすれば、恐れおののき非力さを実感するのは火を見るよりも明らかだった。

実際、西ノ国の国民は騒然となった。西ノ国に竜が足を踏み入れたその瞬間から、竜の噂は狭い国中に一瞬で広まったと言っても過言ではない。

その上、王都に向かう道中に聳える、朽ち果てた古城の脇を通りかかった時に一頭の竜が隊列を飛び出し、古城を倒壊させたのだ。空から急降下し、その強靭《きょうじん》な足で蹴られ、石造りの古城は一瞬で玩具の積み木のように崩れ落ちたのだという。

南ノ国一行は竜の振る舞いを陳謝したが、西ノ国の人間はただただ、震え上がった。竜の力をこれでもかと見せつけられた気になったのだ。

そうしてその異様な動物をひと目見ん、とわずかなチャンスに賭けて、今も怖いもの見たさから老若男女が王宮の周りに集まっていた。

「リリアナ様は凄いですわ。あの生き物に南ノ国では乗られたのですもの」

リリアナの頬に粉をはたきながら、化粧係は興奮に顔を上気させて言った。

その粉にコホコホとむせながら、リリアナは少し困ったような、照れたような笑みを見せる。

支度が整うと、リリアナは女官に先導されて謁見の間に向かった。

南ノ国の王太子に会うのはこれが初めてだったが、アマリーの報告書を繰り返し読んだため、既に何度も会ったような気すらしていた。

華奢な象牙でできた、薄い貝の箔を貼りつけた扇子を片手に、廊下を歩く。

謁見の間には既に国王や王太子たちが揃っていた。

王族のうちでは最後にその場に登場したリリアナは、外務大臣のオデンに誘導され、イリア王太子の隣に立った。

オデンがリリアナに笑顔で会釈したが、リリアナはそれをさらりと無視する。

イリア王太子はリリアナが横に来ると大仰に眉を寄せた。

「お兄様？」

イリア王太子は無言で手を伸ばし、妹の手から扇子を強奪した。

「これは不要だ。おまえは、こんな物を南ノ国の滞在時に使わなかったはずだ」

リリアナはほんの少し動揺した。

扇子で顔を隠さずにたくさんの見知らぬ人々の前に出るのは抵抗があったし、身分ある妙齢の女性としては恥ずべき行為に思えたのだ。だがアマリーがそうしてしまったのだから、仕方がない。

扇子を失い手持ち無沙汰になった片手を、所在なさげに軽く握る。

やがて謁見の間の扉が開き、南ノ国からの一行が現れた。

先頭を歩く男の堂々たる足取りに、リリアナはその人が王太子なのだろうとすぐにわかった。

柔らかそうな薄茶色の髪とは対照的に、硬そうな鋼色の瞳が真正面を捉え、その視線は西ノ国王に向かっている。その場にいた西ノ国側の二十人あまりの人々の視線が、一斉にジュールに集まる。

ジュールはたくさんの同行者を引き連れていたが、リリアナは彼だけを見つめていた。

西ノ国王に挨拶をするその姿に、リリアナは見入った。その言動は自信に満ち溢れ、わずかも臆した様子がない。

「貴国の祝典では、我が国のリリアナ王女が大変世話になった」

国王が敢えてリリアナの名を出すと、ジュールもここで初めてリリアナと目を合わせた。

リリアナが国王に促されるようにして、ドレスの裾を摘んで膝を折り、ジュールは幾分目を細めた。

「お元気そうで、なにより。またお会いできて嬉しく思う」

当たり障りのない挨拶であったが、国王はにんまりと笑った。

同行してきた側近全員の挨拶が終わると、ジュールは用意してきた書簡を広げ、読み上げ始めた。

「南ノ国政府を代表し、啓上します。両国の親善と友好の証として、十頭の竜と十騎の竜騎士を貸与します」

謁見の間がどよめく。

それは長年、西ノ国が欲してやまないものだった。

だが目の色を変える国王たちをよそに、リリアナはただひとり、ぼんやりとジュールを見つめた。

広げた書簡を持つ手と袖口の隙間から見える腕は、隆々としていて実に逞しい。

(私は西ノ国と自分自身、そしてなによりアーネストのために、この王太子様と結婚しなくてはならないのだわ)

自分の運命の相手は、きっとジュールだったのだとリリアナは己に言い聞かせる。

リリアナは王女としての決められた運命を静かに受け入れようと思った。

リリアナが思案に暮れている間も、ジュールの読み上げは続いた。

貸与される竜の又貸しは認められないこと、竜は北ノ国に奪われたサバレル諸島でしか使えないこと、竜の飼育のために南ノ国から専門の職員を派遣すること。

国王はジュールや使節団に対し、深い感謝の意を表明した。昼食会がこの後に開かれる予定となっていたが、国王は意味深な笑みを浮かべ、リリアナをすぐ近くに呼び寄せた。

「昼食会までまだ時間がございます。ジュール殿下、いかがでしょう。リリアナに我が王宮の庭園を案内させます。自慢の庭園をぜひご覧ください」

自慢の庭園より見せたいのは自慢の娘だ、と心の中で国王は付け足した。

ジュールはええ、ぜひと言うと靴の音をカツカツと鳴らし、謁見の間の奥にいるリリアナの方へ向かった。リリアナは近付いてくるジュールに緊張し、無意識に扇子を探してしまった。だが顔を隠す物はないのだと気付き、俯き加減に微笑み、近付いてくるジュールを見上げた。

ジュールがリリアナの真正面に立つ。

リリアナはスカートをつまみ、それはそれは優雅に膝を折った。子どもの頃から、手の位置から膝や背の角度に至るまで、教育係から厳しく教え込まれたリリアナの仕草は、ため息が出るほど実に美しい。

リリアナはその場にいる皆が自分に見惚れていることに気付き、自尊心をかき立てられながらジュールの瞳を見た。

「お久しぶりです、ジュール様」

リリアナが話し終えても、ジュールは彼女を不思議そうに見下ろすだけで、口を開かない。

やや居心地の悪い沈黙が流れる。

少しの間が空いた後で、ジュールは言った。

「……貴女は誰だ？」

返された言葉はひどく冷たい温度を帯びていた。

えっ、とリリアナは思わず心の中で問い返す。

だが彼女がそれを口にする前にジュールは西ノ国王を振り向いた。

「この娘は誰です？」

国王は言葉を失った。聞き間違いであってほしいと強く思ったが、自身に向けられたジュールの険のある眼差しに、楽観的な考えは吹っ飛んだ。

他の者たちはジュールの発言の真意がわからず、ただ怪訝な顔をしていた。

国王は生唾を飲み込むと、咳払いをした。

「ジュール殿下、リリアナはこの二カ月、ずっと殿下にまたお会いしたいと申して……」

「西ノ国王陛下。これはどういうことです？　我が国にいらしたリリアナ王女とは、まるで別人のようです」

ぎこちない間が空いた後、途端にイリア王太子が笑い出した。

国王がギョッとしてイリア王太子の方を見る。王太子はワザとらしい笑いを一旦収めると急に真剣な顔つきになり、言った。

「よくおわかりになられた！　ご指摘の通りなのです」

イリア王太子がなにを言い出すつもりなのか不安を覚えた国王は息子の名を呼び、それ以上話すのをやめさせようとした。だがイリア王太子は続けた。

「ここにおります者は、リリアナではありません」

「イリア⁉」

「失礼ながら殿下の我が妹に対するお気持ちを試させていただきたく、本日はニセモノを立たせておりました」

イリア王太子が豪快に笑う。

リリアナは兄王子がなにを言っているのか、理解できなかった。

困惑するリリアナをよそに、イリア王太子は話し続ける。

「この者はリリアナに似ていると評判の、アマリー・ファバンク公爵令嬢です――父上！　やはり見事に見破られましたな！　流石は南の大国を継ぐ殿下にあらせられる。このお方になら、リリアナを安心してお預けできるというもの」

ジュールは蒼白になって立ち尽くす西ノ国王に向き直った。ぎくりと国王の頬が引きつる。

「それではリリアナ王女はどちらに？」

国王は目だけは戦慄のあまり見開いたまま、笑顔を急ごしらえして——考える間もなく、次の言葉が口から滑り出していた。

「の、後ほど連れて参ります！」

リリアナはいったいなにが起きているのかわからなかった。

（お兄様はなにを仰っているの……？）

見た目だけは限りなく純粋そうなその澄んだ青い瞳を、不思議そうに瞬く。

イリア王太子が手を伸ばし、リリアナの手首を掴んだ。微かにリリアナは小首を傾げる。

「さぁ、アマリー。もういいだろう。お役目ご苦労。ファバンク邸に帰りなさい」

リリアナは困惑したまま謁見の間の出口まで手を引かれていった。

※　※　※

ロレーヌ商会の事務所からの帰り道、アマリーは少しだけ寄ってみようと王宮に足を向けた。王都の人々の間には南ノ国の一行が来ていることが既に知れ渡っており、ジュールがいると思うと思わず足が向いてしまったのだ。

固く閉ざされた黒と金の城門の前には、相変わらずしつこく野次馬たちが集っている。

その様子を遠く離れた大通りの端から見たアマリーは、そこで足を止めた。

皆、竜を見たいのだ。

（私も、また竜が見たいな……。ちらりとでもいいから）

南ノ国の一行は、どの竜を連れてきたのだろう。やはり見栄えするダルタニアンだろうか。

さらに近付こうと一歩踏み出してからはたと気付いた。

自分が見たいのは竜じゃない。

（ジュール様。——本当はジュール様が見たい……）

奥歯を噛みしめると、アマリーはなにかを振り払うようにサッと踵《きびす》を返し、ファバンク邸への帰路についた。


その夜のファバンク邸の夕食はちょっぴり豪華だった。

スープには色んな種類の野菜が入っていたし、ひき肉の煮込みにはマッシュポテトがたっぷり添えられている。

南ノ国の王太子が来ているせいで、アマリーがかの国での苦労を思い出し、精神的苦痛を味わうかもしれないと思った公爵夫人が、食事でアマリーの気を紛らわせてあげたい、と考えたのだ。

公爵夫人が珍しく炊事を手伝ったため、パンは少し表面が焦げ、スライスされたチーズは皆の視線を引きつけて離さないほど分厚かった。だが勿論、文句など言う者はいない。

夕食の席ではロレーヌ商会の話で盛り上がった。

アマリーの帰国後は、公爵もアマリーも商会の仕事に精を出すようになっていたため、よく仕事の話を屋敷でもした。食事の席では、皆が敢えてジュールたちの訪問の話を避けていた。

だが竜の話だけは、避けて通れなかった。昼間にその姿を目撃した公爵は、たまらずその話をした。

「見上げると首が鳴るほど大きくて、圧倒されたよ。もう一匹は少し小さな竜だったな」

子どもの竜かしら、と公爵夫人が言うと公爵は笑った。子どもであの大きさだとすると本当にたいした生き物だ、と。

夕食後、アマリーは部屋のバルコニーに出て、夜空を見上げた。

同じ国に、同じ王都にジュールが来ている。

――野原で自分を見下ろしたジュールの鋼色の冷たい瞳を思い出した。きゅっと胸の奥が痛み、思わず手のひらを胸に押し当てる。

アマリーはバルコニーの手すりにそっと手を乗せた。そうして、小声でこっそりと呟いた。

「お父様が見た小さな竜というのは、もしかしてピッチィかしら。――ピッチィ、西ノ国に来ているの？　私はここよ」

囁き声は夜の闇に吸い込まれ、かき消える。しんと静まり返ったバルコニーで、ひとりアマリーは苦笑した。

「私ったら、なにをしているのかしら」

ピッチィにここから呼びかけたとしても、聞こえるはずがない。彼の耳に届いたとしたら、それは奇跡だ。

しばらく待ってもなにも起こらなかったので、部屋に入ろうとしたその矢先。空気を切る音を聞いた。振り返ったアマリーの視線に飛び込んできたのは、夜空を羽ばたく竜の姿で。

目に映るものが信じられなくて、何度も瞬きをするが、空を飛んでくるのは確かに竜だ。

それはあっという間に大きくなり、嘘のような奇跡に口元を綻ばせていたアマリーは、だが次の瞬間凍りついた。おそらくピッチィだと思しきその竜は、凄まじい勢いでファバンク邸の方角目指して飛んできており、どう考えても速度を出しすぎだった。

急いでバルコニーから部屋の中に入り、さらに奥へと走る。

ドオーン‼

轟音が背中の後ろで上がり、振り返ると窓枠を破ってピッチィが部屋に飛び込んで来ていた。

岩のように硬いピッチィの身体はガタがきていたファバンク邸の窓と、その周辺の壁を窓枠ごと破壊して中に入ってきていた。崩れた壁が粉となって霧のように舞い、剥がれかけた壁紙がそよいでいる。唖然とするアマリーの前でピッチィが首を振ると、涼しい音を立てて割れたガラスの破片が彼の頭から落ちた。

しばらく絶句していたアマリーは喘ぐように言った。

「な、な、なんてこと……」

ああそうか、自分が呼んでしまったからだ、と頭の片隅ではわかるのだが、結果が想像を遥かに超えていて、頭を抱えた。

ピッチィは久しぶりにアマリーと会えて興奮してしまったせいか、グエッ、グエッと鳴きながら大きな尾を振り回してアマリーの部屋の中で飛び跳ねた。鞭《むち》のようにしなる尾は室内にあった木の椅子にぶつかり、まるで玩具の椅子のように部屋の隅に飛んで脚が割れた。

「いやーっ！　これ以上荒らさないで！」

アマリーがなんとか宥めようとピッチィの名を呼んだり首筋を撫でたりすると、逆効果のようでピッチィは余計に尾を激しく振った。その衝撃で尾が壁にあった絵画のひとつに当たり、落下した額縁が真っぷたつに折れた。

「どうしたの⁉　アマリー？」

律儀に素早くノックされ、バタンと扉が開くと公爵夫人が現れる。

部屋の中の様子を目の当たりにするなり、公爵夫人は目を回し、ふらりとそのまま床に吸い込まれるように卒倒した。

「お、お母様……」

アマリーとピッチィは硬直した。倒れた公爵夫人に驚いたのか、ピッチィも動きを止め、興奮して上がっていた尾は力なくだらりと垂れた。グーグルルとピッチィが小さく唸りながら公爵夫人に近付いていき、鼻を寄せて床に伸びた公爵夫人の肩を揺する。

「ピッチィ、ありがたいけど起こさないで。……今起きたらまた気絶すると思うの」

先にピッチィを帰した方がよさそうだ。

アマリーはピッチィの正面に立つと、彼の首の付け根を撫でた。

「急に呼びつけたりして、ごめんなさいね。来てくれるなんて、感無量よ」

ピッチィが大きな緑色の目尻を下げ、優しくアマリーを見下ろす。

「――騒ぎになる前に、お帰り」

しばらくアマリーを見つめた後、ピッチィはゆっくりと窓に向かった。すっかり開放的になってしまった窓から首を出すとピッチィは風を読もうと目を細めた。

アマリーはそんなピッチィの背中をそっと撫でた。

「――ジュール様はお元気？」

ピッチィは窓の外に出していた首を引っ込めると、アマリーを見下ろした。

そのままくるりと反転してアマリーに鞍が取りつけられた背中を見せ、腰を落とす。それは竜が誰かに背中に乗ってもらう時の姿勢だった。

アマリーの胸に思わず苦いものが込み上げる。

「ピッチィ違うのよ。会いに行きたいんじゃないのよ」

正確に言えば、会いに行きたくてたまらない。でも合わせる顔がないし、会う資格もない。

「ただ、ジュール様がどうされているのか知りたかっただけなの」

いつまでも背に上ろうとしないアマリーに痺れを切らしたのか、ピッチィは腰を上げると、驚くほど大きな口を開けた。

「ちょっと待って。嘘、ダメダメ！」

恐ろしく既視感のある光景だった。ピッチィが奥歯まで見えるくらいに大口を開け、アマリーの腹部にかぶりつこうとしている。

「危ないからやめてと言ったはずよ！　竜騎士にも、人を咥えちゃダメだって注意されなかった⁉」

鼻先に手を当て、押し返しながら叱ると、ピッチィは不服そうに唸りながらもアマリーから離れた。

ピッチィは銀光りする緑の瞳でジッとアマリーを見つめ、その場を動かない。

その物言わぬ顔と見つめ合ううちアマリーの表情が綻び、彼女は笑い出した。

ジュールに会いたがっている気持ちを、子竜に見透かされている気がしたのだ。

アマリーは一歩踏み出して自分を待っているピッチィに近付いた。ピッチィが頭をアマリーのすぐ近くまで下げると、彼女は両手を伸ばしてその耳元で煌めく竜珠に指先で触れる。

　すると、ピッチィはキュウウン、と優しい声で鳴いた。

「会いに来てくれて嬉しかったわ。――もうお帰り。きっと王宮は大騒ぎになっているから」

　アマリーの揺れ動く心境を見破ったように、ピッチィが背を向けて腰を下ろす。

　外を見れば、先ほどまで赤く空を染め上げていた日はもうほとんど沈んでおり、暗い。

　見上げると灰色の空に黒い雲が浮かんでいる。ここにピッチィが飛んでいたとしても、高く飛べば下からは見えないかもしれない。

（少し飛んでみようか……この時間なら大丈夫かもしれない）

「ピッチィ、やっぱり乗せてもらえる？　――少しだけ」

　ここで待つよう言い残してから、部屋の前で伸びている公爵夫人を跨いで廊下へ出た。急いで寝室に向かい、寝台のサイドテーブルの引き出しを開ける。そこにはジュールからもらった竜笛がしまわれていた。

　まさかこんな風に使う時が来るとは、思ってもいなかった。

　アマリーはそれを首からかけると、ピッチィのもとに戻ろうと廊下へ飛び出した。駆け足で自分の部屋の前まで戻り、そこで今度は公爵に出くわす。

「あ、あれはなんだ⁉　アマリー、これはいったい……」

　床に転がる公爵夫人の頬をペチペチと叩きながら、公爵は破壊された窓際に佇む竜と廊下のアマリーを交互に見た。

「竜のピッチィよ、お父様。――王宮に返してくるから、ちょっと出るわね」

　唖然として言葉を失う公爵を半ば押し退けるようにして部屋に入り、アマリーはピッチィの背に上った。

公爵の口は驚きのあまりだらりと開き、言葉も出ない様子だ。

自室を飛び出したアマリーは、久しぶりに上から街を見下ろす美しさに目を見張った。見慣れた王都も上空から見ると初めて訪れる美しい街並みに見える。

ところどころに灯る明かりが、暗くなっていく景色を幻想的なものへと変えている。

竜の背に乗り王宮へと向かって風に吹かれていると、どこかこれは現実ではない気分にさせられた。まるで今自分は夢の中にいるようにさえ感じられた。

やがて王宮が近付いてきた。距離が縮まり、その石造りの外壁が近くに迫るにつれ、アマリーの心臓の鼓動が緊張で速まっていく。——あそこに、南ノ国からジュールが来ているのだ。

(窓越しでもいい。ジュール様をちらりとだけでも見たい……)

アマリーはこっそり行くつもりだったが、自分が甘かったことにすぐに気が付いた。

王宮は南ノ国から来た竜が突然飛び立って行方をくらましたので、騒然としていたのだ。人員総出で竜を捜していたので、アマリーが王宮上空に現れるなり、警戒していた兵たちに即刻気付かれてしまった。

「竜が戻ったぞ！　あそこだ！」

と下から声があがり、兵たちが湧く。

これ以上はないというほど、派手な登場の仕方をしてしまった。

「まずいわ、気付かれた。ねえ、一旦引き返して……」

上昇の指示を与えようと竜笛を吹こうと思うが、ピッチィが揺れるので手を手綱から離せない。アマリーが胸に下げる竜笛を取れずにいるうちに、ピッチィは大きく鼻から息を吸い込んでジュールの場所を感知した。

建物のどの辺にいるのか当たりをつけると、脇目も振らず真っしぐらにそこへ向かう。

「待って、ピッチィ、あ、やっぱり、……やっぱり⁉」

窓の外からチラッと見たいわ、などというかわいらしい指示はピッチィに通らなかった。

ピッチィは勢いそのままに王宮の建物に向かい、そこに並ぶひとつの大きな窓際に狙いを定めて突進していった。そうして窓の手前で急ブレーキをかけ、窓枠に足をかけてしがみつく。硬い爪が外壁を擦る音が響き、続けて窓枠の木が軋《きし》む。

アマリーは呼吸すら忘れて冷や汗をかいていた。恐る恐るピッチィの首越しに窓を覗き込むと、中にいる数人の男性が慌てふためいて席から立ち上がるのが見える。

その中のひとりにアマリーの視線は釘付けになった。

目を見開いてこちらを見ているのは、ジュールだった。西ノ国の王宮に与えられた部屋の中で寛いでいたところだったらしく、ラフな白いシャツにズボンという格好だった。

信じられない、といった驚愕の表情でこちらを見ているジュールたちの視線がいたたまれない。

馬鹿なことをした、と猛烈な後悔に襲われながら、アマリーは手綱を固く握り直した。

窓の外の竜とアマリーを少し遠巻きに凝視していた男たちのうち、初めに動き出したのはジュールだった。ジュールは窓辺に向かってゆっくりと歩いた。

（このまま王宮の門の前にでもピッチィだけ降ろして、帰ろうか……？）

引き返そうと思いかけたアマリーだったが、歩いてくるジュールを見て、思いとどまる。

逃げるのは簡単だが、ジュールと話せる機会はきっと二度とない。なじられようと罵倒されようと、なにを言われようとも今、ジュールと話したかった。彼の声が聞きたい。

——自分を傷つけるだけの言葉だったとしても。

アマリーは覚悟を決めて手綱から片手を離し、窓を外からノックした。

困惑と驚愕が混ざった硬い表情でジュールが窓に手をかけ、上方へと押し上げ始める。

次に発せられた彼の声は相当掠《かす》れていた。

「——リリアナ王女？」

「——残念ですけれど、違います。アマ……」

アマリーが言い終える前にジュールがいる部屋の扉が勢いよく開いた。走り込んできたのは側近の文官だ。

「大変です、殿下！　大厩舎《きゅうしゃ》にいたピッチィが逃亡したそうです！」

ジュールが上半身だけ振り向き、少しも動揺した様子なく言う。

「だろうな。だが今帰ってきたから心配ない」

部屋にいた男たちが、窓の外のアマリーの顔を見てリリアナ王女ではないかと騒ぎ出す。それを受けてジュールは窓を全開にした。

「ピッチィを呼んだのか？」

「試しに呼んでみただけなの。小さな竜も来ていると聞いて……」

アマリーがピッチィの背中を撫でる。

「邪魔をしてごめんなさい。ピッチィを置いていくわね。——もう一度会えて、嬉しかったわ」

竜笛を片手に取り、アマリーが吹こうとした矢先、ジュールは腕を伸ばしてそれを押し下げた。そのまま彼は全開にした窓の外に首を出し、身を乗り出した。そうして、なんだろうと目を見張るアマリーに顔を近付けて言う。

「貴女は想像以上に大胆だな」

言うなりジュールは窓の桟に足をかけ、アマリーが握る手綱を奪った。

ジュール様、と困惑の声をアマリーがあげたのと、室内の他の男たちが騒ついたのはほぼ同時だった。まごつくアマリーの目の前でジュールは窓から長い足を踏み出すと、しっかりと手綱を握りしめたまま彼女の後ろに飛び乗った。

衝撃でピッチィが揺れる。

「殿下⁉　いったいなにを……ど、どちらへ⁉」

慌てふためいて窓辺に駆けつける者たちにジュールは笑顔で答えた。

「ちょっと空中散歩をしてくる。――追うなよ」

ジュールがアマリーの持っていた竜笛を奪い、それを吹く。

追いようがないでしょうと叫ぶ側近の声を置き去りにして、ピッチィは両翼を広げて窓から勢いよく離れた。

※　※　※

バタン、と乱暴に扉が開いた時、リリアナは乳母に爪の手入れをしてもらっている最中だった。

開かれた扉の向こうには、目を大きく見開いた国王が立っていた。ゼェゼェと息をし、肩が呼吸に合わせて上下している。よほど急いでここまでやって来たらしい。

国王が目線だけで退出を促すと、リリアナの前に膝をついて屈んでいた乳母はスッと起立し、しなやかに頭を下げてからすぐに部屋を出ていった。

国王はまだ荒い呼吸の中、リリアナの前に立った。

「お父様?」

どうしたのか、と問うようにリリアナが国王の顔を見上げる。

国王は肺の中の空気を吐き出し切るような深いため息をついた。

「――ここにいたのか。やはりあちらの方か……」

「あちらの方?」

「ジュール殿下がリリアナ王女と竜で飛び出したなどと、兵たちが騒いでおる。まさかと思ったが……」

ジュール王太子が共に竜に乗り、それを目撃した側近たちがリリアナだと勘違いしたのなら、ジュールが一緒にいたのはアマリーの方だろうと、国王は気が付いた。

国王は脱力したように手近にあったソファに腰かけると、疲労と共に吐き出した。

「先ほど南ノ国王からの使者が来た。――南ノ国王より、お前を王太子妃に迎えたいと正式に打診があった」

「まあ、そうですの」

それは自分のことではない、とリリアナにもわかった。

困り果てる国王の前で、リリアナが立ち上がる。

両手を胸の前で組み、小さいがはっきりとした声で言った。

「あの子が王女になるのね？」

「リリアナ……」

もうそうするしかないのだ、と国王は掠れた声を絞り出した。

リリアナ自身はその地位を捨て、隠居してもらうことになるだろう。王女として生まれ、王女として育った彼女には、それは自身の尊厳を全否定されるに等しい侮辱的な仕打ちかもしれない、と国王は危惧した。

「すまないが、お前には……」

言いかけた国王の言葉をリリアナは無表情のまま遮る。

「……それならば、私とアーネストの仲もお認めくださいませ」

なにを言うのだ、と国王が目を剥く。

「あの子がリリアナならば、私は王女としての人生を捨てて、アーネストと生きますわ。それと、先日追い出してしまいになられた侍女のアガットを、私のもとに戻してくださいませ」

アガットの行動は罪となろうと、究極的にはリリアナのためだけを思っての行動だった。リリアナとアーネストの絵を南ノ国の親中ノ国派の手に渡るように仕向けたのは、リリアナのためにジュール王太子との結婚を破談にしたかったからなのだ。

リリアナにとって、アガットはアーネストと自分を出会わせてくれた、大切な存在だ。このままにはできない。

国王はリリアナの提案を即座に拒絶しようとしたが、一旦その言葉を呑み込んで彼女の青い瞳を鋭く覗き込んだ。大人しかったリリアナがはっきりものを主張するとは珍しい。

提案内容に苛立ちを覚えつつ、彼はひどく低い声で言った。

「お前は侍女ひとりの助けを借りて、他のすべてを失ってもやっていけると思うのか？」

「彼と結ばれるのなら、それ以上は望みませんわ」

「あの男は一生杖なしには歩けぬ。乗馬も無理だろう。本当にその覚悟があるのか？」

リリアナは父親の厳しい眼差しから、決して目を逸らさなかった。アーネストが支えなしには歩けなければ、リリアナが支えとなる必要がある。

アーネストが足に大怪我を負ったと知った時から、リリアナは今までのようには動けないアーネストと、ふたりで暮らしていく日々を必死に想像しようとした。日常のひとつひとつの場面を思い浮かべ、彼のために自分の細く弱い手で、なにができるだろうかと。

リリアナの偏った経験と乏しい知識では、想像するのが難しい。

だが、アーネストがいない未来は、微かな場面すら想像することができなかった。

リリアナは静かに答えた。

「あります。彼がいない未来など、私には闇でしかありません」

呆れたようなため息をつくと、国王は首を左右に振った。

やがて眉間に深い皺を作ってリリアナを睨みつける。

「リリアナ。そんなことは、とても認められぬ。父としても、王としても」

胸の痛みに耐えながら、国王はリリアナの嘆願を却下した。

だがリリアナは平然と続けた。

「お認めくださいませ。いいえ、お父様はきっと、いいと仰いますわ」

確信に満ちたその発言が理解できず、国王は訝しげに眉をひそめた。

その目の前でリリアナは歌うような滑らかさで続けた。

「――でなければ私、ニセモノ王女の正体を皆にバラしてしまうかもしれませんわ」

「な、にを……！」

この半ば脅迫じみた台詞に、国王は言葉を失った。

第十三章　王太子の求婚

ピッチィは夜空を悠々と飛んだ。

時折出くわす鳥が、驚いたように方向を転換し、ピッチィを避けていく。

ジュールはピッチィを王宮から離れさせると、点々と灯る明かりが密集する港の上空へ向かわせた。

あてがあるわけではないが、地形を示すように輝く明かりにただ興味を引かれた。

空の上はとても静かだ。

昼間よりも一層静寂が際立ち、その音のなさにアマリーは気まずくなる。

ふたりきりになるのは、自分はリリアナ王女のニセモノだと告白して以来なのだ。

「ジュール様。——あの、……私を怒ってらっしゃいますよね？」

「怒っている」

ズキンと胸を痛めながらも尋ねる。

「じゃあ、なぜ西ノ国にいらしたのですか？」

「リリアナ王女を私の妃に迎えるためだ」

ああ、そうなのか、とアマリーは思った。

ジュールは祝典で出会ったのがリリアナの本物だろうがニセモノだろうが、西ノ国の王女を妃に選んだのだ。リリアナが王女だから。

アマリーを気に入ったからではなく。

それが政略結婚というものなのだろう。

そうなのですか、とアマリーが力の入らぬ相槌を打つとジュールは呆れた口調になった。

「まるで他人事のような反応ではないか。リリアナ王女は貴女だ。――貴女が、私と結婚するんだ」

アマリーは眉をひそめた。

「でも、私は王女ではないのよ。それどころか、前に言った通り……お金欲しさに貴方を騙していたわ」

「そうじゃない。貴女が進んで自ら私を騙そうとしたんじゃないと、わかっている。ファバンク公爵家が経済的に困窮し、残酷にもその皺寄せが貴女に向かっただけだ。国王に命じられて、貴女も親も断れなかった。そうだろう？」

自分の立場を察してくれたこと、なにより信じてくれたことがアマリーは嬉しかった。

「確かにきっかけはその通りよ。でも、結果的にずっと嘘をついていたわ。そのことを、怒っているでしょう？」

そうだな、そうかもしれない、とジュールは呟いた。

「私は子どもの頃から、不自由な身分であることを十分自覚していた。将来愛する人と結ばれることなど到底不可能だろうと、早くから悟っていたんだ。妃を心の赴くまま、自由に選ぶことはできないのだと。だから貴女が話に聞いていた人物とは随分違った時、密かに歓喜したよ」

「それなのに、その王女が本物ではなかったんだわ……」

「最初は当惑し、すぐに怒りが湧いたよ。貴女だけではなく、矛先は西ノ国にも向いた。だが、それではは別の女性を妃に迎えるのかと考えると、それはそれでもうあり得なかった」

ジュールの告白を聞くうち、アマリーの鼓動が速くなっていく。

鞍に掴まるアマリーの手の上にジュールの左手がそっと乗せられると、彼女の鼓動が一層激しさを増す。

「なにより、あの時――、自分がニセモノだと告白し、堂々と金に目が眩んだのだと言ってのけた貴女の凛とした強さに、心が抉《えぐ》られた」

リリアナ王女という肩書きが偽りだったとしても、ピッチィが選んだのは彼女だったのと同様に、葡萄酒祭りで葡萄を踏んだのも、共に踊ったのも彼女だった。

「私が惹かれたのは、貴女だ。西ノ国が王女だと主張するのなら、それを利用してやればいい」

ジュールは少し投げやりに笑った。

「断らせない。私が貴女を選んだんだ。なにがなんでも貴女には南ノ国に来ていただく」

そんな強引な、と呟くとジュールはさも当然だと言わんばかりに答えた。

「今日西ノ国の王宮でリリアナ王女に会ってすぐに、貴女ではないとわかった。優雅すぎる振る舞いに、意思を感じさせないぼんやりとした瞳は、私が惹かれた人とはまるで違ったから」

「でもまさかその場で指摘したりはしなかったのでしょう？」

ジュールは体を揺すって豪快に笑った。

「勿論、指摘したよ。求婚しようとした相手を取り上げられれば、怒って当然ではないか」

「そ、そんなことをして、国王たちにシラを切られなかったの？」

「切らせないために、手は打ってきた。この国に来る前から、展開は予想できたからな。西ノ国も断れた立場にはないはずだ。手土産をチラつかせたのだ。逃すまいと食いつくだろう」

「――手土産？」

「ついでに王都に来る途中、ダルタニアンをけしかけて西ノ国の出迎えたちの前で古城を倒壊させたんだ。目の前で軍事力の違いを見せつけられ、あれはかなりの脅しになったはずだ」

「大胆で、貴方らしいわ。でも南ノ国では、西ノ国の王女よりも中ノ国のエヴァ様の方が慕われているのではないかしら？」

「そんな連中は貴女が子を産めばすぐに態度を変えるものだ」

（ジュール様の子――⁉）

その言葉だけでも恥ずかしく、アマリーはピッチィの上でモジモジ動いた。

「エヴァは私にとって、妹のような存在なんだ。結婚は率直に言って、やはり考えられない。そのことは正直に、貴女が帰国してすぐに彼女に伝えたよ」

南ノ国での別れ際に、ジュールに身を寄せていたエヴァの姿を思い出す。

「エヴァ様も、ショックを受けていたでしょうね……」

ジュールがアマリーの目を覗き込み、真顔で呟く。

「私を夢中にさせておいて、貴女がそれを言うとは」

「だ、だって。南ノ国では、ふたりともとても親しげだったから。だから、てっきり……」

親密そうなふたりの様子を思い出し、つい口を尖《とが》らせてしまう。するとジュールが小さく笑った。

「もしかして、その不機嫌そうな顔は焼きもちか？　エヴァと私の仲が、気になった？」

ジュールが覗き込むようにして至近距離で見てくるので、アマリーは困ったように彼を睨み上げた。

「そ、そんなことは……教えません！」

「今度ゆっくりと時間をかけて、教えてもらおう」

ジュールの滲むような笑顔が眩しくて、アマリーは目を細める。

「エヴァは国内でも求婚者が列をなしているらしいから、私を選ばなくともあの子はより取り見取りだろう」

「そうね……。どこにいようと、モテそうだもの」

愛らしい容姿とは対照的に虎視眈々《こしたんたん》とした性格ではあったが。

「いずれにせよ、私に嫁ぐのは貴女だ」

自分が正式に王女として、南ノ国へ嫁ぐ。そんなことができるだろうか？

いつかは結婚すると思っていた。でもまさかよその国に行くことになるとは想像もしていなかった。

アマリーはかつて自分に求婚していた男爵を思い出した。胸ばかり見ていたせいで、俯き加減の瞼しか記憶にない。続けてもうひとりの求婚者だった子爵のことを思い出す。――残念なことに、ハゲていたか髪があったかすら記憶に残っていない。

「ねぇジュール様、そうなれば本物の王女様はどうなるの？」

国王はなんと言うか、とアマリーがさらに心配事をごねると、ジュールは後ろからアマリーの頬に片手を回し、彼女を振り向かせた。

でもでもだって、とまだ話を続けているアマリーの口を、己の口で塞ぐ。

物理的に黙らされたアマリーの胸の奥が、一瞬にして熱くなる。

ジュールは押し当てた唇の角度を変え、再びアマリーにグッと押しつけた。頭の奥がクラクラとして、危うく竜の鞍から手を離しそうになる。

永遠にも感じられた数秒の後、名残惜しそうに唇が離された。

「こっちの王女はよくしゃべるな」

少しムッとしたアマリーは、ジュールを注意した。

「ねぇ、ジュール様。……キスは口を塞ぐ手段じゃないわ」

「知っている」

「愛を伝える手段よ」

「だから今、それを伝えている」

そのほんのひと言は、強烈な衝撃を与えた。

カッとアマリーの顔が火照り、指先に至る全神経が研ぎ澄まされたように敏感になる。

――なにを言われたのか、もう一度聞きたい。全身が答えを求めて、過敏になる。

頬を紅潮させ、信じられないといった風情で目を見張るアマリーをジュールは見つめ返しながら言った。

「貴女が好きだ」

「私もよ。――ジュール様。貴方が、好き」

恥ずかしそうに答えたアマリーに対し、ジュールは大真面目な表情で尋ねた。

「私のために、貴女は自分の名を捨てられるか?」

アマリーは思わず一瞬黙り込んだ。

捨てねばならないのは、名だけではないだろう。

「家も……、家族も、国も捨てることになるのかしら?」

「そうだな。私は貴女にすべて捨てさせてでも、妃にする。――私や我が国を騙した罰だ」

少し怯えたようにジュールを見上げた青い瞳の目尻に、彼は親指でそっと触れた。

「今持てるすべてを捨てるんだ。そうすれば、私がすべてを与えよう」

金銀宝石、贅《ぜい》を凝らした生活、女性としての最高の地位、そして――。

「生涯、貴女に愛を捧げると誓う」

アマリーはとろけるように笑った。

「私の妃になってくれるな？」

今を捨てるのは恐ろしい。だが代わりに得られるものは、なにより捨てがたい。

アマリーはゆっくりと答えた。

「……はい」

「なぜ即答しない。今の間はなんだ？」

言い訳はできなかった。

ジュールは開きかけたアマリーの口を塞ぐように、再び彼女に口づけたのだ。唇はすぐに離され、ジュールはアマリーを覗き込んだ。ジュールにとって、白い頬を紅潮させたアマリーは、たまらなくかわいかった。

「貴女が南ノ国に来ていた間、どれほどこの唇にこうしたかったか」

本当に？と尋ねようとしたアマリーはまたしてもそれを妨害された。

ジュールがあまりに強く唇を押しつけてくるので、顔が仰け反り、後退するアマリーの首筋を彼は片手で押さえた。

その滑らかで美しいうなじにも口づけを降らせ、息ができないほど強く抱きしめてやりたい――ジュールは次々に溢れる欲望をなんとか理性でねじ伏せ、呆れるほど長い口づけからようやくアマリーを解放した。

「早く、南ノ国に来てくれ。待ちきれない」

そう言いながらアマリーを見下ろす鋼色の瞳は、ひどく熱っぽい。心臓が暴れ、息苦しいが同時にとてつもなく幸せだった。

「来年の葡萄酒祭りでは、また貴女と踊ると決めている」

「……そうなれるかしら？」

「そうなれるかではなく、そうする。だからそれまで、その竜笛は大事に持っていてくれ」

アマリーは胸元で揺れる銀色の笛を、指先でそっと触った。

湿り気を帯びた強い風が吹き始めた。微かに潮の香りがする。

見下ろせば海沿いに輝いて地形を示してくれていた港町の明かりは、もうかなり後方に過ぎ去っていた。洋上に出たのだと気付き、ジュールは手綱を引いてピッチィを方向転換させる。

「皆が心配しているな。――屋敷まで送ろう」

アマリーの案内でファバンク邸の庭に降り立つと、ジュールは屋敷を見上げて目を白黒させた。

「壁に穴が空いているように見えるのは気のせいか？」

「あれは、ピッチィがやったのよ。窓が小さすぎたのね」

「――ピッチィは躾がなってないな。貴女には主人として、早めに南ノ国に来て、きちんと躾《しつ》けてもらわないといけないな」

南ノ国に自分が行くというのは起こりえないことのように感じていた。けれど今、ふたりで話しているると実現する可能性があるような気がしてくるから不思議だ。

よその国というのは自分が考えている以上に、実は近いのかもしれない。

(またジュール様とお会いできるかしら。できるとしたら、いつ?)

アマリーはピッチィの背から滑り降り、ひとり残されたジュールを見上げた。

「送ってくれてありがとう。それじゃあ、またね」

「次はローデルで会おう」

ジュールを乗せたピッチィが飛び立つと、アマリーは思わず駆け出し、その後を追った。

数歩駆けただけでピッチィに置いていかれ、羽ばたく竜の姿はすぐに夜の闇に呑まれ、見えなくなった。


翌朝、まだ白み始めたばかりの空の下。

ファバンク公爵夫人は白い華奢なレースの手袋をはめた手で両手バサミを持ち、庭の低木の枝を切っていた。バチッ、ガキッ、とやや重みのある音を立て、伸びすぎた枝を剪定《せんてい》していく。

「ローヌ、聞いているのか?」

真後ろでした鬱陶しい声に、公爵夫人はため息と共に振り返る。

手の甲で額の汗を拭うと、彼女は地面に落ちた枝葉を拾い集める。

「――聞いておりますわ。それで?　今度は五億でアマリーを南ノ国に売れと?」

「そ、そういうわけではない。ジュール王太子は素晴らしいお方だ。アマリーやお前にも、悪い話じゃないはずだ」

公爵夫人は眉をひそめて異母兄である現国王を見た。供も連れずに現れた国王は、厚手の外套《がいとう》を脱ごうとはせず、顔に流れ落ちる汗をひたすらハンカチで拭いていた。

隣国の貴賓を招いている最中に国王が王宮を抜け出して公爵邸を訪ねてきているのだ。それもこんな早朝に。いかに切迫した状況なのかは推し測られたが、それとこれとは別問題だ。

「お兄様はそれでリリアナ王女をどうなさいますの？」

「リリアナを王宮に置いておくわけにはいかぬ。一番いいのは、リリアナはファバンク家の娘としてアマリーの代わりにこちらへ来させて……」

「そんな子、いりませんわ」

バッサリと言い捨てられた国王は天地がひっくり返るほど驚いた。ロレーヌは昔から大人しく、反論したことなどなかった異母妹だった。そのロレーヌがこんな言い方をするとは。

そもそも国王はロレーヌが大きな剪定バサミを振り回して庭木の手入れをしていることに驚いた。というより、ファバンク邸の庭の状況に唖然とした。広い庭はそのほとんどが未開の森のように荒れていた。子どもが迷い込んだら数日は出てこられないかもしれない。

公爵夫人はその庭園のごく一部だけでも、元の状態を保とうと努力していた。

「ファバンク公爵家は金銭的にかなり困窮して久しいとも聞いている」

「だから、アマリーを売れと？」

公爵夫人は剪定バサミをグッと握りしめた。

そもそもアマリーを南ノ国の祝典になどやるべきではなかったのだ。それ自体が間違っていた。

アマリーは帰国後、ほとんど笑わない子になってしまった。時折屋敷の中にある竜の描かれたタペストリーをぼんやりと眺めては、目を赤くしていた。

王女の身代わりなどをさせた代償は大きかったと、公爵夫人は強く後悔していた。

夫である公爵に意見を言わなかった責任は重いと感じていた。守るべきものがあったのに、貞淑な妻でいることを優先してしまったのだ。

「今、ここでお兄様に娘を差し出すほど私、落ちぶれてはおりませんの」

国王は朦朧としながら異母妹の名を呼んだ。

公爵夫人はひと際不格好に成長しすぎた木の横まで歩み寄ると、片手を腰に当てて見上げた。公爵夫人の記憶が正しければ、元は綺麗な長方形に刈り込まれた木のはずだった。

気合いを入れるために袖をめくり直すと、思い切ってハサミを入れ始める。

そんな公爵夫人に追い縋る国王に、公爵夫人は背中を見せたまま言った。

「薔薇を摘んでいるのではありませんの。忙しいのでもう帰ってくださる？」

国王は腰を抜かして座り込んだ。

引き下がるわけにはいかないのだ。リリアナが嫁いでくれる気になったとしても、もはや彼女ではジュール王太子が妃に迎えてはくれない。

南ノ国にとっては――いや、西ノ国にとっても王女の役割はアマリーにしか今や果たせない。

国王は公爵夫人に追い縋って四つん這いで進んだ。伸び放題の雑草が手のひらにチクチクと刺さったが、焦燥が完全に凌駕《りょうが》し、痛みは感じなかった。身分の低い側妃から生まれたこの異母妹に、なにかを心底請う日が来ようとは、夢にも思っていなかった。

国王は両膝を地面についたまま、片手を上げて公爵夫人を呼び止めた。

「頼む、――では、な、七億。七億バレンでどうだ……？　それにリリアナは田舎に送る。こちらに来させる気はない」

公爵夫人はなにも言わず、茂る木々の小枝を剪定し続けた。

国王はこめかみから頬に流れ落ちる汗を払いながら、さらなる提案をした。

「八億。八億バレンにしよう。――頼む、ロレーヌ……」

すると、突然背後の雑草を踏みしだくカサカサとした音が聞こえ、間髪を容れずに澄んだ声が朝靄の庭に響いた。

「陛下、そのお話お受けします」

国王がハッと目を見開いて声の方角を確かめると、そこには白くシンプルなドレスを着たアマリーが立っていた。

アマリー、と咎めるような声で公爵夫人が言いながら、木から両手バサミを離す。

アマリーはゆっくりと国王のそばまで歩いてきた。

王宮で見た時とは異なり、装身具もなくまだ髪を無造作に垂らしたまま、簡素な衣服に身を包んだ公爵令嬢を前にすると、束の間リリアナとはまるで別人のように見えた。

呆けたようにアマリーを見上げる国王に、もう一度言う。

「今のお約束を必ずお守りくださいませ。それで安心して私も南ノ国へ行くことができます」

「ほ、本当か……⁉」

「アマリー！　そんなことを貴女がする必要はないのよ」

狼狽して首を左右に振る公爵夫人に対し、穏やかな笑みを浮かべながら、アマリーは言った。

「いいんですお母様。――男爵も子爵も本当は嫌いなんです、私」

「で、でもアマリー……。南ノ国の王太子様は――」

公爵夫人に向かってアマリーはきっぱりと言った。

「私、ジュール様が好きなんです」

言葉に詰まってから、公爵夫人は動揺のあまり掠れた声で尋ねる。

「それは本心なの？　アマリー」

「はい。お母様、どうか私をジュール様のところに行かせてください」

南ノ国から戻って以来、暗い顔を見せることが多かったアマリーが、別人のように吹っ切れた様子で、にっこりと笑う。

「竜も、あの国も好きになりました。だから自分の意思で、嫁ぎます」

「それでも、こんなに急に……」

「今を逃したら、愛する人と結ばれることができなくなってしまいます」

そう言い切るアマリーの笑顔は心底希望に溢れていて、公爵夫人はそれ以上反論をしなかった。


冬の寒空のもと、大砲の爆音が炸裂《さくれつ》する。

沿道に所狭しと詰めかけた人々は、口々に祝いの言葉を上らせ、西ノ国の旗を振る。

西ノ国の城から国王に手を引かれ、歓声をあげる人々に見守られながら馬車まで歩いているのは、隣国に嫁ぎに行くこの国の王女だった。青いドレスはシックな色合いながらも、肩から裾にかけて縦に入るフリルには赤い薔薇のモチーフが縫いつけられてかわいらしく、まだ若い王女によく似合っている。毛皮の縁取りがされた防寒用のマントは裾が大変長く、お仕着せを着た小さな子どもたちが手に持って、行儀よくついてきている。

冬の太陽を眩しく反射する豪華な馬車はピカピカに磨き上げられ、この佳き日に相応しい。

王女が歩く城の正面から馬車までの長い一本道を、王侯貴族たちが両脇に並び、通り過ぎる王女に対して次々に膝を折って挨拶をする。

列の最後に並んでいたのは、王女の叔母であるファバンク公爵夫人と、公爵であった。

「行って参ります」

目に涙を溜めた王女が、両手を広げて公爵夫人に抱きつく。既に事情を聞かされている公爵家のひとり息子は、神妙な顔でふたりを見つめている。

短い抱擁が終わると、王女は美しく仕立てられた二頭の馬が引く馬車に乗り込んだ。

割れんばかりの歓声と国中の祝いを一身に受け、王女が王宮を出ていく同じ時に、ひっそりとその裏門から駆け去っていく馬車があった。

簡素な茶色のその馬車の中には、身を寄せ合うひと組の男女がいた。

人知れず去るその馬車の随行員は侍女のアガットひとりだけであり、彼らを見送るのも王女の乳母ただひとりであった。

乳母はどんよりと暗く沈みそうな気持ちに目を瞑《つむ》り、万感の思いを込めて馬車の三人に叫ぶ。

「お幸せに……！」

馬車の目的地はファバンク公爵家に新たに与えられた、田舎にある鄙《ひな》びた領地。

侘《わび》しいその目立たぬ車内に座るのは、結婚したばかりのリリアナとアーネストだった。生活には困らないほどのささやかな領地を経営し、新たな生活を始めるための一歩を今日から踏み出すのだ。

アマリーとリリアナが乗った馬車は、北と南という正反対の方角を目指し、どんどん互いの距離を広げていった。


「もうすぐかしら？」

「まだかしら？」

ジェヴォールの森に入ってからは、カーラに何度も声をかけてしまう。

西ノ国に来たジュールとアマリーが別れてからの三カ月は、短いようで長かった。

森の中は相変わらず鬱蒼として暗い。外は晴れているが、冬の弱々しい日光は深く茂る木々が作り出す影には勝てなかった。

だが、アマリーの心の中は雲ひとつない青空のように晴れやかだ。

不安がないわけではない。だが乗り越えていける自信と希望があった。

ガタン、と馬車が止まると、アマリーはカーラと目を合わせた。

「到着しましたね」

カーラがシャッ、と軽やかな音を立てて馬車の窓のカーテンを開け、陽の光が射し込んでくる。

国境にある両者の合流場所は臨時に森の一部が切り開かれ、明るかった。

静寂な森の中に西ノ国の音楽隊によるトランペットの音が響き渡り、辺りにいた鳥たちが一斉に飛び去っていく。

扉が開かれるとアマリーはゴクリと喉を鳴らした。

緊張は一瞬だった。車内に森の清澄な空気が吹き込むと、アマリーはにっこりと顔を綻ばせ、勢いよく外へと踏み出した。

一糸乱れず整列する兵たちの先に、南ノ国が用意した馬車があり、ふたりの人物がアマリーを待ち受けていた。

南ノ国の外務大臣と王太子のジュールだ。

ジュールは薄暗い森の中に溶け込んでしまいそうな濃紺色の布地の服を纏っていたが、その上に豪華に施された純白の刺繍が目を引きつけるほど美しい。

目が合うなりジュールは眦を下げ、優しく微笑んでくれた。

一歩一歩を踏みしめるようにして、ジュールのもとへと歩く。開かれているとはいえ、森の地面は枝や頑固な雑草が密集し、歩きやすくはない。

高く細いヒールが足を踏み出すたびにぐらつき心許ないが、アマリーは顔を決して下げることなく、真っ直ぐに前を見つめた。

自分を迎えに来てくれた南ノ国の人々を。

ジュールは扉の開かれた馬車の前に立って待っていた。

ジュールまであと数歩、というところまでやって来ると、アマリーは駆け出したい逸る気持ちを抑え、彼の正面に立った。ドレスの裾をつまみ、優雅に膝を折る。

「お約束通り、参りました」

ジュールは鋼色の瞳でひたとアマリーを見つめ、片腕を彼女に差し出す。

「――行こうか」

アマリーがその腕に手を回そうと伸ばすと、ふたりの手が触れ合う前にジュールはサッと腕を下に下ろした。困惑するアマリーをよそに、彼はその場に屈むとアマリーを抱き上げた。

「ジュール様……？」

「出会った時のことを、思い出した」

アマリーは首を巡らせた。

「あの時は、貴方は竜の上だったわ」

「私を怯えた目で見上げていた」

ふたりはほとんど同時に笑い出した。

馬車に乗るとジュールは隣に腰を下ろし、アマリーをジッと見つめた。

涼やかな色にもかかわらず、情熱を感じさせるその鋼色の瞳にアマリーも見入った。

ジュールの手がアマリーの頬に伸びる。

「――変わらず美しい」

「あの、……頑張ったのよ、ジュール様にお会いできると思って。今朝もパックをしたし、腕もスベスベにしようとスクラブをして……」

全身くまなく磨き上げ、少し体重も落とした。その方がドレスを綺麗に着られるからだ。

すると、言い終えないうちにジュールがアマリーの腕を取り、手首から肘まで手を滑らせた。実際に触られたのは短い距離なのに、瞬時に身体中が敏感になり、心臓のうるさい鼓動が止まらなくなる。

ジュールはアマリーの耳元にそっと口元を寄せ、呟いた。

「磨いたのは腕だけか？」

ぽん、と音を立てたように見事にアマリーの顔が真っ赤になった。

答えに窮していると、ジュールはアマリーのこめかみに優しくキスをしながら言った。

「後で確かめさせてもらおう」

恥じらってモジモジと身じろぐアマリーが、たまらなく愛らしく思え、ジュールはくつくつと笑いながら彼女を抱きしめた。

馬車が動き出すとアマリーは気になっていたことを尋ねた。

「ねぇ、マチューはどうしているの？」

「有能そうだからな。一本釣りをしてやった。先月から竜騎士団の見習いをさせている」

「……それって左遷って言うんじゃないかしら？」

「適材適所とも言う」

そうはいっても、ちっとも適しているように思えない。

あの線の細いマチューが騎士だなんて、ちょっと想像できない。

「あいつは身体を動かした方がいい。余計なことを考えずに済むだろう」

「私、あれからドリモアの本を全部読んだのよ。一部の台詞を暗記してしまったくらい。今度はリリアナだと認めさせてやるわ」

「ややこしいことをしないでくれ」

ジュールはアマリーを抱き寄せた。そうして彼女の頬に自らの頬で触れ、感触を確かめるように滑らせる。アマリーはお腹の辺りに回されたジュールの腕の上に、手を重ねた。

「ジュール様……。――あの、本当に私でいいの？」

「貴女がいい」

ジュールが口元をアマリーの耳元に寄せて囁く。

「アマリー。私のために来てくれて、ありがとう」

アマリーは目を見開き、一瞬息を呑んだ。熱い感慨が胸から込み上げ、言葉を失う。

自分の本当の名を初めてジュールに呼んでもらえたのだ。

その名で呼んでもらえる日が来るとは思わなかった。

「南ノ国に来たことを、貴女に絶対に後悔させないと誓う。ご両親のことも気がかりだろう。近いうちにロレーヌ商会の商品を輸入して、私も使わせてもらおうと思っている」

「ファバンク公爵家のことまで配慮してくれているの？」

「私の義理の両親なのだから、当然のことだ」

王太子がアマリーの手の甲に親指をそっと滑らせ、撫でる。触れ合う手から温もりが伝わり、胸の中まで温かくなっていく。

アマリーとジュールはそうしてふたりでしばらくの間、手を取り合って静かに再会の喜びを味わった。やがてアマリーは少し悪戯っぽく笑って言った。

「そうだわ。私、帰国してからトースを焼く練習をしたのよ」

ジュールは意外そうに眉をひそめた。

西ノ国に帰国すると、オリーブオイルの香りが効いたあの味が、忘れられなくなったのだ。あの味を求めて、屋敷の厨房《ちゅうぼう》で格闘した。西ノ国にないのなら、作ってやれ、と。

「南ノ国のトースには、ごま味とかハーブ味とか色々な種類があるでしょう？　だから、バリエーションを広げようと思って試行錯誤してみたの」

アマリーはジュールに得意満面で報告した。

様々な味を焼いてみたから、その中にはきっとジュールが、気に入るものもあるだろう。

「意欲作がたくさんあるの。かぼちゃを混ぜたものとか、平たくしないで丸めたものとか」

「それはもはやトースではないな」

まあ、なんですって、とアマリーがむくれるとジュールは笑った。

その愉快そうな笑い声が実に楽しげで、アマリーまで釣られて笑ってしまった。

「私も貴女を連れていきたい南ノ国の美しいところや、珍しいところがたくさんあるんだ。いずれにしても、時間はこれから山ほどあるな」

「そうね。この国のことを、もっとたくさん知りたいわ」

ジュールはアマリーの耳元に口を寄せ、甘く囁いた。

「なにより、貴女のことをもっともっと、たくさん知りたい」

アマリーは恥ずかしさで頭がいっぱいになってしまい、なにも言えずにただ顔を真っ赤にさせた。

エピローグ

肌を焦がすような強烈な陽射しが照りつけている。

雲ひとつない、昼下がりの夏空の下。

遮るもののない広い野原を、少年たちを乗せた二頭の竜が駆けていく。

草地を染め上げるように群生する赤い可憐な小花たちを蹴散らして、茶色い髪の少年が叫ぶ。

「私の勝ちだ！」

少し遅れてその場に駆け込んだ竜の背に乗る少年は、悔しさを滲ませて言った。

「次は、……次こそは僕が勝ちますっ！」

笑いながら茶色い髪の少年が竜の背から滑り降りる。少年は野原にすとんと座り込むと、暑いと呟いて髪の生え際を濡らす汗を拭う。ついでに腰につけていた水筒を外し、喉を鳴らして茶を嚥下した。

「ジェレミー、飲むか？」

同じく竜から降りて隣にやって来た金髪の少年に、彼は水筒を差し出す。

「ありがとうございます、エリク様」

ジェレミーとエリクが並ぶと体格差が際立った。

九歳にして既に背が高いエリクに比べて、同い年のジェレミーは線が細く、色もかなり白い。だがその容貌は腕利きの人形師が製作したのかと思えるほど美しい。

ジェレミーは切なさを滲ませて漏らした。

「お父様みたいな立派な竜騎士になりたいのに、まだまだなんです」

「そんなことはない。どんどん走らせるのがうまくなっているじゃないか」

「そうかなぁ……」

「ガーランド公爵はジェレミーが竜騎士になるのにまだ反対している？」

「はい。でも……お父様はお嫌みたいだけど、僕は絶対に竜騎士になってみせます！」

ジェレミーが力いっぱいそう答えると、エリクは笑って肩を竦める。

ふたりは暑さに耐え切れず、袖やズボンの裾をめくり上げて竜の影で涼を取った。

遠くから、微かに人の声がした。

ふたりが顔を上げて空を見上げると、夏の青空を一頭の竜が飛んで来ていることに気が付く。

「姉様だ」

エリクがそう言うなり、隣に座っていたジェレミーが弾かれたように立ち上がる。めくり上げたままだった裾を急いで直し、風でめちゃくちゃになっていた髪を、手櫛で整える。

ふたりのもとへ竜に乗って駆けつけたのは、エリクの姉のルイーズだった。

ルイーズを束の間見上げてから、ジェレミーが膝をつく。

金色の髪を風に踊らせながら、竜に跨がったままルイーズは弟のエリクを見下ろして言った。

「紅茶の準備が整ったとお母様が呼んでいたわよ」

わかったと返事をしながら、エリクは自分の竜の背に上がる。

その様子を見届けてからルイーズはそばにいるジェレミーにも微笑みかけた。

「ジェレミーもおいで。一緒にお茶しましょう」

「は、はいっ……！」

白い頬を桃のように染めてジェレミーは答えた。

子竜を鮮やかな手つきで操るルイーズを、惚れ惚れと見つめてしまう。

エリクが王宮に戻ろうと話しかけたが、ジェレミーは上の空でまるで聞いていなかった。

ジェレミーは竜に乗るのも忘れ、立ち尽くしてルイーズを見つめた。既に竜で空へと駆け始めたルイーズの後ろ姿を目で追う。

「ジェレミー！　聞いてるか？」

エリクに話しかけられてハッと首を左右に振る。

「すみません、今乗ります……！」

「ぼんやりしてどうした？　疲れたか？」

「いえ……。――ルイーズ様は竜に乗っていてもお綺麗です……」

「そうか？　母上にそっくりだぞ。中身まで似ていて、すぐに私を怒るんだ」

「王妃様もお綺麗だから……」

ジェレミーにとって、ルイーズは怒っていようがなんだろうが、輝ける存在だった。


王宮の大きなテラスには、既に茶菓子が並べられていた。

テラスの手すりに腰かけて、なにやら菓子をつまみ食いしているのが国王だと気が付き、ジェレミーはそこに混ざるのを躊躇した。

テラスへと上がる数段の階段を上がれずたたらを踏んでいると、エリクがジェレミーの二の腕を掴んだ。

「ほら、ジェレミーも座って！」

エリクと席に着いて紅茶を飲んでいるとテラスに王妃が登場した。腕にカゴを抱えてにこにこちらへやって来る。

「みんな、トースを焼いたのよ！」

その途端、皆の笑顔が凍りついた。

王妃の焼くトースが劇的に不味《まず》いことを、誰もが経験上知っていた。

王妃の手によってカゴがテーブルの上に置かれると、席に着いていた皆はそこから敢えて目を逸らした。カゴの中には溢れるほどのトースが入っており、せっせと王妃が焼いてくれたのだとわかる。

王妃は満面の笑みで着席し、国王にトースを勧めた。国王は器用にも残念そうな顔を作った。

「本当にすまないが、もう紅茶と菓子をたくさん食べてしまったんだ」

「まあ、残念だわ」

「ああ。本当に残念だ。もう少し早く持ってきてくれれば……」

だがそこへ不幸にも登場してしまったのが、ジェレミーの父だった。ガーランド公爵はテラスで国王一家と自分の息子が同席していることに驚き、息子を注意しようと歩いてきたところだった。

近くにやって来るガーランド公爵に気付いた王妃のアマリーは、トースを一枚手に取ると彼に差し出した。

「マチュー！　いいところに来てくれたわ。新作のトースなの」

ガーランド公爵の顔から表情が消えた。

目の前に突き出されたトーストから、妙に生臭い香りがする。いったいなにを入れたのか。

壮絶な葛藤の末、仕方なくガーランド公爵がトーストを受け取ると、パリッと音をさせてひと口目を口に含んだ。

「どうかしら？」

「――変わった味がします」

「ほうれん草を入れてみたの。野菜が苦手な子どもたちが食べられるかと思って」

大人でも食べられないのではないか、とガーランド公爵は聞こえないくらいの大きさで呟いた。

アマリーが問い直すと、彼は答えた。

「……ほうれん草を無駄遣いしないでください」

「なんですってぇ!?」

そこへ父の窮地を救おうとジェレミーが口を挟んだ。

「王妃様のアイディア、素晴らしいです」

褒められたアマリーは、満面の笑みを浮かべた。

「ジェレミーったら、なんていい子なのかしら!?　父親には似なかったのね！」

ガーランド公爵がむせた。ゴホゴホと咳をし、胸を拳で連打する。

紅茶を満たしたカップを片手に、アマリーが公爵のすぐそばに向かう。カツカツとヒールを鳴らしながら。

「喉に詰まらせたら大変だわ。一杯いかが？」

「結構です！」

「――もう一枚いかが？」

「………」

ジェレミーは王妃と父の様子を、冷や汗をかきながら見守っていた。物心ついた頃から、このふたりはなぜか常に牽制し合っていた。気さくな人柄で臣下や民からも慕われている王妃と仲違いしても、いいことはなにひとつないように思われるのだが。

昔王妃となにかあったのかと尋ねてみても、父は頑として教えてくれないのだった。

「おかあしゃま、トーシュちょうだい」

テーブルの下から愛らしい声がすると、三歳になったばかりのシャルルがアマリーのドレスの裾を引いた。

「トーシュ！」

「トースね！　シャルルったら、食べたいの？　嬉しいわ。たくさん食べてね」

キラキラと弾ける笑顔でアマリーは末の王子であるシャルルにトースを手渡した。

すると、シャルルはトースを手にしたまま、テーブルを離れてテラスを降りていってしまった。

どこへ行くのか、と慌てて紅茶を放り出したアマリーと彼の乳母が追う。

庭園を横切り始めたシャルルを思わず抱き上げる。

「どこに行くの？」

「るうにあげるんだもん」

シャルルの言う『るう』とは竜のことだ。

アマリーは自分が焼いたトースが竜のエサになると気付き、少なからずがっかりした。

「竜にあげちゃうの？　シャルルが食べてくれるんじゃないの？」

「だって、おかあしゃまのトーシュ、みんなたべないもん！」

三歳児からの辛辣な返事に言葉に詰まっていると、後ろから聞き慣れた笑い声があがった。

声の方向を振り返るとそこには国王――ジュールがいた。

彼はアマリーに怒られないよう、俯き加減に顔を隠して笑っていた。

「笑うところじゃないでしょう。ひどいのよ……、シャルルったら！　私のトースを……」

ジュールはまだ笑いながらも、アマリーをシャルルごと抱きしめた。

「シャルルは竜が好きだからな。――そろそろ乗る練習をするか？」

「まだ早いわよ！」

アマリーが顔を曇らせて止めるのも聞かず、シャルルは乗ると連呼してアマリーの腕から滑り降りた。

そのまま竜騎士たちの訓練場まで、一目散に駆け出そうとする。それに追い縋った乳母は手慣れた様子でシャルルを抱き上げ、まだ竜に会いに行こうと暴れる彼を宥めながらテラスに引き返し始めた。

乳母の腕の中のシャルルは、口をへの字型にしてさも不服そうにしている。

アマリーはくすりと笑ってジュールを見た。

「あの子ったら、ああいう顔をすると赤ちゃんの時と顔が同じだわ」

テラスに戻ろうとアマリーが歩き出すと、ジュールに腕を掴まれた。なにかしらと反射的に振り向く。シャルルが赤ちゃんだった時の様々な表情を思い出し、薄く笑っていたアマリーとは対照的に、ジュールは真面目な顔で言った。

「……両親に会いたいか？」

アマリーは虚をつかれた。

即座に首を左右に振ろうとしたが、それもすぐに思いとどまった。

息をゆっくりと吸い込み、吐き出しながら答える。

「会いたいわ。――でもね、ジュール」

アマリーは両腕を伸ばしてジュールの背に回し、そっとその胸の中に飛び込んだ。甘えるようにそうするのが、好きだった。

「私ね、自分の人生の中で、今が一番幸せよ」

ジュールはアマリーの頭の上に、頬を押しつけた。

アマリーが言ってくれた言葉が嬉しくて、幸せな余韻をじっくりと味わう。

時折ジュールは自分がアマリーを妃にしたせいで、彼女から大事な一部を失わせた気がしてならなかった。それは子どもが生まれてもなお、消えることがない罪悪感でもあった。

自分を見つめたまま、物思いに耽《ふけ》る鋼色の瞳を覗きながら、アマリーが尋ねる。

「ジュールは後悔しているの？」

ジュールはニッと笑い、即答した。

「まったくしていない」

思わず笑いが溢れる。

ジュールらしい答えだと思っていたし、そう答えると聞く前からわかっていた。

ふたりはどちらからともなく、テラスへと戻り始めた。

国王と王妃を呼ぶ声がテラスから聞こえる。
ふたりはほとんど同時に返事をしていた。
そうしてゆっくりと、歩き出した。

END

あとがき

こんにちは。

本書をお手に取ってくださり、ありがとうございます。

主人公のアマリーが、親族である王女の代役を命じられたことから、運命が変わっていくお話をお届けしました。

アマリーは冒頭から突然騎士風の男性に攫われてしまい、彼女にとっては代役の任務が出だしから困難なものとなりました。

テーマとしては「入れ替わり」ですとか「身代わり」モノというものでしょうか。実を申しますと、私は昔から主人公が「誰か高貴な人の代役をさせられる」お話が好きでした。小説や映画の中で誰かの人生を覗くのはワクワクしますが、その中で入れ替わることで、主人公とは別の人の生活をさらに体験できるからかもしれません。

とはいえアマリーは本物の王女ではないことが周囲にバレてはいけないので、彼女には常に緊張感と罪悪感が付きまといます。その焦りだけでなく、入れ替わったまま恋愛をしてしまう切なさをお伝えできましたなら、幸いです。

さて本書では竜が登場しますが、竜はファンタジーの代名詞とも言える存在だと思います。私はファンタジー小説を書くことが多いのですが、竜を小説に登場させたのは、意外と本書が初めてでした。

書いてみるととても楽しく、特にピッチィには愛着が湧きました。

竜で空を飛ぶのは気持ちよさそうですし、どこかに出かけるのに便利そうですすので、飼ってみたいなと一瞬考えたのですが、世話が半端なく大変そうです。竜を一頭持てるくらいのいろんなゆとりが欲しいです。

ちなみに、南ノ国の食べ物として「トース」というものが出てきました。実はトースは欧州のある国の食べ物が元ネタとなっています。

薄く焼かれた大きなクラッカーのようなものなのですが、何年か前に輸入食品店で見かけて購入し、ハマりました。

当時売られていたものは一枚ずつワックスペーパーで包まれていて、包装もとても品があり、色んな味があって毎日食べても飽きませんでした。

何袋も購入したのですが、店頭で見かけたのはその時期だけで、その後は今に至るまでどこを探しても見つからず……。

どうやら現在は日本での取り扱いがないようで、残念です。

実は以前、別の小説で海外のあるちょっと変わったクッキーを登場させたのですが、主人公が食べていたのは、「ドイツのシュネーバルですよね！」と読者様にピタリと当てていただいたことがありました。

ですので、今回もきっとどなたかがトースのモデルにした食べ物を当ててくださるはず！と勝手に期待しております。

ちなみに、アマリーが作中で料理したような、ほうれん草入りのものは見かけたことがありません。

どんな味だったのか想像もつかないので、食べさせられたマチューに詳しい感想を聞きたいところです。


それでは、ここからは本書の出版にご尽力くださった方々に謝辞を。

まずはアマリーのお話を手に取れる形にしてくださった編集担当者様。お声がけいただき、本当に嬉しかったです。

そしてお話を読み込んでいただき、綺麗にするたくさんのアドバイスをくださった校正様。

私の想像をはるかに超えるアマリー達の世界を見せてくださった、イラストレーターの鈴《すず》ノ《の》助《すけ》様。憧れのイラストレーター様に描いていただけて、感激もひとしおです！

そしていつも応援してくださる読者様。おかげさまで、十二冊目の本を出版することができました。ありがとうございます。

アマリー達のお話にワクワクしていただけましたなら、作者としては本望です。

それでは、またどこかでお会いできることを願って。

岡達《おかだち》英茉《えま》

没落寸前の落ちぶれ令嬢、身代わりとして差し出されたら
冷徹王子の溺愛が始まってしまいました

2023年11月5日　初版第1刷発行

著　者　岡達英茉

発行人　菊地修一

発行所　スターツ出版株式会社

〒104-0031　東京都中央区京橋1-3-1　八重洲口大栄ビル7F

☎出版マーケティンググループ　03-6202-0386
（ご注文等に関するお問い合わせ）

https://starts-pub.jp/

印刷所　大日本印刷株式会社

ISBN　978-4-8137-9279-6　C0093　Printed in Japan

［岡達英茉先生へのファンレター宛先］
〒104-0031　東京都中央区京橋1-3-1　八重洲口大栄ビル7F
スターツ出版（株）　書籍編集部気付　岡達英茉先生

ともに新たな世界へ

毎月第4金曜日発売

好評発売中!!

著・いちまる　　イラスト・弥南せいら

定価:1320円（本体1200円+税10%）　ISBN 978-4-8137-9108-9

ISBN：978-4-8137-0528-4　※価格、ISBNは1巻のものです